中国书籍文学馆·小说林

一根刺

陈然 著

中国书籍出版社
China Book Press

图书在版编目（CIP）数据

一根刺 / 陈然著 .—北京：中国书籍出版社，2014.3
（中国书籍文学馆·小说林）
ISBN 978-7-5068-3957-0

Ⅰ.①一⋯ Ⅱ.①陈⋯ Ⅲ.①短篇小说—小说集—中国—当代
②中篇小说—小说集—中国—当代 Ⅳ.① I247.7

中国版本图书馆 CIP 数据核字（2013）第 305306 号

一根刺

陈然 著

图书策划	武 斌 崔付建
特约编辑	陈 武
责任编辑	卢安然
责任印制	孙马飞 马 芝
出版发行	中国书籍出版社
地 址	北京市丰台区三路居路 97 号（邮编：100073）
电 话	（010）52257143（总编室）（010）52257153（发行部）
电子邮箱	chinabp@vip.sina.com
经 销	全国新华书店
印 刷	三河市华东印刷有限公司
开 本	650 毫米 ×940 毫米 1/16
字 数	181 千字
印 张	16.5
版 次	2014 年 6 月第 1 版 2019 年 1 月第 2 次印刷
书 号	ISBN 978-7-5068-3957-0
定 价	48.00 元

版权所有 翻印必究

序

李敬泽

"中国书籍文学馆",这听上去像一个场所,在我的想象中,这个场所向所有爱书、爱文学的人开放,不管是白天还是夜晚,人们都可以在这里无所顾忌地读书——"文革"时有一论断叫做"读书无用论",说的是,上学读书皆于人生无益,有那工夫不如做工种地闹革命,这当然是坑死人的谬论。但说到读文学书,我也是主张"读书无用"的,读一本小说、一本诗,肯定是无法经世致用,若先存了一个要有用的心思,那不如不读,免得耽误了自己工夫,还把人家好好的小说、诗给读歪了。怀无用之心,方能读出文学之真趣,文学并不应许任何可以落实的利益,它所能予人的,不过是此心的宽敞、丰富。

实则,"中国书籍文学馆"并非一个场所,它是一套中国当代文学、当代小说的大型丛书。按照规划,这套丛书将主要收录当代名家和一批不那么著名,但颇具实力的作家的长篇小说、中短篇小说集和散文集等。"中国书籍文学馆"收入这批名家和实力作家的作品,就好比一座厅堂架起四梁八柱，这套丛书因此有了规模气象。

现在要说的是"中国书籍文学馆"这批实力派作家，这些人我大多熟悉，有的还是多年朋友。从前他们是各不相干的人，现在，"中国书籍文学馆"把他们放在一起，看到这个名单我忽然觉得，放在一起是有道理的，而且这道理中也显出了编者的眼光和见识。

当代文学，特别是纯文学的传播生态，大抵集中在两端：一端是赫赫有名的名家，十几人而已；另一端则是"新锐"青年。评论界和媒体对这两端都有热情，很舍得言辞和篇幅。而两端之间就颇为寂寞，一批作家不青年了，离庞然大物也还有距离，他们写了很多年，还在继续写下去，处在最难将息的文学中年，他们未能充分地进入公众视野。

但此中确有高手。如果一个作家在青年时期未能引起注意，那么原因大抵有这么几条：

一、他确实没有才华。

二、他的才华需要较长时间凝聚成形，他真正重要的作品尚待写出。

三、他的才华还没有被充分领会。

四、他的运气不佳，或者，由于种种原因，他的写作生涯不够专注不够持续，以至于我们未能看见他、记住他。

也许还能列出几条，仅就这几条而言，除了第一条令人无话可说之外，其他三条都使我们有足够的理由对这些作家深怀期待。实际上，中国当代文学的丰富性、可能性和创造契机，相当程度上就沉着地蕴藏在这些作家的笔下。

这里的每一位作者都是值得关注、值得期待的。"中国书籍文学馆"

收录展示这样一批作家，正体现了这套丛书的特色——它可能真的构成一个场所，在这个场所中，我们不仅鉴赏当代文学中那些最为引人注目的成果，而且，我们还怀着发现的惊喜，去寻访当代文学中那相对安静的区域，那里或许是曲径幽处，或许是别有洞天，或许是，众里寻他千百度，蓦然回首，那人却在，灯火阑珊处……

目录

一根刺
001 ◀

谁说我窝囊
015 ◀

电动车
034 ◀

我爱你钢厂
047 ◀

考试记
080 ◀

李甲忏悔录
098 ◀

诗人柒布的故事
123 ◀

目录

某年代的一次事件
▶ 140

敌　人
▶ 157

别　问
▶ 187

非事件
▶ 203

一支录音笔
▶ 214

原　罪
▶ 228

牺　牲
▶ 240

一根刺

吃午饭时,他不小心把一根鱼刺弄丢了。

这条鄱阳湖里的鱼,俗称翘嘴白。这种鱼肉质细嫩,味道鲜美。就是刺多了一些。报纸和电视里都说,吃鱼益智,他心想,幸亏自己小时候吃了不少的鱼,才不至于显得太笨,呵呵。不然,在这样的时代面前,人就要更加自卑了。鱼吃多了,就发现,鱼刺和鱼的味道之间似乎有某种隐秘的联系。比如刺多或刺少的鱼,味道都比较好。而刺不多不少的鱼,味道也平庸。头大或头小的鱼,味道也比身材过于匀称的鱼好吃。按照吃什么补什么的理论,有一种大头鱼在这个城市里很流行,莫非许多人都怀疑自己智力不够?看到别人在抢着买大头鱼,他不由得暗暗发笑。这翘嘴白就属于脑袋小的一类。只是刺还多。而且嘴阔,鳍长,面相凶猛。有点像海鱼。湖里的鱼长得像海里的鱼,就是异类。没想到,鱼里面也有异类。这湖里还有一种鱼,样子跟翘嘴白类似,但皮肤华丽,更像海鱼,名气很大。他老家就盛产这种鱼。据说有一年,国家领导人路过小城,特意点了一尾该鱼,它也算是受到了召见。那天下午,他下班路过菜市场,看到门口有卖鱼的渔民,竟然惊喜地发现了翘嘴白，一下子动了思乡之情，就买了两条。

老婆把鱼烧好端上桌。他胃口大开。他跟她讲小时候吃鱼的事情。那时，他差点因为钓鱼没去读书，是祖父操一根瘦竹棍把他赶到学校去的。祖父是一个捕鱼也是吃鱼的好手。他吃过了的鱼，鱼刺被摆放在桌上，完整生动，只是被抽象了一下。一般的小鱼，祖父是从不吐刺的。祖父上半年去世了，他会经常想起祖父日常生活的一些细节。尤其在吃鱼时，他发现自己不知不觉也在摆鱼刺了。也在试着把整条小鱼连刺吞下去。但这翘嘴白的刺，是既无法摆成鱼形，也无法吞下去的。它们绵软，细密，绣花针似的。好像翘嘴白那如锦似缎的身子，就是它们一针针绣出来的。他只好把它们一根根地放到小碟子里去。真委屈它们了。有一根刺，轻若游丝，仿佛被风一吹，掉在桌子上。老婆正说着什么，转移了他的注意力，等他回过头想把那根鱼刺捡起来时，却怎么也找不到了。

他说，咦，明明在这里，怎么不见了？

老婆问，什么东西？

他说，一根刺。

他侧着脑袋，朝桌面打量。桌子很结实，很沉。当初买的时候，专卖店宣传的是实木材料。看上去那么扎实，也像。他们便买了这个牌子的全套：餐桌、座椅、沙发、茶几、床和柜。一万多块钱。一把椅子就花了三百多。有一天他们掀开床板放换季节的东西，闻到一股刺鼻的味道。后来床板受了潮，一只角竟然卷了起来，露出了它的本来面目。原来也是胶板做的，并不是所吹嘘的原木。这使得他觉得屋子里的甲醛含量一下子高了起来。他赶忙去买了吊兰、仙人球和芦荟之类。有一段时间，他觉得咽喉和胸部也难受起来。的确，装修和家具污染的事情，电视和报纸上时有报道。那完全是看不见的杀手。即使是冬天，他也不敢把窗子全部关上。自从知道了这些家具是"伪劣"产品，他对它们就不愿那么爱惜了，恨不得快点把它们用坏，好重新去买。偏偏这胶板似乎比木料还扎实,看来他要达到目的还需等很长一段时间。桌子中间是一块大玻璃,周围镶着金属。一不小心就会有食品残渣掉进去。老婆经常埋怨这个地方没设计好。他抽了根牙签,在那缝隙里掏,并没掏到那根刺,只掏出了半瓣瓜子壳,一点糊状物,还有一根短短的头发丝。他又检查自己的衣服和脚底,站起来把衣服抖了抖,把鞋子脱下来看,还是没找到它。

它到底哪里去了呢?他着急起来,蹲在地上继续寻找。虽然是一根鱼刺,虽然它看起来那么柔软,可万一要扎到身体的什么地方,后果是不堪设想的。小时候,他听母亲讲过,有个人不小心把鱼刺掉进了摇篮里,后来孩子不停地哭,想了种种办法也不能让他停下来,大人急得恨不得狠狠打他几巴掌或把他扔出去。后来才发现是一根鱼刺扎进小孩的肉里了。从此他对小而尖的东西都很小心。还有一次,母亲说,一个小孩在医生给他打针的时候又哭又闹,结果针头断在屁股里,吓得他以后让医生打针时一动不动,成年了亦是如此。而且还把这个故事传给了下一代。

鱼刺跟针当然不一样,但再怎么柔软,也是尖利的。或许,它的柔软会为它的入侵创造更多的机会。针扎了你一下,你马上有反应,也很容易把它找出来,即使它扎进了你的肌肉里。可鱼刺更有隐蔽性,更不知不觉,说不定,它进入了你身体,在里面移动或游荡而你毫不知情。什么时候游进你的致命部位(比如血管或心脏)完全由它说了算。想一想,这是多么可怕的事情。这跟小鸟飞进了机舱是一样的道理。鱼刺卡死人的事情不是没有过。市电视台的都市现场节目就播出过这样的新闻,一个人被鱼刺卡了,送到医院,已经大出血了。等医生开刀把鱼刺取出来,人也跟着断了气。听说有的人吞进了鱼刺,要到几天后才发现。那一般是比较柔韧的刺。像弓一样弯曲着。但也更危险。谁知道它什么时候一跃而起呢。大概是受了电视的影响,有时候老婆不小心被鱼刺卡了,便马上眼泪汪汪地望着他,眼神很复杂,他不禁也慌乱起来,虽然表面强装镇定。所以每次吃鱼时，他都告诫家人不要说话，万一被鱼刺卡了喉咙，便赶紧灌醋，灌醋。今天不知怎么的，还是说话了，结果一走神，鱼刺没卡喉咙，却从饭桌上不翼而飞了。本来，抓住它是多么轻而易举的事情。这比一个病毒木马什么的混进了电脑操作系统还麻烦。他无意中点了一下什么，鼠标马上失灵了，或屏幕马上漆黑一片。

当然，他的思想也有斗争。人就是这样，每个人体内至少有两个我。他们互相监督，暗暗较劲。如果一个人体内只有一个我，那这个人肯定是有问题的。要么刚愎自用，要么死心塌地。现在，他体内的另一个我就试图否认那根鱼刺会带来什么伤害，指责这一个我杞人忧天发神经。这一个我当然不肯服输，他到桌上的碟子里拿了一根鱼刺，往手上一扎，大概也没用多大力，指尖马上渗出了血珠，一缕麻辣的感觉顺着指尖往上爬。这一个我就对另一个我说，看到了吧，会出血的吧，如果它扎中的是要害部位，那真的要吃不了兜着走了。

看到指尖出了血，他才悚然惊醒。不过他并不认为自己做错了。看看，这刺对人是有威胁的。他已经用事实证明了这一点（不知道是否也可称为血淋淋的事实）。

他在手指上贴了个创可贴。他背着老婆，没让她看到。不然她又要唠叨，问他要不要去打破抗。因为她不唠叨，他就要唠叨。有一次，他不小心弄伤了手指，在为要不要打破抗这件事上纠结了好久。打还是不打，这是个问题。在医院里打还是小诊所打，也是个问题。他怕打针，更怕破伤风。可如果那个破抗疫苗本身就有问题呢？这样的事情现在越来越多，那他岂不是引狼入室？直到第二天，眼看二十四小时快过了，他才冒着被什么击中的危险似的朝楼下的小诊所奔去（医院里程序太复杂，恐怕来不及了）。

地板有反光。他们在房间里装的是复合板，客厅里装的是瓷砖。装好了之后，才知道无论什么样的地板对身体都没有好处。复合板如果质量不过关，甲醛很可能超标（质量过关不过关谁说的清楚，还不知道那是个什么样的标准呢，如果那个标准本身就有问题呢？就像网上说的，现在国内很多产品的质量标准跟国际上都有很大距离）。就是原木地板，那些胶水和油漆，也仍免不了污染。以前他认为瓷砖是最安全的，但一次无意中看到一篇文章，说瓷砖里含有氡，释放出来会被肺部吸附，造成严重后果。他屏住呼吸，侧着脑袋往地板上瞄，寻找那根刺的蛛丝马迹。桌脚、椅脚旁边都寻遍了，又把餐桌和椅子都挪动了一下，依然没找到。

  他有些慌了。桌上和地上都没有，那就只有一个答案：它躲进了他的衣服里。它为什么要躲进他衣服里去呢？这太令人气愤了。他把外套脱下来，摊开在沙发上，想仔细翻找，但马上又把衣服提了起来。干吗放在沙发上呢？沙发是布面沙发，要是鱼刺从衣服上转移到沙发里，那不更麻烦了？沙发是他们经常坐的。有一次，他和老婆还在上面亲热了一番。若再这样时，鱼刺从里面伸出来，后果将不堪设想。好在为了便于清洗，老婆在沙发上铺了几条大毛巾。他是个有洁癖的人，每次在外面坐公交之类回来，都要先换上在家里穿的衣服。来了客人，他要暗暗注意客人的衣服是否很脏，等客人走了，便赶紧打扫卫生，并要老婆把沙发上的大毛巾扔进洗衣机去搅拌，自己则耐心地把桌凳椅子全抹一遍。

  他仔细检查了一遍沙发。把大毛巾（其实是浴巾）抚平。没发现鱼刺。鱼刺有闪光，有如匕首。沙发虽是乳白色，但鱼刺掉在上面，还是能看得到的。再说他还不相信它有那么狡猾，难道它比人的智商还高么？难道它不知道，只要他把沙发一拍，那弹性良好的海绵便要把它蹦得晕头转向，乃至无影无踪？且慢，若真的把它弄得无影无踪，那他永远也找不到确切的答案了，找不到答案，那它就永远寒光闪闪地躲在某处，威胁他们的生活。所以他必须把它找出来，不能马虎了事。他把外套套在椅背上，这样它就撇开两袖，任他搜身。这时他看着自己的衣服很陌生。仿佛它的确是一个包庇凶手的嫌疑犯。他开始给它搜身了。他认真检查衣服的每一处皱褶。把皱褶拉开，露出里面的隐私（如果它有隐私的话）。可它仍然不肯把东西交出来。他不禁狠狠抽了它几巴掌。如果能刑讯逼供，如果它不是一件衣服而是一个人，说不定他早就这么干了。谁不会刑讯逼供呢。如果它是钉子户，他就要用推土机把它推平。如果它要上访，那就把它抓起来或送回原籍，即使跑掉了，跳了立交桥或卧了轨，那也是它自己的事。如果它是个顽固不化的学生，他就狠狠扇它耳光。要它写检讨书保证书。让它跪石子抽自己的耳光。他以前教过书，而且可能教得还挺好，但后来，教书教得好的都没教书了，改了行。跑到机关里去了。其中就包括他。这跟现在大学生毕业了就一窝蜂去考公务员是一样的道理。

可他凭什么断定，鱼刺就一定在这件衣服上面呢？说不定，它早已跳过外套，躲进里面的衣服里去了。那是一件毛线衣，地形复杂，有足够的空间让它游弋。对于它来说，毛线衣是一片广阔的天地，像当年的口号，可以大有作为。他也曾经被那个口号撺掇得跃跃欲试。幸运的是，毛衣是红色的，与鱼刺有色彩对比。就像褒义词和贬义词。这使他充满信心。那时候看过一部电影，敌人在追一个孩子，孩子躲进了芦苇丛，敌人气急败坏，下令放火。芦苇熊熊燃烧起来，眼看要吞没那个孩子，但他忽然急中生智，抽出腰间的柴刀，很快割倒一片芦苇，躲过了大火。他猜想那个导演肯定不知道火到底有多厉害。肯定不知道火中心的温度到底有多高。现在他要像敌人找到那个孩子一样找到那根刺——老天，他这不是敌我不分了么？不分就不分，鱼刺可是个中性词，不用那么危言耸听。他叫老婆帮忙来找。老婆说，不就是一根鱼刺吗，何必这么大惊小怪。他说，你这个人，就是个马大哈，一根刺，难道你还嫌不够吗？它已经够危险了！这不仅关系到我，也关系到你，关系到我们整个家庭。它会给我们整个家庭的命运，带来不可知的影响。说着说着，他很激动，几乎要生气了。老婆只好丢下手里正在织的毛线——又是毛线！他大喊一声，说你先把它拿远点。在他看来，现在什么都可能是那根鱼刺的窝藏者。

老婆忍受了他的神经质。但她也没能找到那根刺。由于着急,她反而显得笨手笨脚。他说,还是我自己来吧。看来关键时刻,还得靠自己。他把毛衣脱了下来。然而刚脱下来,他就后悔了。刚才,鱼刺顶多还是藏在前胸部位,现在,它趁机往下一溜,穿透了屏障,很可能藏到他腰间或者更深一层的地方。他这个人,总之还是太好说话了。无论在家里还是在单位,都有点唯唯诺诺或逆来顺受。不,或许他很早的时候就这样了,只是他没意识到。对自己,他老是抱着无所谓或不作为的态度。习惯于听之任之。父亲又在电话里抱怨母亲只顾打牌,其他什么也不管。母亲倒没有抱怨父亲什么,只说自己头痛犯了,腰痛犯了,脚痛也犯了。按道理,他完全可以对母亲说,老是熬夜打牌,血液不能流畅地循环,不腰痛或脚痛才怪。但他只是好性子地劝慰她,吃好,休息好,有空散散步。有一次,他当面说过她打牌的事,结果父亲和母亲几乎是异口同声地说,没有啊,好久没打牌了。现在,他要是说了,无论父亲还是母亲,都仍然会那么说。在单位上,别人挤兑他,暗中使手脚,他也懒得理。每次走进那栋阴森森的大楼,他总是像个小偷似的一阵小跑。的确,他就是一个小偷。因为他觉得自己的工作是毫无意义的。那天,主任给他一篇稿子,说是某个退下来的领导写的,要他赶快编好。他照办。虽然那稿子谈不上错字连篇,但语句不通的地方比比皆是。刊物出来后,主任叫他赶快拿几十本给那个领导送去,领导看了杂志,说文章后面的作者介绍,把她的级别写低了半级。她说,怎么搞的嘛。他挠挠头皮,说那怎么办呢,领导说,要不,重印一下吧。他回来如实汇报,主任赶快安排了重印。印好后,那个领导到北京去了,她在北京也是有房子的。主任叫他找那个领导在北京的地址。电话是秘书接的,秘书说,你是谁,找领导干什么?他结结巴巴解释了一通,好像在说明自己不是坏人。秘书说,那好,你就寄这个地址吧。他搂了一大堆杂志去邮局。主任说,一定要寄快件啊。他说,按印刷品挂号寄也不会丢的，何必寄快件。主任说，这样就显得我们对这件事很重视嘛。他刚从邮局回来，主任又说，你还要跑一趟。原来，领导的秘书打电话来，说领导刚才传真了一个要寄刊物的名单。望早点寄。那边说。他一看名单，有十几个人，都是该领导以前的老部下或朋友。他只好又跑邮局。挂号，挂号。每天，除了和同事们一起消耗大量的办公资源，重复一些毫无必要的劳动，他想不出，他的工作还有什么意义。像他们这样的单位，消失了，才是社会的进步。看着单位上的同事明争暗斗，他感到好笑。就像在一艘快要沉掉的木船上，船上的人还在打情骂俏或争风吃醋。他冷眼旁观，不想去掺和。可那一次，他跟另一个部门的同事一起出差，对方的话让他大吃一惊。同事说，你其实是个很怯懦的人。而他，居然还以为自己是一块硬骨头并为此沾沾自喜呢。仔细一想，可不是么？虽然他不掺和，可不也一直在配合着么？按时上下班。工作一丝不苟（虽然有人在背后捣鬼，挑他的种种毛病）。哪怕是一个标点符号，也要想妥当。还有烧开水，拖地板，跑邮局。加班也毫无怨言。开会鼓掌。投票按领导的暗示画圈或打勾。他也想过不举手或不投票，但那样，岂不显得他认为这是一件庄重认真的事情？他必须也鼓掌或投票（当然还要投同意票）才显出自己的满不在乎。鼓掌也鼓得没头没脑，热烈无比。他真的是完全配合了。大概正是因为许多人都像他这样完全配合，他们不愿意看到的事情才得以继续发生。而且从表面上看起来，他们是那么的支持。那么的没有异议，仰脸若渴。

是啊，不能让一些人得逞得那么容易，那么舒舒服服。要给他们一点难度。给他们一点阻力。要成为他们的刺。什么？难道他要做一根刺？不，或许，在一些人眼里，他早已是刺了。一根刺，在鱼的身体之内，人家不觉得是刺，而一旦脱离了鱼体，就成了刺。谁喜欢刺呢，就是他，不也容不下哪怕是一根小小的、绵软的鱼刺么？难道他现在，是要把自己给找出来？是要把自己给剔除掉？这简直是二律悖反啊。

可是，他成不了鱼刺。他的确是个懦弱的人。他缺乏拒绝的力量

（那得要多大的勇气）。比如，对于那些他很讨厌的人，他无数次地设想跟他们狭路相逢时昂首而过，好打击他们的气焰，可实际上，他还是笑容满面地跟他们打招呼。甚至还微微颔首哈腰。过后又对自己生闷气。他唯一可做的，就是把自己紧缩。不跟他们一起开那些无聊的玩笑。不跟他们下馆子觥筹交错。不跟他们沆瀣一气。可这对他们又有什么损害呢？一点损害也没有，说不定，正中他们下怀。

他干脆把衣服全脱了，开了热水，准备去洗个澡。他脱得一丝不挂，站在水莲蓬下。要是永远这样站着就好了。什么也不用管什么也不用担心了。人一脱了衣服，就是世外桃源。

他洗了老半天，老婆都在外面叫他的名字了。老婆的声音好像从另一个世界传来。有几次，老婆想跟他一起洗澡浪漫浪漫，他都拒绝了。如果洗澡时中毒怎么办呢？孩子们都在外地，那可没谁来救他们了。他们洗澡是一个个地洗。如果老婆洗了很长时间还没出来，他也会在外面叫她。哪怕，有一会儿没听到水响，他也会忽然推门进去看看。那样子，有点如临大敌。

他换上老婆递进来的干净衣服。把脱下的衣服都泡进塑料盆里，洒上洗衣粉。现在，那根刺无处可逃了吧。老婆要给他洗，他不肯。老婆说，太阳从西边出来了。他不做声。他要亲自把那根可恶的鱼刺清理掉。他哪是不会洗衣服呢。以前在学校后来在单身宿舍不都是自己洗衣服？而且他还洗得挺有章法。塑料盆挺大，他都可以坐在里面泡澡。他放满水，再小心地把衣服一件件漂净。他用了差不多一吨水，才歇手。他把卫生间的门关上，免得老婆心疼。平时，漂衣服的水，老婆都留在那里冲厕所。把衣服拧干，拿到阳台上用力抖。抖了好几下，才把它们晾起来。

出门上班前，他叮嘱老婆，不要收他的衣服。

然而等他回来，却发现老婆忘记了他的话，把他的衣服也收了。不但收了，还叠好放进了柜子里。他很生气，说你怎么回事，我的话你总不上心。老婆也生气了，说，难道我收衣服就错了？他说，万一那根刺还在衣服里呢？本来，我想等它们晾干了，再找一找或抖一抖的，你倒好，把它们放进柜子里，现在，谁知道那根刺跑哪里去了？柜子里全是衣服，到哪里去找？

老婆说，你这不是发神经吗，一根鱼刺，犯得着这样吗？

他说，发神经怎么啦，告诉你，这个世界就是由神经病们掌控的，你又能怎么样？他在网上看到一本书，外国人写的，书名就叫《病夫治国》。那些伟人元勋，有的脑中风，有的梅毒，有的内分泌失调，有的严重便秘。甚至有的干脆就是神经病。可当时，谁敢说自己国家的元首是神经病呢？谁又能制约这个神经病呢？这比故事传说里那几只老鼠商量着怎么在猫脖子上挂一只铃铛还难。于是，元首一便秘，全国人民都吃不饱。元首一发神经，全国便大动荡。有几次，他坐在公交上，发现司机一会儿自言自语，一会儿又跟乘客东拉西扯，甚至干脆停下来把车门用力拉开又关上。过桥时，他真的很担心司机忽然心血来潮加大油门把车开到滚滚江水里去。

他头痛。这段时间，他老是头痛。他想，自己肯定是得了什么病。为此，他还偷偷到医院去检查了两次。他先是怀疑自己的头部。说不定里面长了个瘤子，那就麻烦了。他上网查资料。上面说呕吐，他就真的想呕吐。上面说发热，他就真的觉得自己发起烧来。不过他宽慰自己，可能是血压或血脂上升的缘故吧。单位统一体检时，医生说他这两项偏高，要他注意饮食，多喝水，少喝酒，少食肥甘之物。接着又怀疑肺部。他一抽烟就咳嗽。别人每天抽一两包烟都不咳嗽，怎么他抽一两支就会咳嗽呢？他不敢怠慢，还真的去医院拍了片子。还好，医生把捂着自己鼻子的手拿开，说你肺部没问题。有点咽喉炎。可能是当老师时落下的职业病。粉笔灰哪是那么好吃的呢。这次医生叫他少抽烟，少吃辣。最近他又怀疑自己的胃出了问题。起因是毫无征兆的胃出血。读书时他就患过胃病（那时，学生得胃病的很多，更别说大人），后来治好了，怎么现在又出问题了呢？他上网一查，吓了一跳，怀疑自己得了不治之症。他买来一台电子秤，严密观察自己的体重变化。他最怕别人说他瘦了。谁要是说他变瘦了，他便十分惊慌，甚至恨上了那个人。他想，他真得找个时间，到医院去把那个不吉的可能排除掉。后来，他去了。医生让他去检查了大便，检查了胃，说没什么大问题，有点胃溃疡。现在，他除了不能抽烟喝酒吃辣大块吃肉，连茶也要少喝了。本来，他是很喜欢喝茶的。每天要喝三大杯。可这也不能那也不能，人活着还有什么意趣？看来，人生到了做减法的年龄了。那鱼刺，不刚好就是一个减号么？它象征性地跳到他身上，潜藏在某处，准备着随时再给他做几道减法。他不把它找出来是不行的。

半夜，他忽然翻身坐起。他养成了新的睡眠习惯，上床时，要把自己脱个精光。仿佛不这样，等他睡着了，那减号就可趁机发挥作用了。脱光了衣服，那减号就没有了依附，无处藏身。老婆往他怀里钻，他下意识地用胳膊挡住。本来，他是喜欢抱着她睡的。但现在，他似乎怕老婆身上有刺，说不定，它早已狡猾地藏到她身上去了。在那里等着他扑上去呢。当它噗的扎进他的身体，它会冷笑着说，这只能怪你自己啊。老婆往他这边蹭了蹭，他把自己抱得更紧了。老婆问他怎么回事，他不肯说原因。老婆就生气了，把背对着他。他也懒得管了。他们像两个仇人一样睡在一起。

他做了许多噩梦。噩梦里又套着噩梦。他梦见母亲的手臂被雷劈开了，血淋淋的，但他却躲避着，怕雷也击倒他。又梦见自己浑身瘙痒，像小时候得的荨麻疹。开始仅仅是一个小红包，但挠了几下，它马上扩散，增生，叠加。手臂、胸脯、大腿，乃至全身都是了。那时不知道吃什么药，母亲便按着土方子用热饭粒在他身上擦，擦得通红。饭粒很烫，但擦得他很舒坦。可现在热饭粒根本不起作用，反倒越擦越痒，越擦红包越大，越多。像是身体上开了无数的小孔。每个红包里都有一根鱼刺。它们蠢蠢欲动。红包在溃烂、汇合，鱼刺无遮无挡，在他的体内生根，疯长。他看着自己的身体在迅速发酵变化，眼睛瞪得老大，他快要成一只刺猬了。

他和老婆之间，似乎开始了一场冷战。老婆认为他在外面有别的女人。不然，怎么解释他跟她这么刻意保持距离，井水不犯河水呢？她说，什么鱼刺，我看是我们之间有了刺，你不用找借口，有什么话你别憋着，直接说出来好了，我也不一定接受不了。老婆的话不软不硬，倒似乎是在为他着想。他以前真的有过别的女人。也为此跟她闹过。他一边跟她闹离婚一边却世界末日似的跟她疯狂做爱。后来，觉得没意思，又不闹了。如果他真的有了别的女人，不会跟她冷战，恰恰相反，他会对她分外柔情。所以有时候，她会惊诧地望着他，说你为什么突然对我这么好，是不是……老婆一直没有正式的工作，内心总有一种不安全感。眼神也似乎有一丝卑怯。想到这里，他有些心酸，从后面搂住她。他不管那根刺了，要扎就扎吧，怕什么。他让老婆和他都激动起来。他要把那根刺赶得远远的。他才不在乎它。不就是一根刺么。他曾笑着说他是一只蜜蜂，老婆则笑他是一只蚊子。她说，你这只蚊子真大。来吧，来。老婆呼吸越来越急促。快到达顶点了。老婆快不认识人了。但突然，他一松弛，从老婆身上滚了下来。

老婆愕然，说，怎么回事？

他翻身爬起，想继续努力，然而使不上劲。

老婆温度在降低，说，别勉强，伤身体。

挣扎了几次，他停了下来，一动不动。

接下来几天，都是如此。他既像色情狂，又像性无能。

后来，不是他不让她靠近，而是她不让他靠近了。他把手伸出去，想绕进老婆颈下，抱住她，她把他的手拉了出来。或者，干脆离得更远一些。

看来，那根刺，还在那里。而且越来越大。像一道山梁，横亘在他们中间。

按他的估计，他们的冷战很可能继续下去，直至酝酿出更严重的后果，比如，离婚。他也还可以更神经兮兮，比如把家里翻个底朝天，或买一只放大镜回来，每天像个甲虫似的趴在那里把地面，沙发，衣服及其他所有东西都放大一遍，以期找出那根鱼刺。他一遍遍想象着这样的情景。事情不往往是这样么？鱼刺都成了他们生活中的象征性事件了，为了剔除鱼刺，结果还是为鱼刺所伤。想驱除它，它却逆向着越发长驱直入。实际上，现在，不管它是否真的还存在，他也不能彻底清除它了。他越是清除它，它往里钻的越深。记得那时，孩子们每次从寄宿学校回来，几乎都要拿着一本语文老师让他们看的杂志，里面的文章大多一事一议，结尾画龙点睛。据说多读这些文章对作文很有帮助。

但他们的生活并未朝着寓言的方向发展。这天，他下班回来，老婆主动打破了僵局，兴奋地说，她找到那根鱼刺了，原来，它在鞋底下。被鞋底严重地窝藏了。那是一双布鞋。真的，他怎么就没想到呢。虽然事发那天，他穿的并不是布鞋。但这一点也不妨碍它窝藏那根鱼刺。

一切似乎都合情合理。看来，喜剧仍然是生活的本来面目。他当然不知道这根刺其实不是他掉的那一根。但这一点也无损于生活的喜剧性。甚至，它本身就是喜剧性的一部分。

生活又回到了此前的正常轨道中。他每天早晨跑步去买早点。回来，老婆已经煮好了豆浆。吃了早餐，坐公交去上班。中午吃快餐，然后在办公室的长沙发上睡一觉。如果有事情睡不成午觉（应酬啊，聊天啊，准备下午的检查或开会啊），他就忍受一下，回来时在公交上打个盹。也不管司机是否喝醉了酒或真的有神经病了。他有个本事，就是可以坐着睡觉，而且总能及时醒过来。只有极少数时候，他多坐了一两站。吃了晚饭陪老婆出去散步。有时候也去超市买点东西。回来就看看电视，上上网，时间很快就过去了。然后和老婆分次分批洗澡。他们的夫妻生活（这个词，有点故作正经或道貌岸然啊）也恢复了正常。每星期两到三次。像完成谁下达给他们的任务。有一天，他回来喜滋滋地告诉老婆，他又要加工资了。

老婆也很高兴。毕竟，这个月，开销比上个月大了许多。很多东西都涨了价。

但马上，老婆又忧心忡忡起来，说，工资不加还好些，一加，东西涨的更快了。

的确，每次不都是这样么，工资还没加到手，物价就已经闻风而动，涨起来了。晚上，他们躺在床上，商量着怎么给他们那点可怜的存款保值。再买一套房子？现在欠着银行的按揭都要到十多年后才能还清。再说已经有了限购令，他们也不能买房了。虽然限购并未使房价出现想象中的降低，反而使周边区县的房价也涨起来了。买股票？他们不懂。有人说自己炒股赚了很多钱，他都不太相信，他怀疑，那些人肯定是亏了本，想拉别人下水，就像他有个朋友，买了辆电动车，老是出问题，有一次把他掀翻在地差点让汽车压死，但他一直在想办法说服自己那辆车的质量没有问题，而且还到处向别人推荐，说它怎么怎么好。

吃了晚饭，他们又去超市。见很多人在买食用油。有个人推了满满一购物车。别人看到了，也去抢，食用油很快被抢购一空。他们幸运地也抢得了一壶。

谁说我窝囊

我老婆被她公司的老板玩了。

消息来得很偶然。一伙人已经喝了两瓶，还嚷着要酒。六十多度的老白干，他们像喝啤酒一样。我给他们开酒，一边听他们瞎扯。有时候，我像个地下工作者一样，不知不觉知道了这个城市的许多秘密。他们不会提防我，因为他们不在乎我。男人喝了酒就会谈女人，这时有个家伙说，他有个朋友，在情场上如何放肆疯狂，并说最近弄的一个女人，叫××，是自己公司的会计。说实话，这种事情我听得太多，都不太想往耳朵里去。我喜欢听他们讲政界秘闻或某个人物的发迹。再说我老婆的名字再普通不过。但那个家伙画蛇添足地说道：我那个朋友你们说不定认识呢，叫×××，开了一个××公司。

我猛然一惊。我的手发起抖来。

我控制了我的失态。我急着想下班，好回去质问老婆并把她教训一顿。然而，好不容易等到下了班，我却发现自己并不想回去。我十分失落地沿着街道游荡了一会儿，来到了河堤上。河水散发着一股什么味道，灯火像一堆什么颜料泼进了水里，浪里浪气地笑着。我捡了一块断砖朝它扔了过去，谁知它笑得更响了。我眼前晃动着老婆和另一个男人的身体。我用力咳嗽着，喉咙里像是卡了一根鱼刺。我舌根发烫，想往肚子里灌一点什么。我站起来，想找个地方买瓶酒。但奇怪的是，他们都不肯卖给我。他们像商量好了似：要打烊了，要打烊了。我想是不是我的脸色太难看，把他们吓坏了？我想跟他们打一架，但我一个外地人，肯定是要吃亏的。我憎恨我这时还有理智。真的，理智不是什么好东西。有人说，它使人更像人，我却认为，更多的时候，它使人更不像人。这时，各家店铺真的陆续关门了，只有路灯被冷冷清清地拒之门外。我掏出手机看了看，的确已经很晚了，我在街边早已关门的超市橱窗里照了照，看到里面也有个人在看我，我吓了一跳，忙退后一步，用力揉了揉眼睛，才发现那个人是我自己。

　　回到租房，老婆说已经等了我好久。她说这么晚了，你怎么现在才回来。我没作声。她说你怎么不说话，跟谁吵架了吗？她脸上堆满了娇笑，想像往常一样靠过来。我忽然觉得她的笑很恶心，好像有一只苍蝇停在那上面。我挥了挥手，想把那只苍蝇赶走，她大概以为我是在叫她走开之类，便叫了一声我的名字，问我是什么意思。我看了她一眼，瞧她振振有辞的样子，倒像是我做了什么对不起她的事情似的。我很想直说我觉得她脸上有一只苍蝇，但话一出口又转了个弯，变成了：你脸上好像有一只蚊子，我想帮你把它拍掉。我越说声音越小。她笑了起来，以为我在跟她调情。因为有时候，我会说她脸上有一只小蜜蜂。她知道我这是在赞美她的脸像一朵鲜花。她笑着说，蚊子怕什么，我不怕蚊子。她笑得暧昧。我不做声。现在，那只蚊子已经不是我而是她公司的老板了。

　　不过我还是忍住了没有发作。我想起了昨天在报纸上看到的一则新闻，说一对小夫妻吵架，吵着吵着，男的失手把女的杀死了。他们都是外地人，在这个陌生的城市，除了彼此就举目无亲。他们太孤独了，连吵架都没个人来劝劝或找个人倾诉一下。男的很绝望，便把自己也杀死了。我和老婆也是外地人，我一个省，她另一个省。

我说我身上脏，要洗澡。我故意用了个多义词。我发现，人一不高兴，就会到处寻找多义词。她大概没听出来，放心地睡觉去了。想起她的老板，我真的觉得身上脏起来了。我漱口，洗澡。我磨磨蹭蹭的，在卫生间里折腾了大半天。我回忆了一下老婆在这段时间里的举动，并没有发现什么不对头的地方，比如听别人经常讲的，更爱穿衣打扮、照镜子了，对我横挑鼻子竖挑眼了，身上或包里忽然蹦出了名贵首饰偏偏还骗我说是在地摊上很便宜买到的啦，诸如此类。真的，她还是以前的样子。她是个很节俭的人，从不为自己多买东西，看中了一件衣服要念叨多次最终还是在我的催促下才把它买来。如果被别人买去了，她会露出很惆怅的表情，不过马上又恢复了原来的样子。可如果她是被迫的呢？她受了欺负，自然就不会搔首弄姿了。那么她的心情就会很沉重，看我时眼睛也躲躲闪闪的。这时我才记起，我已有好久没有像以前那样看她的眼睛了。我喜欢把床头灯扭亮，支起肩肘，把她揽在怀里静静地注视她的眼睛。这时她是世界上最美的女人。可不知怎么的，我已有好久没这样过了。我知道忙不是借口，肯定有别的原因。我一时说不出来是什么，只是猜想，它可能和生活的机械重复而导致的乏味有关，就像工厂的流水线一样。我已经很久没什么激情了。现在听说她跟她的老板，我妒火中烧，让我惊讶的是，我忽然来了激情。我想起了小时候妈妈烧的煤骨。她经常到一些单位的围墙外边捡煤骨，这些黑亮的硬块，像是煤的癌症一样被剔出来毫不犹豫地扔掉了，我妈妈却总能有办法让它们升起幽蓝的火苗。母亲说，这种火，比普通煤块的火更毒。我的激情像煤骨一样也掺杂了嫉妒还有其他的成分，它使我一下子阴毒地燃烧起来。

我故意把拖鞋弄得踢踏作响。这时她已经睡着了。我愤怒地想道，她大概是和她的老板在外面搞累了吧，那好，我偏偏不让你休息。如果说，她真的有什么变化，在这方面，好像是有一点。她比以前被动多了。如果我不主动，她是绝对不会主动的。她虽然没有推辞。以前我还大包大揽地把原因归结在自己身上，因为我自己也有点儿公事公办。有几次，我早早收兵，还问了她一句什么，而她居然也含含糊糊答应着。实际上，说不定她早就在盼着我收兵呢。现在我要折磨得她一整晚都不能睡觉。我粗鲁地弄醒了她。她说她要睡觉。我说你睡你的，我干我的。我有些无耻。我已经确切地知道，她体内有一个小偷，他躲在里面，而我，要把他赶出来，跪在我面前向我求饶。如果他不肯出来，我就捅死他。

她说，你疯了吗？

我忽然想起，老婆其实是一个很胆小的人。刚到现在的公司时，经常向我倾诉在公司里的烦恼，比如杂事太多啊，要做假账啊，女同事之间难相处啊。有一次，她反复念叨她得罪了一个人。她说，跟对方每天都要见面呢，多难为情啊。或者：早知道事情会这样，她绝对不会那么干的。她患得患失，战战兢兢。有一次，我和她一同去超市买东西，付款时，一个长相蛮横的女人忽然插到了我们前面，她很生气，可是不知道怎么办才好，回头可怜兮兮地望了我一眼。按道理，我是不应该跟对方一个女人一般见识的，但老婆不肯出头，我只好上前了。我对收银员说，请按排队顺序收款吧。收银员忙说对不起对不起，我没注意到这个人是插队的。那个中年妇女的脸一下子红了起来，像只杂交的南瓜。我想，如果老婆在和公司老板的事情中也处于被动地位，也就是说，对方故意威胁她（这个年代，谁都知道失业的可怕，何况老婆一直为她的大专文凭而自卑），趁她软弱无助时欺负了她，那我完全怪罪于她是不公平的。想到这里，我的心软了下来。我忽然滚鞍落马，把她紧紧抱在胸前。想当初，我也正是因为这一点才把她搞到手的。从外貌来说，我不一定配得上她。她的漂亮对我来说就像满汉全席。但我直奔中间那道菜，不给她思考和反抗的余地。在她犹豫不决的时候，我没有让她选择而是直接把结果摆在她面前。她乖乖就范。虽然事后她哭个不停，可我听说，这时就应该让她哭一哭。女人的眼泪不一定表示伤心。果然，她在哭过之后，便表现出一副和我同舟共济的样子，处处维护我。如果有人胆敢说我的坏话，她一定会气愤地反驳。但现在看来，我的办法别人用起来一样有效。她同样抵挡不了别人的进攻。现在，她大概已经在心里和别人站在一起反对我了。

其实我认识那个家伙。有一次，我和老婆在商场购物，碰到一个男人，老婆介绍说，这是公司老板。又对我介绍说，这是她先生。所以我有时候去她公司，碰到那个家伙，还似是而非地对他点了点头。因为我不相信他还记得我，但我又怕他还记得我，所以点点头还是有必要的，毕竟我老婆在他公司工作。现在看来，他很有可能是记得我的，或许正是那一次见面，才使他动了歪心思。他会想，这个家伙，怎么找了个这么漂亮的老婆？不用说，他老婆是肯定不满意的。回想起来，他好像是用那种有点意味深长的目光看了我老婆一眼，而我老婆居然不争气地红了红脸。她的红脸肯定鼓励了他。说句公道话，这家伙长得比我好，高高的个头，卷曲的头发，气宇轩昂的样子，站在他面前，我不禁有些自卑。但我也挺了挺胸脯，没想到，这更加暴露了我的不自信，使他对自己的计划更有信心。我怀疑我老婆就是在那次商场见面后跟他搞上的。这样说来，难道这件事不怪老婆和他，反而要怪我自己不成？这样一想，我又气愤地把手从她身下抽了出来。

不一会儿，老婆就呼呼大睡了。我睡不着。我听说，别的夫妻在做那件事后都是男的先呼呼大睡的，我和老婆恰恰相反。我还曾经为此暗暗得意呢，好像我比她乃至其他男人更厉害似的。现在我该知道她为什么比我睡得早了。

她睡得像一头猪。

我吃了一惊。我从未用这样粗俗的语言来形容过她。其实她侧卧在那里，睡姿是很优美的。身体的轮廓在睡衣里若隐若现，起伏有致。像某个城市的海岸线，到了晚上，灯火逦迤，更加动人。我几乎被打动了，又想冲动地去抱抱她。毕竟是我的老婆，不是别人的。毕竟我对她还是很有感情的，毕竟我和她在这个城市里举目无亲。这时，她的美与丑都在我心里打翻了，搅拌在一起，散发出一种怪味。不行，我不能不管，我不管谁管呢？我得帮助她，对她负责，还要对那个家伙还以颜色。我要让他知道，我们这些人也不是那么好欺负的。

我想，跟那个家伙去吵架，肯定是没意思的。主要是，我的形象比他差。我没办法不对这一点耿耿于怀。我真是一个没出息的人。别人会说，难怪啊，谁叫他形象不如人家呢？我设想着自己很冲动地向那个狗屁公司冲去。大概是路太远，等我跑到那里时，早已气喘吁吁，火气也没开始那么大了。这是我最没出息的地方，对别人永远也产生不了刻骨的仇恨。我没有急于进去，我要想办法让自己的火气重新大起来，便在马路对面瞅着。不一会儿，我果然看见那个家伙从里面走出来。只见他还是那么气宇轩昂，头上像明星那样打了摩丝，湿漉漉的。领结也那么高高在上，而我，只能系着一条土里土气的领带。他的皮鞋那么亮，好像灰尘一到上面就会自动滚落下来。我激动起来了。我想我应该趁他不备，扑上前去狠狠揍他几下，把他的领结撕扯下来，在他脸上抹几个泥印，看他还神气不。可这时，我忽然犹豫了，真的是他吗？我又拿不准了，在我眼里，老板跟老板都是差不多的。我总是分辨不出这个老板和那个老板的区别。我正在嘟哝着给自己打气，没想到我老婆也跟在后面出来了，和那个家伙一前一后上了车。嘭，车门关上了，轿车急速向什么地方驶去。她怎么不早点出来呢？我恨恨地想，只闻到了一股汽油味。

不行，这个办法明显是不行的。如果老婆没发现我，别人会以为我是小偷或抢劫犯，把我送到派出所去。如果老婆在场，我会更让她瞧不起，她会叫一声我的名字，然后说，你真丢人。

你看，事情就是这样，明明是她丢人，到头来，反而会弄得她说我丢人。这世界公理何在？

那就到他领导那儿去告状吧，我有身份证工资卡还有结婚证，人家会相信我的。可那个家伙是个私企的老板，哪里有什么领导？他自己就是领导。由此可知，还是公有制好，一找就找到领导了。虽说那领导也不过是嘴里支吾着，心里却在暗暗发笑，因为他们毕竟是一家人，再说，你自己没把老婆看紧，怪谁呢？但我还是可以使用一些下三烂手段把水搞浑，比如给领导写匿名信，说他经济上有问题，用人上有问题，并多次赌博嫖娼。现在，有几个领导在这方面是说得清楚的？我设想着对方被检察机关弄得焦头烂额的样子，最后被停职，受处分，甚至被检察机关提起公诉，人大代表或政协委员也当不成了，那多好。这样，我既达到了目的，还干得神不知鬼不觉，老婆也不会怪我人品差，我也就装做什么也没发生，我们还可以相安无事地过下去。但他没有领导，我就没办法了，匿名信寄给谁？只要出了钱，代表或委员照样当。哎呀，麻烦。要么向税务部门举报他偷税漏税做假账？对，就这么干！这招肯定有用，我越想越兴奋。但这无疑会牵涉到我老婆，到头来，反倒弄得他们像是患难夫妻了，我这不加深了他们的感情吗？我们酒店的两个会计，就经常被税务部门叫去关上几个小时，等经理花钱消灾了，她们才被放出来。所以，即使这个家伙做了假账，他肯定也早已跟相关部门摆平了，我告也白告。这样的事情，我听得多了。

  这个办法又行不通。那么，花点钱找人把对方修理一顿？这样的事在这座城市里倒是经常发生，报纸上经常刊登类似新闻。于是我就去找。可我本来是个交游不广的人。别看平时看报纸（报架大厅里就有），觉得这城里到处都是黑社会，不是雇凶杀人就是团伙抢劫聚众斗殴。可真正要找他们的时候，我却不知道从哪里下手。如果我向人打听：喂，你认识黑社会的人吗？人家会奇怪而生气地瞪着我，然后气势汹汹地质问我是什么意思，弄不好还说我侵害他名誉权。没有人能回答我这个问题，我到哪里去找？别看它的名字那么庞大和吓人，其实是很抽象的东西。就好像一个人在找什么单位，它的牌子明明挂在那里，可如果没人跟你说，他是领导，可以代表单位跟你说话，那你怎么也不能找到它，找到了也没找到。它像是巨大的海绵，你打一拳它缩进去，你抽回手它又鼓出来。黑社会也一样，它像空气污染一样无孔不入，可你又找不到某一个具体的人。

更何况，小品演员赵本山说了，咱中国没有黑社会。

我左思右想，仍然没个好办法，便越来越睡不着了。我捉摸我平时看的那些报纸，忽然又有了主意，我想我是不是可以去勾引那个家伙的老婆？这样我们就扯平了。对，这个主意甚好。

我想，他老婆可能有两种情况，要么又老又丑，要么年轻漂亮。如果属前一种情况，那我很有可能成功，听说现在很多富婆在感情和肉体上都得不到满足，就像我几天前在报上看到的，一个市政府大院的家属楼，基本上都成了"寡妇楼"，因为男人们大多因贪污受贿什么的被抓起来了。问题是，他老婆很可能属于后者，甚至比我老婆还漂亮，跟她相比，我老婆简直就是丑小鸭，可那个家伙，仍然不肯放过我老婆，这说明他是一个多么贪婪的家伙。可我怎么打动她的芳心呢？制造一些奇遇，比如英雄救美之类？可这要帮手，而我不想别人掺和进来。而且她可能有司机或保镖，弄不好反把我揍一顿，那我不就赔了夫人又折兵了？尤其是，我的自卑感仍像块顽石一样挡在我面前，我一看到漂亮女人就脸红，说话都结巴。跟老婆刚认识时，我也结巴了好几次，以至等我们互相熟悉了，她忽然说，咦，你怎么不结巴了？有一段时间，她就拿这件事来取笑我。我意识到，要我去勾引那个家伙的老婆，太不切实际了。

除非，我忽然兴奋地从床上坐起来。老婆嗯了一声，似乎我惊破了她的好梦。说不定她正跟那个家伙在梦里干好事呢，那我这一掀被子，就好像忽然从地底下刮起一阵大风，他们一下子都睁不开眼睛了。对，我就是要他们睁不开眼睛。我豁出去了。我们这些人为什么老失败，就因为太高尚了。我想起曾经读过的一句诗：卑鄙是卑鄙者的通行证，高尚是高尚者的墓志铭。太有道理了！试想，如果当年项羽像刘邦那么下作，他会失败么？现在外面红灯区那么多，宾馆里按摩的地方也有的是，我不如去鬼混一次。说实话，我很早就想去那里看看，一直没下定决心。我怕被受骗，怕被抓罚款，怕得病。每次路过那里，我都会忍不住朝里看上几眼，小姐们白嫩的大腿像莲藕忽然钻出了地面。她们的超短裙像荷叶脸像荷花。她们朝我招手，我像个小学生似的忽然惊慌地跑开，她们肯定捂着嘴笑了起来。现在我决定铤而走险了。而且是一举两得的好事。我在泥地里打了个滚，不用说，我身上也沾满了泥。回来，我就把泥也沾到老婆身上去。老婆就传花授粉，于是，那个家伙也就中招了。我像一个播种的人，满怀希望地等待预想中的事情一步步发生。他会化脓，生疮，他走到哪里，都有一种驱除不去的臭气。它会影响到他的生意，他的合同，他的谈判。别人都捂着鼻子。不用说，他马上要破产了。说不定，我还会在性病医院里碰到他。我对他笑了笑，他也对我笑了笑。他把我当成了他的某个他叫不出名字来的熟人。他羞愧，没脸见人，恨不得找个地缝钻进去。他不知道，是我向他放了一支冷箭……可是且慢，我在医院里干什么？肯定是得了跟他一样的病。他都得了，我不得说不过去。不然我哪里来的毒箭呢？可如果我真的得了这个病，哪有钱治呢？听说治这种病要花很多钱，有的人花了好几万都没治好，还有的根本就治不好，只有等死一条路。吓，这不行，我出了一身冷汗。治这样的病，对于我来说是经济和精神的双重折磨，而对那个家伙来说，说不定还给他提供了一个休息和补充营养的机会。有时候老婆会在我面前不自觉地流露出心疼那个家伙的意思，说对方怎么辛苦，做生意多么不容易，当时我还没反应过来呢。打的针里都有葡萄糖，这在我们乡下是最有营养的东西，村长老婆每天清早都要对着冉冉升起的红太阳仰脖喝上一支。这些当老板的有的是钱，而对我来说，这肯定是一笔不小的开支，会动摇到经济基础。何况我老婆也会得这个病，他老婆因为可能很少跟他同床，说不定不会得，从人数上来说，二比一，我还是吃亏了。于是我对自己说，你这是玩火啊，没烧到对方，反而把自己烧了个片甲不留。

　　我想了一夜，把自己的脑袋都想痛了，还没有想出一个好办法。末了我决定还是在自己这边做文章。他们做老板的，搞不搞女人我不管，但不要搞我的女人，对吧？我管不到别人的女人，但自己的老婆总是可以管的吧？我想，自己的老婆之所以被别人搞，是因为她长得漂亮，那好，如果我把她弄得不漂亮了，别人不就放手了吗？对啊，原来这么简单。我可以在她的衣服上做文章，比如某件衣服，她穿上明明很好看，可我故意说不好看（有时候，她会征求我的意见）。或者，我干脆偷偷把某件她喜欢的衣服泼上油污或剪破。问题是，衣服没有了可以再买，说不定还给了对方一个向她献殷勤的机会呢。再说，现在有一种衣服是以破为美的，我估计她穿着被剪的破衣服会更性感，更撩人。不行，这方法不行，等于在开发她的美貌资源。要不，在她的化妆品里做文章，偷偷兑上什么毒素，让她用了之后变老，变丑？可我不是学化学的，对这一行不懂，不像人家往牛奶里掺三聚氰胺那么顺手。除非，我把她毁容。我搞来一瓶硫酸，泼在她脸上，那人家还会喜欢她吗？我在电视里看过被硫酸泼过的脸蛋，那简直跟被火烧了一样，寸草不生了。但这要犯罪啊，犯罪的事我不能干，我不能因为别人干坏事我也跟着去干坏事。我本来是想干好事的，如果我干了坏事，那不就适得其反了吗？我没那个本事，可以那么快就把坏事变成了好事或把好事变成了坏事。再说，我不忍心。毕竟是我老婆啊，我怎么能把自己喜欢的女人毁掉了呢？那我以后要天天对着一张丑面孔。爱美是人的天性。我不能保证，别人都不喜欢她了，我还会喜欢她。

　　你瞧，我真窝囊，这点事，我都搞不定。

　　那段时间，我真不知是怎么过来的。我上班时老是恍惚。我跟她吵架。我摔东西。总之我要折磨她，弄得她也不好过。但我下定决心，在没找到合适的办法把事情解决好之前,我是不会把事情捅破的。反正,她已经被人搞了,搞一次也是搞,搞两次也是搞,我也无所谓了。当然,我也不是那么好欺负的。有时候,她想讨好我,跟我做爱,我也爱理不理的。我故意中途停住,下床去找什么东西。或者草草收兵。有一次,她放了一个屁,我对此冷嘲热讽。我装作对她完全不在乎的样子。实际上,我也是有些不在乎她了。这期间,我跟酒店的一个服务员好上了。作为领班,这是很方便的,就像列车长跟列车员一样。我跟她经常在某间客房或储藏室幽会。她丈夫在一家电子厂打工。刚开始,我还觉得什么地方不对头,究竟哪里不对头我也说不清楚,想打退堂鼓。但她鼓励我,说,知道我为什么喜欢你吗,因为你是个勇敢的男人,你敢想敢干,棒极了!我家那位,就是用脚蹬他,也蹬不出一个屁来,我跟他一同出来打工,在车上被夹了手,叫他去找列车长,他不敢,后来我自己去,列车长赔了我两百块钱医药费。他太窝囊了,我不喜欢太窝囊的男人。她的话让我脸红了半天。他不知道,其实我也是一个窝囊的男人啊。为了不显得窝囊,我只好跟她好下去了。

  我和老婆的关系就这样不咸不淡维持着。我也不知道会怎么发展。因为我并不想跟她离婚。我在给那个服务员买小礼品的时候总是想到了她,便也给她买了一份。直到有一天,我从外面回来,看到她坐在那里哭。她哭得那么声情并茂,旁若无人。我吓了一跳,以为她知道了我和服务员之间的事。我低下头,呐呐地坐在一旁,听候她发落。我就是这么贱。只要我还爱着她,我就会一直贱下去。虽然明明是她先做了对不起我的事。她抬起红肿的眼睛,见了我,忽然扑了过来,她本来想扑到我肩上,她的脸在快到达目的地时,不知怎么的,忽然改了个方向,扑到我大腿上去了。她一边哭,一边说,那个家伙不要她了。

  说完,她吓了一跳,我也吓了一跳。她停顿了一会儿,索性把什么都讲出来了,她以为我仍然不知道。她叫了一声我的名字,说她对不起我。说完这个开场白,她就开始向我控诉起她情夫的罪行来,说他骗她要跟老婆离婚，跟她结婚，说他一直生活在老婆的阴影之下，因为他的公司都是靠着她娘家人做起来的。他老婆因此对他颐指气使，什么都凌驾于他之上。他说，就是干夫妻那种事，他也从来别想到她上面去，所以他一直渴望有个上去的机会，不得已，他背叛了婚姻，他说他爱我，我是他心目中的女人，有血肉有温度，而他老婆好像是塑料做的，是个塑料美人。我老婆边说边哭，一副很伤心的样子，她完全忘记了我是她丈夫。她说，因为那个家伙的许诺，她把那个公司几乎当成了自己的。她做的账务没法说，滴水不漏，把学校老师教给她的那点做假账的本事全用上了。老师说，你们在毕业找工作之前，一定要学会做假账，不然你们一天也混不下去。但就在她对对方越来越投入的时候，她惊讶地发现他还有别的女人。那天，她看到他搂着一个她不认识的漂亮女人进入了一家高档商场，然后又去了宾馆。我老婆说，她简直要疯了。她拼命打对方的电话，那个家伙说，他在跟客户谈业务。我老婆说，你在床上谈业务吧，别骗我了，我都看到了。接着，她报出了那家宾馆的名字，然后挂了电话。这时她还想掌握主动权，想等对方来向她认错。谁知对方根本没动静，她再打电话，对方要么不接，要么干脆关了机。她使出种种手段，依然没有使他回心转意。今天下午，那个家伙终于来找她了，把她叫到办公室，说他们的男女关系就此结束，如果我老婆还想在公司干，他欢迎，如果不想干，他也没办法。我老婆威胁他说，她掌握了他许多违法的证据，他听后淡淡一笑，说，你以为你这个会计真的起了很大作用吗？没有他的运作，你的账做得再好也没用。停顿了一下，他继续说，他已经为我老婆找了一个财务上的帮手。说着，他拨了个电话，一个女的打扮得像个妖精一样进来了。说不定，她是他的又一个女人。他在暗示我老婆，她的工作不怕没人干，她随时可以走人。我老婆就哭哭啼啼地跑回来了。

听到这里，不知怎么的，我忽然很难过，仿佛被抛弃的是我自己。我也向她诉说了我在这段时间里的嫉妒和痛苦。老婆说，原来你早已知道啊，那你怎么不早点挽救我。于是我们两个人抱在一起哭作一团。我们把彼此当作了自己的故乡，我是她的那个省，她是我的那个省。谁叫咱中国这么大呢。好像我们是伏在故乡的肩膀上痛哭似的。难道因为是外地人，我们真的就软弱无助吗？我擦了擦她脸上的泪水，也擦了擦自己脸上的泪水，我说，不，我不能让他这么轻易地抛弃了你！

我决定先去找他老婆。他不是怕老婆吗，那好。我从老婆嘴里知道了那个女人的详细信息。第二天，我请了半天假。我在一个地方拦住了她的车。她警惕地问我是谁，干什么，一边拿起手机，似乎随时准备报警。她的确是个见过世面的女人，不慌不忙，居高临下。我说我是谁谁，我老婆是你丈夫公司里的会计。她哦了一声，说，那你上来，我们找个地方去谈谈。这出乎我的意料。见我犹豫不决，她说，你不上车，我就走了。说着开始启动轿车。我忙伸出了手。

她把我带到一个茶座，说，她每天都来这里喝早茶。这边的人真富裕，喝个茶也弄得这么豪华。她点了小海鲜，并自作主张地也给我来了一份。她说，你老婆是不是叫××，我说是啊，她说她知道，她老公跟她讲起过。我说你知道我为什么要找你吗，她说，不是我老公把你老婆甩了吧？看来她什么都知道啊，我暗暗吃惊。她说，谁都知道，迟早有这一天的，你那个老婆，太傻了。听她这么评价我老婆，我有些生气。她看出来了，放下杯盖噗嗤一笑，说你这样的老公也真难得，老婆被人抛弃了，你居然来给她讨公道。我说，既然你什么都清楚，那好，我就直说了，我觉得你老公不能就这么把我老婆甩了。她说，那你们想怎么办？要钱吗，要多少？我更加觉得受了侮辱，我说，我老婆又不是做小姐的。她说，那你干吗要找我。我说，我要个说法。我说，反正没有这么简单。我有些语无伦次。我也不知道自己究竟要什么。我脸红了。不知是温度太高还是怎么回事，我头皮发痒，身上在冒汗。

她说，你别急，我们慢慢聊。小兄弟，看上去你挺心善的，比以前找过我的那几个人要好，他们见我主动出钱，都高兴得不得了。对，你老婆绝对不是我老公的第一个猎物。你老婆刚进公司的时候,我就把后来的事情料想得清清楚楚。说得不客气一点,你老婆的确是有点傻,一根肠子通到屁股眼,不知道绕弯弯。我不妨讲点我和老公的故事给你听。我老公想必你也是见过的,看上去是个体面的人,对,当初我正是看上了他这一点,才跟他跑到这里来的。我不是本地人,老家离这里很远,那时,他到我们那边做银洋生意,说是做生意,其实是骗,用假银洋去骗人家的真银洋。都是乡下的老家伙,老眼昏花,分不清楚,他走村串户的,嚷着高价收银洋,那些老婆婆急于换现钱,便把家里藏的银洋拿了出来,那一般是祖传的,留给她们死后咬牙的,可缺钱用,她们就管不了那么多了,我老公和我哥哥合伙,他们从老婆婆手里接过银洋,装模作样看了几眼,又还给了对方,说银洋哪里哪里不好,实际上他们已经把真的和假的对换了,那些老婆婆大概到死也不知道。听到这里,我说,原来是你们干的好事,听我娘说,我外婆的十几块银洋就是这样被调了包,说不定就是你老公他们干的。外婆送了一块银洋给我娘,有一次,我娘准备拿它去打戒指,银匠说,是假的。我娘这才明白过来。这时我外婆已经死了,她含在嘴里的那块银洋也是假的,你们这些骗子!我气愤起来。她笑了笑,说,当时我们那里干这种事的人很多,全国各地到处跑,哪有那么巧的事呢,只是我哥没想到,他虽然骗了很多真银洋,却把一个妹妹输掉了,我喜欢上了我老公,我哥极力反对,说我老公这个人有点糊(涂),也就是智商有点问题。他当然比我更了解我老公,我也知道他的话是对的,但我就是喜欢这个人。我对哥哥说,糊人有糊福,难道你没看出来?我跟他跟定了。既然我这么坚决,哥哥也没办法了,于是我和老公带着大把骗来的银洋回到了他老家,开始了创业。正遇上改革开放,我们把银洋换成了投资,当然,要想成大事,这点钱是肯定不够的,我们只有去银行贷款。可银行的款是那么好贷的么,银行里都是机器一样的东西,关得严严实实的,谁知道里面有没有钱,有多少钱,管理的人说有就有,说没有就没有。我一眼便看出那个银行主任打的是什么主意。他老叫我外来妹,鸡爪子手有意无意往我身上碰。我和老公商量对策。我把我的计策说了,我老公不同意。他说做人如果做到这份上,还不如死掉。他的话让我备受感动,可越这样,我便越要帮助他。我说有时候,那些国家元首的老婆为了国家利益,都不惜牺牲自己的色相,我一个小小老百姓,算什么。我反复做他的工作,他才想通。我第一次晚上去找那个银行主任,老公喝醉了酒,我也不管他,叫保姆帮他收拾。此后,公司的运转就不愁钱了,我不但搞定了银行主任,还搞定了相关行政领导。不用说,都是主任介绍的。没有他牵线搭桥,我哪有机会认识他们。问题是,银行和政府的领导一样,也是要经常换来换去的,好在他们都很负责,会及时地把我介绍给接班的人。后来,我老公跟那个保姆好上了,我也随他们去。但我跟他约法三章,他什么都可以动,就是不能动感情。动了感情不但自寻烦恼,还后患无穷。还有两条是:不能离婚,离了婚,我们这么多年的努力就付之东流了。离婚是一定要分财产的,把一个大公司分成两个小公司,那不是自杀吗?第三条,他永远是经理,是老板,公司事务,他有绝对的决定权,但在家里,他必须听我的。没有我,哪有公司的今天,对吧?所以我们家公司,是他在全权管理,我不插手任何事,但他必须服从于我。一切都来之不易。我眼光没错,我老公的确是有些福气的,在商场上总能逢凶化吉,总能在各种政策变化的瞬间抓住机会。我们事事都抢在别人前头。你不能否认,在关键时刻,信息比经营更重要。公司越做越大,可就在这时,我身体出现了问题,也不怕你笑话,现在,我的子宫已经没有了。我不知道我还算不算得上是一个女人。或许,这就是报应吧。我的性格开始变化。我暴躁易怒,没来由地找他吵架。有时候连我自己也暗暗吃惊,心想,我怎么是这样的人呢?我们之间的和谐被打破了。不久,他跟一个女人动了真感情。他豁出去了,要跟我离婚。孩子在国外听说我们闹离婚,也很着急,吵着要回来。我火了,我说你回来有什么用,你解决得了你爸的问题吗?我说你放心,你爸爸离不了婚。我找了两个人，把那个女的强奸了（她也是公司的会计），还毁了容。我把此事告诉他。他脸色铁青，但毫无办法。论关系网，无论是红道还是黑道，他都比不上我，可以说，没有我，他寸步难行。我要让他明白一个道理，如果他真的爱她，那就快点离开她，不然，他就会毁了她。他给了那女的（一个毕业不久的大学生，还没结过婚呢）一笔钱，了结了这段感情。不用说，那女的结果很惨。此后，他再也不敢玩火了。他越来越想得开了。这点令我满意。大概是想报复我，他每次玩了女的，都回来告诉我，可我哪在乎这个。我不但不生气，反而询问一些细节，给他出出主意。我注意到，我们的关系发生了微妙的变化，好像由夫妻关系变成了母子关系。这种关系让我很满意。渐渐地，我的脾气也好了许多。我们又有了共同语言。现在，我偶尔还会接待那些老相好，他们有的升了官有的降了职，当然还有的坐了牢，不过很快又放出来了，我一律同等看待，不厚此薄彼，为此他们都说我这个人好。他们居然不知道，我已经没有子宫了。本来嘛，我对他们也从没动什么真感情，床上的一些花哨表现，不过是装出来的，我只要继续装下去就行了。要说傻，这些人才是真正的傻瓜。我在心里从来没看得起他们过，哪怕是一分一秒。大概，一个经常被特权浸泡的人，就会变得弱智起来，很多别人一看便知的事情，他们却一辈子也看不透。他们自以为玩弄了我，却不知道我也在玩弄他们，利用他们。任何东西，你过度使用，便会反为其所害。

　　我说，我老婆的事情，你也知道么？

　　她说，怎么不知道，连他们第一次怎么上床的，我都知道。那一天，我老公把你老婆直接叫到他的办公室。他把门关上，就在沙发上把事办了，你老婆很紧张，他折腾了很久才成功。他说，他没想到你老婆居然一点反抗的表示也没有，除了害怕还是害怕。他说，真刺激。看来，现在的年轻人，别看表面上张牙舞爪的，又是先锋又是个性，可一旦涉及到实质性的问题，就可怜兮兮的，成了任人宰割的羔羊。幸亏我儿子出国了，幸亏我们赚了这么多钱，能让他出国，不然，他大概也要跟你们变得一样。我老公喜欢的，就是女人被伤害时那副可怜兮兮的害怕表情，他一看到它，就力气倍增。而当你老婆不再害怕、甚至表现出某种迷恋和奢望的时候，他便腻了，要摆脱她了。

我愤怒地说，你们不是人，你们变态！

她笑了，说，你看你，干吗那么剑拔弩张，来，有话好好说，不是有部电影，叫有话好好说吗，好像导演还是个挺有名的人，对吧？说说看，你找我想要达到什么目的？钱吗？要多少，你开个价。

我盯着她的嘴。这时我才发现，她的确是一个漂亮的女人。我老婆跟她相比，真的是天上地下。她涂了点口红，那种口红高级得如果你不仔细看，便不觉得是口红。她的嘴唇散发着阵阵热气，如果换一个场合，我肯定会被它俘虏，哪怕她那么老。有一种女人，越老越有魅力。我忙喝了一口热茶，被烫得差点叫了起来。

她仍然是那副姿态，重复道：说吧，你说个数。

我想，如果我真的说个数字，只要在她接受的范围之内，她肯定会给我的。她当时就会从包里拿出支票簿来。那我就发财了。用这笔钱，我也可以自己创业，也可以当老板，以后也可以玩女会计女秘书。但我赶跑了这个诱惑。我老婆已经让他们嘲笑了，我不能让他们也嘲笑我。我咳嗽了一声，镇定下来。我说，我不要钱。

她说，那你要什么？

我说，你老公不能就这么把我老婆甩了，他要对她负责。

她说，你的意思是说，要让他们的关系继续下去？

我说，当然了，也可以这么说。

她哈哈大笑了起来。她笑得是那么放肆，那么上气不接下气。很多人在朝这边看。她这一笑，她的丑陋和老态就露出来了。她说，想不到，你也这么傻，简直是，傻得让人莫名其妙。接着，她恶狠狠地说，不可能！

我说，如果你不答应，我就直接去找你老公。

她说，你找他？更不可能。

她再次狂笑了起来，好像我给她端上了一道开心的茶点。这次，她的老丑在我面前暴露无遗。

我盯着她，说，你真丑。

她说，你说得很对，我已经老了，变丑了，既然你感兴趣，我就让你看个够。我的头发是假的，说着她把头发取了下来放在桌上，她的头顶空空如也。我的脸也是假的，说着她从脸上扒下一张橡胶下来。我的牙齿也是假的，说着她把牙齿从嘴里取了下来。商业竞争是残酷的，我曾遭到一次暗算，牙齿被人家打碎了，当然，这绝对不是我老公干的，他不敢。她一边说，一边把外套褪下来。奇怪的是，其他人对此见怪不怪。她坐在那里，除了嚣张的举止和华贵的衣服，其他部位像一只骷髅。我害怕了，不管她还要怎么样，我后退着，然后夺路而逃。

我把谈判的经过告诉了我老婆，她怎么也不相信，以为我在跟她编故事。

我只好老老实实地承认，我是在跟她编故事。我在酒店的包间里听过那么多事情，足可以编一部或几部精彩的故事。我说，实际上，我一直呆在街角，什么地方也没去。我盯着来来往往的轿车，我想，那个女人坐在哪辆车里面呢？实际上，那些轿车都装着厚厚的反光玻璃，有的还拉着帘子，我什么也看不清楚。再说，像她这种身份的人肯定少不了保镖，我根本接近不了。跟你说实话吧，我不敢。

现在，我只有豁出去，直接去找那个家伙了。不然，老婆真的要瞧不起我了。我觉得我真是世界上最窝囊最好笑的人，自己的老婆被人玩了又扔了，而我还要去求人家不要扔。我设计着和对方见面时的种种情景，以便作好应对的准备。正在这时，我的手机响了，同事说有人到酒店来找我，很急，要我去一下。我拿起外套，心想谁会找我呢，难道是那个家伙知道我要找他算账，便主动找我来了？那好，我就去会会他。

我一路在脑子里算盘着可能发生的情况，为了让自己在他面前出现时不至于那么寒碜，我还打了个的。有时候，我跟老婆在街上散步，老婆说，瞧，他们真有钱啊，都有自己的车。我满不在乎地说，这算什么，即使有了钱，我们也不买车，我指着大街上那些穿梭的的士说，它们都是我的，我愿坐哪一辆就坐哪一辆。到了，我付了钱，拉开了车门，刚走下去，只见从什么地方忽然窜出一个人，拿着一杆什么朝我劈面扫来，嘴里说，我叫你勾引我老婆！我叫你勾引我老婆！而那个跟我相好的女服务员，则从后面紧紧拽住他的衣服，叫我快跑。

电动车

没想到才风光了十多天,刚买来的新车就出了问题。路面还好,但他忽然觉得屁股下面不舒服,到了单位一看,才发现是座筒裂了一个大口子。

他找到专卖店。老板不在,一个女的在那里一边看桌上的小电视一边嗑瓜子,大概是老板娘。他把情况说了,女人说,他们只负责销售,维修有专门的站点,地址买车的说明书里有。当然,我这里也有他们的名片,你可以拿一张去。老板娘说着拿了一张给他。他说我这车买了才十多天,按道理是可以退换的。退换?女人瞪大眼睛,说,这电动车又不是别的东西,你用过了还怎么换?换了卖给谁?只能保修。他想了想,觉得也有道理,就没有坚持。反正就是个坐垫,不是什么大问题,保修也行。

为了稳妥起见,他跟老板娘说,他忘了带发票,她这里肯定能查到存根,他名字叫王小民。他请她给他开个购车证明,免得他多跑一趟。我回家很远啊,他补充说。老板娘说,不用开证明,维修点会给你处理好的。

他就按名片上的地址找到维修点。一个小青年看了看他的电动车，说，座筒得换。他心想他们服务态度还挺好的。小青年很快就把座筒更换了。他连连感谢，推着车正要出门，对方说，哎，你还没付钱呢。他说，不是保修么，怎么还要给钱？对方说，座筒不在保修范围之内。他说，不会吧，既然整辆车都在保修范围之内，难道还不包括座筒么？对方说，是厂家这么规定的，不是我规定的，不信你看。说着到柜台里拉开抽屉翻出一本什么给他。他瞄了一眼，也没看清上面到底写的是什么，心想既然对方拿给他看，应该是真的。

他问，多少钱啊？

对方说，五十块。

五十。他也不知道到底贵不贵。但肯定不便宜。他一天才挣这么多钱呢。也就是说，等于车的成本一下子增加了五十块钱。他心紧了一下。不过转眼又想，如果用在空调身上，大概也只够十天的电费吧。现在，就等于他们多用了十天空调吧。而且还不用真的买空调。空调有什么好，不但耗电，还容易引起头痛，感冒，空气也不新鲜。每次从开了空调的超市里出来，他都要头痛一阵。这样一想，他心里又平衡了些。

但这个座筒实在不争气，不到半个月，又断了。他又去找维修点。还是那个小青年。不由分说，又给他换了。他说，这座筒，质量真差，这么容易断！小青年说，肯定是你在路上颠得太厉害。他说，他骑的路都是很平坦的，即使有沟洼之类，他也及时绕开了或下来推着车走。他们一个坚持是座筒的质量有问题，一个坚持是路的质量有问题。最后还是一个老师傅走过来，帮他检查了一下，说，不对啊，这车的后座太高了，座筒不断才怪。

他一看，可不。

他说，既然这样，你们就不应该收我的钱啊，这明摆着是车子的质量有问题。

小青年说，即使车子质量有问题，你也应该去找专卖店，我们只管维修，按规定收费。

老师傅对小青年说，你给人家调一下，看能不能弄好。

小青年白了老师傅一眼，说，就你能干。

老师傅不做声，低头退回里面去了。

他不想再争执下去，怕让老师傅难堪。其实不调也好，还能保留个质量不合格的证据。

他回头找到专卖店。这次，店老板在。他把情况说了，店老板没什么表情，说，去修修吧，修修就好了。

他说，不是修的事情了，我已经换了一次座筒，再换还是会断。维修点的师傅说了，是车子的后座太高，导致座筒断裂的，所以说，这辆车质量根本不合格，我要求退货！对，是退货，而不是换货！换了也没用，更别说修了！他一口气说了这么多。他脸色通红，胸口起伏。他从未因为这样的事跟人家争得面红耳赤。一时间，很有些不适应。有些晕眩。觉得自己的声音有点陌生，脚也飘忽着踩不到地上。

店老板说，退？不可能。你已经都骑了一个多月，怎么退？要退，你找厂家去，他们说可以退你就叫他们给你退。

他说，我是在你这儿买的，当然只能找你了。你是经销商嘛。厂子那么远，来回两三千里路，谁给我报销路费？

老板说，如果他们答应退，自然会给你报销路费的。

他说，你的意思是说，如果他们不肯退，那我的路费不就白花了？

老板笑了一下，说，这个，你自己定，我管不了那么多。

他说，你以为我真的那么傻啊，我才不会去找他们，既然我是在你这儿买的车子，既然车子的质量不合格，我就找你！我找你天经地义。

老板说，质量合不合格，不是你嘴巴说了算，得有相关机构的鉴定才行。

他说，我这就去请人鉴定——幸亏刚才维修点没调这个后座，不然我还没有证据呢。这时，他心里倒有点感谢那个小青年了。

老板依然不紧不慢，说，那你鉴定好了再来找我，现在请你出去，别妨碍我做生意。

他很生气。刚好有几个人进门。他本想故意嚷嚷几句，好让别人听到。不过那样也显得自己太没涵养了。他要显得很宽容，很大度，才能更显出对方的小人伎俩。这时候谁生气谁就输了。因此他压低声音，然而又自觉很有分量地说道，你这个人，生意是这么做的么？难道你忘了上次我买车时你对我说欢迎我常来么，现在有麻烦了，就要赶我走了，告诉你，我偏不走，看你怎么办，我完全可以嚷嚷起来，让别人知道你卖的是什么货色，不过我懒得跟你计较，我相信公道话自然有人说。

老板说，那好，你爱怎么干就怎么干吧。

他说，我找消协去。

一脚迈出门，他才发现自己似乎中了老板的激将法。老板恨不得他快点滚蛋呢。可他的一只脚已经迈出来了。再撤回来就没意思了。

不过找消协也没错。早找他们早解决，更好。他又高兴起来。

老板在他背后不冷不热说道，找消协也得先鉴定。

他理都不理。他有重要证据在握。他把车子发动。如今，他倒真有点担心店里会忽然冲出几个彪形大汉，强行把他的车子给换了呢，那他还真没有证据了。他握紧车把，似乎不让别人夺去。

回到家，他把情况跟老婆讲了。本来，他不想跟她讲。怕她担心。或责怪他不该忽发奇想买什么电动车。虽然买之前经过了她的同意。但现在，不是出问题了么。你看，现在后悔了吧？她会说。这次的确非同小可。电动车不比一台收音机或一盒牙膏什么的。老婆说，家里有电视，电脑，还要收音机干吗？或者：上次的牙膏还没用完，怎么又买来了？其实，他买收音机无非是想怀一下旧。他忽然想起在学校读书的时光来了。买牙膏则完全是因为它降价。电动车这么大的事情，如果不跟她讲，她以后知道了肯定要生气。再说，买车也不是他一个人的意见。当初，若不是她那么极力劝他去买，他还不一定下得了决心呢。据说，一个人做了错事，最想的是拉另一个人进来承担责任。

讲完，他松了口气。老婆似乎也果然觉得自己是有责任的，并没有指责他，而是着急地问他：怎么办呢？那怎么办呢？两三千块钱呢！本来是要买空调的呢。

他说，我准备打电话给消协。

老婆说，那你快打啊！

他说，真打？

老婆说，当然，难道就这么算了？

他说，那好，我来打。可如果他们要做鉴定怎么办呢？

老婆说，那就做啊，怕什么。

他说，可是鉴定费挺贵的，我上网查了一下，至少要几百，最贵的怕是要一两千。

老婆说，那么贵，谁做得起！都差不多可以重新买一辆了！简直是不让人家做。

他说，是啊，就好像……（像什么，他一下子还没想出来），要不还是先别找消协，免得到时候自己骑虎难下，反正座筒也不是什么大问题，不如再到维修点请他们弄一下，等出了问题再说。

第二天中午，他又去了维修点。担心把座筒压坏，他只坐了一半。歪着身子，很滑稽地把车骑到了维修点，在对面的树阴里停了下来。他希望那个小青年不在那里，那他可以直接找那个老师傅，请他把后座弄好。正是吃午饭的时候，天遂人愿，不一会儿，他看到那个小青年走进了旁边的快餐店。他忙把车子赶了过去找那个老师傅。

老师傅还记得他。很快帮他把后座调好了。他千恩万谢，赶忙离开。像做贼。生怕碰到那个小青年。

此后太平了一段时间。太平到他几乎已经忘记了电动车的存在。这是好事。就好像如果一个人老记着自己身上有什么器官，那说明他对那里不满意或那个地方出了什么问题。刚买车子时很担心它的安全，恨不得每次下班回来都把它扛到楼上去。但换了两次座筒,他对它就没有以前那么关心了。随随便便往楼道里一锁,把电瓶拎上楼去充电。

这天,他像往常一样拎着充满了电的电瓶下楼,装到车上。跑了没多远,车子却停了下来。怎么回事,难道昨晚充电没插好么?他只好把车子推回来,坐公交去上班。那辆旧自行车在雨棚里已经锈迹斑斑,落满了灰尘。看来小偷也瞧不上了。老婆一直说要把它当废品卖掉。每次看到收废品的人在楼下吆喝着走过,她便说,下回,下回一定要卖掉它。

下班后,他仔细检查了插座,重新充电。然而第二天还是一样。车子根本不动。

看来是电瓶的问题了。

他挠了挠头皮。不得不再去找专卖店。这次,他特意带上了发票。老板并没有看他的发票,让他觉得老板还是有点人情味的。在他的想象中,老板肯定会把发票接过去,装模作样地看一看的。他甚至还估计,老板有可能赖皮。见老板现在表现得这样,他不禁有点内疚起来。当老板有些和蔼地从他手里接过电瓶,他的身子不禁下意识地前倾。

老板瞄了瞄电瓶,说,这个可以到维修点免费更换。

他的警惕性一下子又高了起来,像一只怀着敌意的猫那样弓起了身子。他说,你又把我往那边推啊,我又不是足球。

老板说,我这里又没有多余的电池啊。

他说,我怎么知道你有没有多余的电池。

老板笑了。这次是真笑。像是大人笑孩子。看到这种笑,他的心就变软了。放心了。老板说,一辆车子只有一只电瓶,我总不能把别的车子上的电瓶拆下来给你,对吧?

他觉得老板的话没错。

出门时,老板在他身后像是叮嘱又像是下最后通牒,说,以后不管有什么问题,你直接去维修点。找他们没错。

他点点头,想说什么,又不知要说什么,因此他又点了点头。

看来，他不得不再次面对那个小青年了。不知道一只电瓶究竟要多少钱，如果不是那么贵，他就懒得去找了。就像以前买的那只旧手机，没用多久，就出了问题，修也修不好，他就干脆把它扔掉了。他站在江边，用力朝水里扔去，仿佛不是扔掉旧手机，而是去掉了一桩心病。

他在维修点对面逡巡着，朝里窥视。要是那个小青年恰好出去或今天不是他当班就好了。但一个小小的维修点，大概也用不着轮班的。可惜他上班的地方，管理的范围很有限，根本管不到这些小青年。他们也根本不会在他那里有什么事情要办，不然，他也要好好刁难一番。等了半天，那里还没什么动静，只见人影在晃，却看不清是谁。

他想这么等下去不是办法，还是拎了电瓶硬着头皮进去，不过表面上装得大大咧咧若无其事。那晃动的果然是个小青年，不过不是他认得的那一个。他舒了口气，拿出发票，说他的电动车的电瓶坏了，充不了电，请他帮他换一个。这次，他直接把自己的要求提出来。如果他问对方，哎呀怎么办呢？说不定对方会说，你买一个新的吧。那时他再说要换而不是买就显得被动了。就像单位上评先进，你只能在圈定的几个候选人的名字上打勾或不打勾，谁也不会问你那几位候选人有没有那个资格。

小青年说，换倒是可以换，但他们这里已经没货了。

他说，那怎么办呢？你们这里都没货，那哪里有货？

小青年说，他们是厂里直接发货的。

看来专卖店的老板没说假话。他问，那什么时候有货呢？我天天要骑车上班呢。

小青年说，你自己可以打电话去问问，我刚才还跟他们打了电话，几乎要吵起来。

他说，你们怎么会吵呢？

小青年说，我要他们发货，他们说没货，我说很多人在等，他们不耐烦，好像我们骗他们的电瓶似的，你看，那里都是最近换的电瓶，我骗他们干什么。

他一看，果然，见墙角堆了一堆旧电瓶。

他说，原来是这样，看来很多人的电瓶都有问题。

小青年说，是啊，搞得我要两头磨嘴皮子，你说，这电瓶又吃不得喝不得，我多要他们的干什么。

他点点头，说，是啊，说明他们的售后服务做得差，哎，上次那个卷头发的小伙子今天不上班了？

小青年说，他啊，不在这里做了。

他说，是他自己不做还是怎么回事？

小青年说，我也不知道。

他想，那小青年肯定是被炒掉了。他想，炒得好。他又问，还有一个老师傅呢？

小青年说，也走了。

这倒出乎他的意料。他说，那老师傅挺负责任的。

小青年说，是啊，我来时他还没走呢，后来不知怎么的，也走了。

他说，那你一个人哪忙得过来？

小青年说，迟早还是要来人的，本来昨天有个人要来，没来成，老板说正在重新招人。

他说，你们老板不在店里么？

小青年说，他潇洒得很，每天来晃一下就走人。

他想，以前那个小青年被赶走了，说明这个老板还是挺不错的老板。他一下子又有了某种信心。那老师傅，可能是年纪大了不愿干了吧，这倒是挺遗憾的。他说，我自己跟厂里打电话有用么？

小青年说，怎么没用，是他们自己这么说的，他们说，以后要是再有人换电瓶，叫他直接跟厂里联系好了。

他说，那好，我来跟他们联系。

他拿出手机来。但又一想，上次电信公司打电话说，从这个月开始，每月可减免十五元话费，也就是说，等于取消了原来的座机费，如果没打够，也要交满十五块。同时必须开通来电显示。他家电话本来就不多，他很担心打不满那十五块钱，同时又提醒老婆，不要为了这十五块钱而染上了煲电话粥的毛病，那就得不偿失了。可现在，他是有正当的理由来打那个电话的。

到了家，他就给电动车厂打起了电话。开始是占线，好半天拨不通。不是说二十四小时热线服务么？他怀疑那电话没放好，或者接电话的人故意摘了话筒。因为他自己有时候也这样。经常有一些无厘头的电话打进来，尤其是中午。他想在单位睡一觉，结果，一个电话打进来，午睡就泡汤了。

电话终于通了。他把情况讲了一遍。尽量不激动，不夸张。可他忍不住还是夸张了一点点。他担心，不夸张便不能引起对方足够的重视。对方说，厂里已经往维修点发了很多电池了，您找维修点去。他说已经找了，他们让他找厂里。对方说，维修点肯定在骗人，要他放心大胆地继续去找。厂方永远是站在消费者这一边的。对方说罢，便挂了电话。

他把话筒一摔。恨自己为了节约几块钱的电话费又要跑一趟维修点。看来那个小青年也不是个好东西，年纪轻轻就学会了骗人，而且还骗得跟真的一样。他恨不得马上找到他，狠狠数落他一顿，如果不是天色已经暗下来了的话。

第二天是星期六，他一早起床就拎了电瓶去找维修点。人家还没上班，他找个地方蹲了下来。好一会儿，才见那个小青年骑了辆摩托过来（他自己为什么不骑电动车呢，他忽然注意到这个问题），他起身冲了过去，把对方吓了一跳（就是要起到这个效果）。小青年有点紧张，说你想干什么？他说好啊，你年纪轻轻，就学会了骗人，我打了厂里的电话，他们说已经往你们这里发了很多电池了。小青年说，是发了不少电池，可来换电池的人更多，你昨天也看到了，现在他们不发电池，我也没办法给你换。他说，难道你不会故意刁难我么？你说，你要怎样，直接说，别这么转弯抹角。记得以前家里装电话，他就买了两包好烟给电信公司的人，不然对方老是拖着说没空。小青年笑了，说，我干吗刁难你，刁难你我也得不到什么好处。他说，真的？小青年说，是啊。他说，那好，我现在当着你的面跟厂里打电话，看他们怎么说。

电话通了。又没人接。他看了小青年一眼，心想是不是小青年知道他今天要来，和厂里商量好了联手来敷衍他。拨了差不多十次，才有人接。他把昨天的话重复了一遍，说现在我就在维修点，你说怎么办吧。对方说要不这样，我们看仓库里还有没有存货，争取这几天再发一批电池过去，总行了吧？他说你说个准确时间吧，这几天到底是哪一天？对方说，十天之内一定到货。他说希望你们说话算数，不要欺骗我们这些消费者。说完，他就把电话挂了。似乎打了一个有力的感叹号。

他跟小青年约好，如果电池来了，请他务必通知他。说着把电话号码写给了对方。

回来只好把那辆破自行车搬出来抹洗干净，换气嘴，打气。幸亏没卖掉。谁料想人是贱骨头，骑了几天电动车，再骑自行车，很别扭。很吃力。很丢人。他不像是骑着它去上班或下班，而像是在狼狈逃窜。

他一天天算日子，等那小青年的电话。想打电话过去，又怕对方烦，把对方得罪了。好不容易等到第十天，他准时出现在维修点门口。小青年居然去得比他还早。他问小青年，电池是否到货了，小青年示意他看上面。上面有什么？他疑惑着抬起头，并没发现什么。小青年说，难道你没发现，我们维修点已经换了牌子么？他再一看，果然，已经不是他买的那个牌子的电动车的维修点，而是另一个牌子的维修点了。他问是怎么回事，小青年说，他们维修点已经跟那个厂家解约了，现在代理的是另一家电动车的维修。他问，那我的电池呢？小青年说，他们根本没发货，这个厂家，不行，我们老板才跟他们解了约。他问，那我现在怎么办呢？小青年说，我哪知道，这事已经跟我们没关系了。

是啊，按道理，他早应该预感到不妙，因为那天他们答应得太容易了。像是在急着把他支走。他被人当傻瓜了。也许，他本来就是个傻瓜吧。

　　他很气愤。刹那间，他想到了很多解决的办法，比如把这个维修点砸烂，直接去找那个厂家算账，打12315，乃至到法院起诉打官司索赔。但末了，他还是什么也没做，拎着电瓶灰溜溜回家。砸烂维修点要犯法。找厂家要路费。找消协要做鉴定。再说他们很可能被厂家收买。至于打官司，那更是不现实。他哪有那么多时间和精力耗在上面？很多人打官司，虽然最后赢了官司，可是人也早已被折腾得半死，能不能拿到赔偿，还是个未知数。快到家门时，他忽然想出了一个主意，那就是，自认倒霉，重新买一个电瓶装在车上。

　　老婆说，我以为你有什么好办法呢，原来是这样。

　　他说，不这样，又能怎么样呢？你看看网上那些事情，就觉得我们还是幸运的了。比如有个人，电动车跑着跑着，突然把他摔下来，摔成了重伤，医药费花了好几万，打官司，索赔，折腾了好几年。还有一个人，把自己摔得瘫痪在床，老父亲去给他打官司，四处讨要说法，结果多家鉴定机构说电动车质量没问题，既然这样，还怎么赢得了官司呢，他自己气死了，留下了老头子继续告状，现在还在告哩。还有个卖电动车的，人家送来维修的一辆车子半夜起火，把店铺烧了个一干二净，人也差点被烧死。你看，跟他们相比，难道我们还不幸运么？

　　老婆倒吸一口凉气，说，要不，这车不要了，卖了吧？

　　他瞪大眼睛，说，什么？卖？不可能，我会把它弄得服服帖帖的。

　　他是个很爱惜东西的人。以前就是旧自行车，他也把它擦得锃亮。不管它刚买来时多么难骑，多么不听使唤，但经过他的调教，就变得分外好用。

　　第二天，他在城东的电动车配件一条街上，居然买到了原装的电瓶。他很高兴。卖电瓶的老板也说了，电动车最好用原装的电池，不然很容易出事故。他对那个老板一个劲地说着感谢的话。

电动车终于可以重新使用了。他舒了口气,觉得这段时间的折腾还是值得的,让他了解了很多,也懂得了很多(怎么像单位领导的口气啊)。虽然多花了不少钱,但把它们都当成空调的电费吧。因为他还省下了一台空调。

旧自行车回到了雨棚下,他重新骑电动车去上班。他在路上很小心。经常检查它的零部件,看是否有散架的迹象,或用扳手紧一紧。蹲下来闻闻气味,或摸摸车身是否发烫,以防止它自燃。当然,实际上自燃是很难防的,但他完全可以经常给它清理一下灰尘,冲洗一下一些关键部位,又有什么坏处呢。本来,他已经把电动车的相关资料放在后备箱里,以备不时之需,但听说,有个人的电动车被人偷去又被他无意中发现,闹到派出所,由于他当初把购车资料放在后备箱里一起被偷走了,提供不了证据,派出所一直也不肯处理。他受到了启发,把购车资料又从后备箱里拿了出来。一天他闲着没事,把它们又仔细看了一遍,忽然意识到,还有几个月,他的车子就要过"三包"期了。虽然从目前的情况来看,就是在三包期内人家也是一包都没包。但过了三包期,肯定就更没保障了。

于是他一方面时刻提高警惕,预防着不良事故的发生,另一方面又把电动车拼命骑,想在保质期内把它所有的问题都骑出来。总之是既怕出问题,又希望尽早骑出问题。他想,这个电动车还是不错的,那厂家其实也是不错的,只是那些接电话的人素质不行,那专卖店老板的素质也不行(按道理,他早该看出来,那人阴冷得很),那维修点的两个小青年素质不行。要是都像那个老师傅就好了。要是有条件,他就辞职,给他们做直销,当专卖店的老板,他保证自己会做得很好。看来厂家选人也很重要啊,他恨不得给他们写信提建议。照这样下去,顾客的心都凉了,车子卖不出去,那厂子迟早也要垮了。

想到这里,他吓了一跳。是啊,要是厂子垮了,他到哪里去买原装的电池呢?再出了问题他该找谁呢?电池还是小事,要是电机出了问题怎么办呢？要是真的摔了受伤了（谁能打保票他不会这样），他该找谁索赔呢？

于是有一天，他正在楼下抹车子，邻居说也想买个电动车，问他什么牌子好的时候，他想也没想，指着自己的车子说，就买我这个牌子，挺好。

我爱你钢厂

不记得从什么时候起，我们这里呼啦啦进来许多厂。它们在县政府广场的敲锣打鼓声中穿街而过，然后一头扎进大江边的山谷旯里。那里原来是一个造船厂，小时候听大人说那里叫三线。我一直不知道什么叫三线，前不久在网上查，才知道三线是几十年前（我还没出生呢）国家按战略计划把领土从东到西像波浪一样划分为一线、二线和三线。三线就是大后方了。听爹说那时候它好像专门造潜水艇。后来改为生产普通大轮。那里的职工基本上是外地人，上海、北京、四川、江苏的都有。爹说他小时候经常到厂里面看电影。那里好像天天都放电影，也就是说，他们天天都像过节一样。实际上也是如此。比如厂子外面的人每星期吃一次肉，他们每星期至少吃三次。他们的食堂里整天飘着八角葵的高贵而神秘的香味。除此之外，他们还有自己的学校、医院、礼堂和篮球场。但后来，厂子不行了，外地人也慢慢走光了，剩下的职工成了很可怜的人，男的有的靠捡破烂为生，女的据说在县城电影院或舞厅里做那种见不得人的事情。医院也没有了，学校被合并到县城一中去了。大家说，我们合该到外面去打工，连造船厂的人都没饭吃了，何况我们乡下人！不过大家又有一种幸灾乐祸的快感，因为他们再也在我们面前神气不起来了。我们乡下人至少还有土地呢，我爷爷说，有土地就饿不死人。去年，高速公路伸进我们村子里，除了拆房子，还要压掉很多田地，政府补了一笔钱，怎么解决这笔钱呢，村里人闹开了。有的说，压了谁家的田地，钱就归谁。有的说，土地是国家的，不是哪一户人家的，得按人口平均分。我家的田地都被压掉了，我爹很想分钱。他不愿干农活，早就盼着这样的好事了。但我爷爷不这么想。他说钱一用就没有了，土地今年种了庄稼明年还可以种，可以一直种下去。为此他们还闹起了矛盾。后来大家举手表决，结果主张分钱的占了多数，少数服从多数。我爷爷还气得病了一场。从此我们家就成了没有土地的农民了。其实我也觉得爷爷是有道理的，现在钱越来越不值钱，放在那里不动就好像水汽会慢慢蒸发掉，除非用来投资。可我们乡下人哪懂得投资，我爹把钱拿到手就马上存进了银行，而且头脑发热一下子存了五年。他以为存的时间越长那钱就越固若金汤了。我打电话叫他不要存那么久，他不听。高中毕业后，我就到广东打工去了，每个月能拿两千多块钱，开始我每个月还能到银行里存一千，但渐渐的，就不行了，无论我怎么省吃俭用，也存不到一千块钱。超市里许多东西涨了价，早餐店里的馒头比以前小。本来我吃两个就饱了，现在吃三个还饿。爹说，要不，你还是回来吧，造船厂那边现在新开了很多厂，你到那里找份事做，说不定比外面还强。

虽然造船厂早倒掉了，但大家仍把那里叫做造船厂。就像我们村里那些地名，比如这里叫付家垄，现在只有垄不见姓付的；那里叫刘水湾，也只有一片田地没有任何人的房子。或许世界就是这样，有地方兴起就有地方成为废墟。喜马拉雅山若干年前还是大海呢。

我想是啊，毕竟在外面打工不是一辈子的事，离家里太远，每年春运都要挤车，有两回还是站着来站着回去的。一个人还好说，独来独往，以后成了家怎么办呢？总不能让老婆孩子都这样辛苦。再说，在外面，将来孩子读书也麻烦。多花钱不说，还受歧视。既然近地方有厂，我干吗还舍近求远呢？我说那好，等过了年，我就不出来了。爹说，要回来你现在就回来，听说钢厂现在正在招人，过了年，找事的人多，反而不好找了。

回来后，才知道爹说的多么对。他很少有说得这么对的时候。我去报了名。除了钢厂，其他几个厂也在招人，但钢厂报名的人最多。大家都说钢厂好，工资高，还有福利，上下班有厂车接送。更重要的是，对身体好。像什么铅锌厂，水泥厂，化工厂，印染厂，对身体总是不好的。当然，我在外面打工的那些地方也不见得对身体就好。比如电子厂塑胶厂皮鞋厂玩具厂。但既然是在近地方做事，就要挑一挑。据说，化工厂和印染厂的污水都是往江水里排，下游死了很多鱼，他们要找我们县里打官司，都闹到省里面去了，上面派人来调查，但什么也没调查出来，造船厂工业园还被评为全省为数不多的绿色工业园之一。后来听说那几家工厂把排污管伸到了江中心，很难被发现。但既然我们小老百姓都知道了，难道检查组的人就真的什么都不知道？说实话我不太相信。有人说，整个工业园的空气也不好，灰多，还有刺鼻的味道。不过这又要什么紧，是厂子肯定有气味，不同的厂气味也不同，就像不同的人身上的气味也不一样。那么多厂，各种味道凑在一起，当然好闻不到哪里去。再说，我家在乡下，离厂里还那么远，我又不是时刻都呆在那里。我可以像在那里上班的村里其他人那样，买辆摩托，每天早出晚归。反正上班时要戴口罩。

考试的内容很简单，基本上是小学生的知识。我把情况告诉了爹，爹也很高兴。但他马上又警觉起来，说，不对啊，崽，对你容易对别人也容易，又怎能显出你比别人水平高？厂里肯定是故意把题目出的这么容易，每个人都能考很高的分，这样，分数反而不能说明什么问题了，你懂吗？我仔细一想，吓了一跳，爹说得对。奇怪，爹现在越来越能经常说对一些事情了，是他与时俱进了还是我以前错看了他？我说那怎么办呢？爹说他已经打听到了，姑妈村子里有个姑娘在钢厂办公室做秘书，跟厂长同进同出的，今天晚上我们去她家找她。爷爷拄着拐棍正好从旁边过，听到了，说，是啊，应该去找一下人家。看来，这次他们也少有地一致了。

那天晚上，爹就带着我去了姑妈家，姑妈又带着我和我爹以及手里拎的高档牛奶（我跟爹说，便宜牛奶里有三聚氰胺）和一盒好酒去找那个女秘书。她不在家。她爹说她下班后还要陪厂长他们吃饭，至少也要到十二点回。我爹说，那么晚啊，路上多不安全啊！她爹撇了撇嘴，说，不要紧，厂里有车子送，再说，她已经在县里买了房子，前段时间装修，马上要住进去了。我姑妈说，哎呀，这天大的好事你还瞒着村里人，大家都不知道呢，到时候要请大家喝酒啊！他说，房子是女儿和她男朋友买的，准备将来结婚用。他大概是觉得男朋友这个词比较时髦，有点沾沾自喜，好像握有什么最新式的用具。我姑妈说，真希望快点喝你女儿的喜酒呢。接着我姑妈就跟他谈起了我的事情。他想了想，说，他一定跟女儿讲，叫女儿尽量帮忙。我们就一个劲地点头感谢。

几天后，我接到了喜讯，厂里通知我去体检，若通过了，就可以正式上班了。我的身体好得很，不过从出生到现在，还没有做过什么体检。那两天，爹让我娘弄了好多好吃的，要我都吃下去。爹说，这跟你在外面打工不一样，你这是要正式进厂当工人了，你想想，那时候想进厂多难，现在你只要把体检这一关过了就能进去了。那两天，每餐吃的都是荤菜，我口渴得要命，想喝茶叶，爹却把茶叶夺了去，说，这两天不要喝茶，不然那些好东西都白吃了。我不理解。后来娘私下里跟我说，这是我们家的老传统了，她刚嫁过来时，家里穷，荤菜都要留到晚上吃，而且吃了就睡，爷爷奶奶说那样就把营养全部留住了，不会浪费。我哭笑不得。那两天，爹不让我干活。不让我乱跑。跟软禁差不多。但体检时，医生只是从我指尖上抽了点血，另一个医生则把我推到一架机器前,让我贴着它,做出拥抱它的样子,实际上又不能抱到。我听到机器里嗡了一声,医生说,好了。他们才不管我多结实,多健壮。我问医生,结果什么时候出来,他们不做声。我以为他们没听到,又问了一遍。他们还是不做声。我想,这事大概是不能问的,若惹恼了他们,说不定会把我的体检结果乱写一气,那我不就倒霉了?想到这里,我赶紧讨好地朝他们笑了笑,退了出来。回到家里,爹问我情况怎么样,我说很好,很快就有结果了。

或许真是那女秘书帮了忙,几天后,我就到厂里报到了。办公室门口排了很长的队,一个男的、两个女的在飞快地给我们登记。我们的名字都要写进那个厚厚的大本子里去。我吁了口气。轮到我时,其中的一个女孩听到我的名字,忽然抬头看了我一眼,好像还朝我笑了笑。我愣了一下,心想,说不定她就是姑妈村里那个女孩呢。

我的工作是运行车间的行车工。培训了一个多星期,我就能自己操作了。爹说得对,在本地的厂里"上班"跟在外面"打工"真的不一样。现在,村里人对我的看法也改变了。以前他们认为我读了高中没考上大学,白读了那么多年书。每年正月,我背着包裹出门,他们在路上碰到我,仰着脸问我,又出去打工啊?他们把打工那两个字说得很重,好像是一件挺丢人的事情。因为我是村里文化最高的人。他们家的孩子没读什么书,照样打工赚钱,有的还做了包工头当了小老板。对比起来,他们觉得自己很划得来,虽然我也没有因为他们而损失什么。这就叫阿Q精神。这就叫精神胜利法。现在,他们看到了我,会很客气地说,这么早就去上班了啊?或者:你今天上晚班啊?

厂子里实行的是四班两倒,我今天上日班,明天或后天就上晚班。日班舒服一些,只有十个小时,晚班就辛苦了,有十四个小时。这样周而复始。第一个月,我拿到手的工资是七百块。我有点失望。不过我问了其他人,新员工都这样。下个月才会加。回来跟爹讲了,他也这样鼓励我。第二个月,我的工资果然加上去了,有一千五。听说下个月还要加。这使我很振奋。虽然头两个月除去生活费没剩下什么钱,但权当投资好了。有投资才有回报,下个月至少也有两千。难怪那么多人都想进钢厂,说实话,这样的工资,跟我在广东打工已经差不多了。那边这么多年工资都不见长,所以才会出现"民工荒"。听说他们请一个外国人来讲了堂什么课,就花掉了几百万。他们不是没有钱,而是不肯花在我们身上。他们认为我们低人一等。作为报复,我们有时候也故意弄坏机器上的某个零件。我在那里干了那么多年,对它还是没有感情。好像它是地主,我是个长工(听爷爷说,我太爷就曾经给地主放过牛,打过长工,地主光让人干活,不让人吃饱)。又好像它是个流氓,牛高马大,把什么诱人的东西摊开在手掌上叫我去拿,等我伸出手,他却缩了回去,要我从他胯下爬过去才给。因此气愤的时候,我暗暗希望它破产倒闭,希望工商税务来罚它的款,希望劳动仲裁部门来狠狠制裁它。这次,等于是我炒了它的鱿鱼,而不是它炒我。老板还叫主管打电话来问我什么时候回去,我大声说,我不会回去的!这感觉太好了!

我们钢厂是从另一个地方搬来的。大桥通车后(桥名还是省长题的呐),我们县的交通一下子四通八达起来,有火车,高速公路,还有航运。钢厂的原材料就是从水上运来的,据说全程有一两千公里。我们厂从别的地方迁来就是看在四通八达的交通上。在我们新员工的入厂教育大会上,厂长动员我们,要我们放开干,大胆地干。他说,厂子以前由于天时和地利的限制,发展缓慢,现在迎来了发展的高潮期,而我们很幸运,赶上了这个高潮期,因此我们要做时代的弄潮儿!我们厂已经是全市的龙头企业,并且很可能在未来的两三年内,成为全省的龙头企业。现在到处都在建房、修路、建桥,对钢材的需求量相当大,我们一定要抓住这千载难逢的好机会,提高企业的吞吐量,实现产量的大翻番。厂长的话生动形象,让我很激动。

现在，我穿着工作服，戴着头盔、口罩，把手套往上一拉，把柜门的钥匙塞进裤兜，往车间里走去。我对自己的形象很满意。我把那些车床、钢锭还有一时我叫不出名来的东西摸了又摸。它们是那么温暖，那么结实。我觉得这个厂跟我有关。我爱它。喜欢它的一切。我喜欢上班。喜欢那清一色的工作服。喜欢钢铁特有的芬芳味道。它像是钢铁的迷宫，钢铁的海洋。我喜欢成为它的一个小小的部件，喜欢被它管着。被喜欢的东西管着，只会让我更欢快。说实话，我对厂里唯一的不满是上班四班两倒，要是四班三倒或三班两倒就好了，哪怕是两班倒我也不怕。我恨不得天天上班，希望自己也像那些机器一样一刻不停。

我已经很熟练地开着行车在高空行走了。这个工种虽然危险，但工资高。我坐在高高的行车里俯视着下面，一种自豪感油然而生。厂子真大，分成好几个大车间，有炼铁的、炼钢的、轧钢的、制氧的，一环套一环。还有动力，物流、运输、维修和检测的。大车间又分成好几个小车间，比如我所在的炼钢车间，就分为转炉车间、连铸车间、准备车间、精整车间和运行车间。各车间由于工种的不同，工资也不一样。哪怕同是开行车的，工资也不同，甚至有很大的差别。工作时，我只看到机器和钢铁，看不到另一个人。吃饭时才见大家从各自的岗位走出来。这种感觉也很奇妙。我们在车间里说的是普通话。因为厂里的工人，除了我们本地人外（大概占了三分之一），还有从原厂里过来的人，以及周边市县的人。有一次，我跟同事到市里玩，回来的车上，见几个人背着包拎着塑料桶，他们问到我们县里多远，我说不远，二十多分钟就到。是啊，听说我们县里马上要划为区了，那我们就不是县里的人而是市里的人了。进了厂我才知道，这几年，市里把好几个厂从市里迁到我们工业园里来了，这不正说明了市里对我们的重视么？不久前，听县电视台说，市里要把我们县打造成全市的工业重镇呢。我带着一点优越感，问那几个人从哪里来，到我们县干什么，他们说他们是四川人,走了几十里山路坐了汽车然后坐火车又坐汽车才到了我们这里。他们听说我们这里有很多厂,要招人,就来了。我不禁无比的热情起来,跟他们讲这讲那。下了车,我还帮他们拎东西,教他们怎么坐车到工业园。他们非常感谢我,我说没什么,这是我应该做的。这话要是以前让我说,我会很肉麻,现在却很自然地说出来了。人家是到我们这里来打工,我当然要让他们对我们这里产生一个好的印象。这时我很自然地想到,我不是一个人,我要代表我们县。想到这里,我有点骄傲。我不能像广东人。我在那边打工的时候,他们是很排外欺生的。恰恰相反,在我们这里,对外地人比对本地人更尊重。在我们厂里,好工种、工资更高的工作,都是由外地人做的。因为老板是那里人,我们当然无话可说。同是开行车,我一个月两千块(刚刚领了第三个月的工资),外地人有四千。他们开大行车,我开小行车,其实开起来是差不多的。因此我很快确立了自己当前的目标,那就是,我也要开大行车,这样,我的工资就会翻倍。任何事情都不是绝对的,我注意到,其他车间里,也已经有我们本地人开上了大行车。我跟外地人拉关系,敬烟,买红牛或绿茶给他们喝,他们过生日或买了新房子我也送礼去贺喜。没多久,我就取得了他们的信任。他们说,要开大行车并不难,花个两三千块钱就能搞定。原来,只要请车间主任吃顿饭、送他一个红包就可以了。不过我想,事情并不是这么简单,我们车间有四五个本地人,不可能谁都开大行车,再说,并不是你一送东西给他马上就有大行车开的,大行车只有那么几辆,得等开大行车的换了别的工种,有大行车空出来,我才有机会,而如果假如这时刚好别人递了红包,那我还得等下去。就像在食堂里打饭总有人插队。为此,除了请主任吃饭送红包,我平时也注意跟他保持联系。比如,我虽然不抽烟,但口袋里总有满满一包烟,等他没烟了,手在口袋里乱摸的时候,我就及时掏出烟来送上去,说,昨天朋友请我吃饭,送我一包烟,我又不抽烟,请您帮忙抽了它,不然就要浪费了呢。我故意轻描淡写。还把烟拆了封。装作随随便便。不然,别人会盯着我,说我拍主任的马屁。这样做,还可以让主任觉得我在外面有挺多有身份的朋友(那烟要二十多块钱一包呢)。我这叫一举两得,一箭双雕。这样,花了不到半年时间,我果然如愿以偿,开上了大行车。

的确,要说县城有什么不好,就是做什么事都要求人。难怪我爹做什么事都是缩手缩脚的。以前看到电视里那么多人白手起家创了业,他也脑袋发热,想办一个养鸡场。他的计划很美,像电视里说的一样,先养鸡后养猪再搞种植,一条龙,用鸡屎喂猪用猪粪喂果树。他连怎么给鸡猪防病让果树安全过冬都想到了,但一想到创业就要贷款,贷款就要求人,求人就要低声下气送这送那,他就打退堂鼓了。他说,即使养鸡场办起来了,也还是要经常给各路人马点头哈腰一直打点的。所以,他的创业始终停留在梦想阶段,唯一的作用就是在教育我要珍惜现在的好工作时,顺便说起他也曾经是个有理想有抱负的人,只是因为底子薄而不得不忍痛割爱罢了。

其实爹就是不讲,我也知道珍惜现在这份工作的。他啰啰唆唆讲那么多,听得我烦。他讲的不得要领,翻来覆去无非是那么几句话:要听领导的话啦,领导用你你是人才,不用你你就是废材。诸如此类,听得我心惊肉跳。他说的领导指的是我们厂长。他以为我天天跟厂长见面呢,可我进厂大半年了,除了那次开大会看过他,再也没看过。那天离得那么远,我已经忘记他长什么样了,还好,我马上在宣传栏里看到了他。上面说我们厂是明星企业,我们厂长是企业明星,我们工业园是绿色工业园。厂长在玻璃橱窗里朝我们微笑,我觉得他亲切极了。只是他进出厂里都坐在小车里,别说听他的话,就是听他打喷嚏都不可能。我爹不懂。他这叫自作多情。后来我随他讲,也不打断他,只管在脑子里想自己的。跟车间主任的关系,我已经搞好了,麻烦的是跟同事的关系。我发现,跟外地人反而好打交道,难打交道的是我们本地人。你混好了,他嫉妒你,你没混好,他瞧不起你。就拿车间里的几个本地人来说吧，外地的跟我打得火热（也有的是拿低工资），本地的几个，却老是用一种奇怪的眼神瞧着我，好像我抢了他们什么东西。尤其让我难以忍受的是，他们会冷不丁跑到车间主任面前告我的状。我不禁感到悲哀。难怪我们县里经济这么不发达，不要把什么原因都往政府头上推，我们自己也是有责任的。他们嫉妒我，无非是因为我比他们工资高。就像村里谁把家里搞得好一点，便有人要搞鬼一样。有一阵子，我家在村子里还不错，有个人便唆使别人来我家吵架，说我家的前院和后院是他们家的地基。他们扬言甚至真的付诸行动到我家门口来挖沟打墙脚。幸亏我爷爷从后房的一个老柜子里掏出一个小木箱，抖抖嗦嗦打开，解开包着的几层旧布，拿出一叠写了毛笔字的薄纸来。爷爷对我说，这是你太爷传下来的，你太爷不识字，但把这个箱子看得比命还金贵。我看了半天，也没看明白是什么东西，爷爷说，这是你太爷当初跟人家换地的地契！他拿着它们跟寻衅闹事的那些人说，你们睁开眼睛看看，我家没有一寸地基没经过纸笔，倒是谁家有块地基以前是我家的，你们再这样，我就把地基要回来！那些人本来就理亏，现在见我爷爷拿出地契，就鸡蛋饼贴了嘴（爷爷的原话，大概是骂人的），灰溜溜走了。因为这些，爷爷把那个木箱子管得紧紧的。我想，要是有一天那些字退了色看不清了怎么办？或者被火烧了怎么办呢？说实话，我有点怕打架，我一看见别人打架就心跳加快脑袋发晕，更别说跟自己家里人有关了。还是城里人好啊，城里人的房子有房产证，别人不可能来说你家门前的一块地方是他的。忽然想起这些，我的心不禁被什么触动了一下。是什么呢？我想瞧个究竟，一时又没瞧出来。

有段时间，我的确在为一些事情苦恼。在厂里，其实我是想跟每一个人都搞好关系的。我虽然经常在车间主任面前讨个好表现一下小聪明，但我也从不看轻其他人。我问心无愧。他们要嫉妒我，也没办法。难怪我们县里以前那些企业，都不长久。什么啤酒厂、油脂厂、服装厂、五金厂，红了一阵子，马上就关了门。我们乡里以前办过一个糟鱼厂，刚开始生意很好，订货都要乡长批条子，但后来，乡领导还有县领导都把自己的亲戚往厂里塞，干不好活还要拿高工资，至于他们自己到厂里吃吃喝喝拿点送点就更是常事，不然就要找麻烦。没多久，厂子就垮了。现在外地来的厂，自己带好多人来，对我们本地人吆五喝六的，奇怪，反而管用了，从上到下，对他们都好得不得了。县里给出各种优惠政策，其他管理部门也一路绿灯，免这免那。听说我们厂刚投产的那一年，厂长去交税，税务局怎么也不肯收，我们厂长一定要交，税务局只好请县领导来做工作，我们厂长好不容易才交上一半。外地人工资那么高，我们本地人工资那么低，大家也没什么意见，认为这样很正常，而我工资高一点，他们就认为不正常了。如果不是个别的外地人欺负到头上来很过分，一般都是能忍下去的。那一次，化工厂一个外地人（不过是个普通工人）把我们一个本地人的老婆搞了，受害的一方起先也不想闹大，只把老婆狠狠揍了一顿，要她下不为例，谁知那个外地人得寸进尺，不许做丈夫的干涉，后来又威胁说要把他老婆的裸照放到网上去，而且还真的放了。这一下，做丈夫的忍无可忍，找几个熟人一起把那个外地人揍了一顿，外地人又纠集一帮人来跟他们对打。一时间棍棒交加，有人报了警。可派出所的人根本不问情况，就把本地人抓了起来，拘留罚款，外地人个个都没事。派出所的人说，谁要是破坏招商引资，严厉处置没商量。

　　不用说，连公安都这么让着外地人，肯定是县里的意思。自从外地人到我们这里来办厂后，我们县的经济的确得到了快速发展，据说产值已经翻了好几倍。虽然那些数字我们并不能确切地知道，就是知道了也不懂。但我们能明确感到的是，大街上说普通话的人越来越多了，穿着也越来越时髦了。那天我不上班，在街上玩，到汽车站旁边新开的一家西式快餐店尝新鲜，我用本地话跟服务员说话，她居然听不懂。我只好说普通话。后来我又惊讶地发现，进来吃东西的人，大部分说的也是普通话。还有两个洋气的女孩子，像电视里的明星，皮肤那么白，上衣那么低，裙子又那么高，我看了一眼，心跳得厉害，后面几眼是偷偷看的，不敢正面看。她们是路过还是在我们县里住下来了呢？我希望是后者。我希望我们县里漂亮女孩子越来越多。随着外来人口的增加，我们县里的房子不够住了，租金一涨再涨，周边都在开发楼盘，原先移民建镇时做起的房子，本来不好卖，现在都卖出去了。我们厂里很多外地人都已经买了或订了房子。他们说，我们县里什么都贵，就数房子最便宜。看到他们那么起劲，本地人也不甘落后，纷纷借钱或到银行贷款买了房子。大部分人像我一样，原先在外面打工，现在想安定下来，不再出去了。

再一次看到姑妈村子里的那个女孩，是在厂里的车上。头天晚上下雨，我没骑摩托，坐中巴到县城再坐厂车去上班，下班后又坐厂车到车站坐车下乡。我朝她笑了笑，她大概已经忘记我是谁了，也礼貌地朝我笑了笑。厂里人这么多，她哪里记得住许多。其实我早该当面向她表示一声感谢，但总有点不好意思。我怕自己脸红。又怕她真的不记得我了，那我不要吭哧吭哧解释半天？若还没解释清楚，就要惹人笑了，人家还以为我在套近乎呢。我已经知道了她的名字，她叫小阳。她今天怎么没坐厂长的小车子呢，大概是厂长有自己的什么事情了吧。上次姑妈来我家，说小阳已经住进县城里的新房子里去了。这样说来，她就不用那么晚下乡了。细算起来，还可为厂里节约不少汽油呢。住在县城里上班还是很方便的。

路不好走，车像个大摇篮摇来摇去。大概是县城开发的过快，修路总是跟不上。比如火车站通了车，本是件好事，坐汽车到省城要五十块钱一张票，坐火车只要二十来块。可火车都通了好几年，从县城到火车站的路（其实不过几公里）还没修好，更别说通公交了，打个的就要二十块，节假日更多（的士从不打表）。大家怀疑是县里故意不修，因为据说承包汽车站的人是县某位领导的亲戚。路修好了，到省城的汽车就没人坐了。不过到厂里的这条路本来是新修的，水泥路面平整结实，但那么多厂要建厂房，天天跑拉石子水泥的大卡车，把路面压垮了。整个工业园还在不断延伸扩建，现在到工业园去的小车子都走外环线，这条路就像条被割掉的盲肠一样被扔掉了。但公交和各厂的大巴还是走这条路，因为要近好多。我像许多人一样，平时骑摩托上下班也走这条路。

  我忽然想到，这样跑下去可不是长久之计，我也应该在县城里买房子啊！天晴还好，要是下雨就辛苦了。现在天气暖，若到了寒冬腊月，风又大，又要起早，怎么吃得消？我把想法跟家里人讲了，爹愣了好一会儿，说，那要借不少钱呢。爷爷倒是挺支持，说，既然买房子可以转为城镇户口，就该买，买了房就是城里人了。娘说，要几十万呢。爷爷说，养兵千日，用在一时，上次土地的补偿款，不正可以用上了么？还有那么多年的农业收入，加起来也不少。爹说，现在钱不值钱，那些钱当时还算得上一笔钱，现在已经不算什么钱了。爷爷说，那就更要买啊，越不用，就越不值钱了。爷爷有点独断，有点倚老卖老。他似乎责怪我爹不该把钱存到银行里贬值。爹当然不也服气，意思是说难道他存钱还存错了？他们为了这究竟是谁的责任以及究竟该不该买房几乎要吵起来，弄得我很尴尬。最后还是娘出来打了圆场，她说，现在房价这么高，要不，再等等看吧。见娘这么说，我也不好再说什么，但我真希望有个人赶快来帮忙把他们的工作做通。

  这个人还真的很快出现了。一个同事买了房子，大家去贺喜，我们先参观他的新房，接着去了酒店。我看了桌上摆的烟和酒，私下里问他，干吗要拿这么好的烟和酒？他说现在就是这个行情啊。这酒要一百多块钱一瓶，烟要三十多块钱一包。我想，我要是买了房子，恐怕请人喝酒也请不起啊。

  就是在这次的酒席上，我认识了小雯。她是我们本地人。扎着两只小辫子，长着两只小眼睛，鼻梁上还有些小雀斑。本来我没怎么注意她，但她的一番话让我刮目相看。当时大家都在说工业园里空气怎么不好，听说县城中学新校区里有好几个学生被查出体内的什么超标了，中学又要搬迁到别的地方去了，大家议论纷纷，有的说政府乱花钱，新学校建成还不到一年呢，有的说把学校迁走又不能从根本上解决问题，还不如把一些有污染的厂子迁走，这样下去，将来县城也没人敢住了。我听了有些不舒服，正想说点什么，忽然听她说，这肯定是谣言，如果真的是这样，那新的政府大楼和财政大楼就不会建在这里，照我看，这肯定是哪个不怀好意的地产商散布的谣言。因为这段时间，房地产竞争激烈，中学旁边的几个小区都卖的特别好。其他人不置可否。他们习惯于这样。习惯于把事情想得很坏。习惯于把别人想得很坏。就像到火车站的那条路，后来我才明白，根本不是说汽车站的老板跟县领导是亲戚，而是因为那条路全是用新土垒起来的，得让它坐结实一点。可见在这些事情上，很多人喜欢胡乱猜想。我觉得我有必要支持她，便说，的确，可那个散布谣言的人没想到，既然中学旁边的房子人家不敢买，又怎么会买他的，他这不是聪明反被聪明误么。我注意到她眼睛一亮，望了我一眼。那种心有灵犀似的。后来我们彼此看对方的次数就多了起来。我们用眼神在交流，在互相欣赏呢。我觉得她是个挺有主见的人。我最讨厌那种别人说什么他们也说什么的人。从酒店出来，我们互相交换了手机号码。说不出是谁主动，好像我们都有那个意思。本来她走在前面，但她见我在后面，就故意放慢了脚步，等我跟她平行时，她就说，你手机号码是多少啊？

　　此后我们就打电话、发短信，谈起恋爱来了。我似乎生来跟异性打交道就不自然。读书时，我最不喜欢跟女同学讲话。即使要讲，也是大声大气的，生怕别人说我们有鬼。在外面打工那几年，也是这样，因此倒弄得异性有点怕我了，说我讲话总是那么凶。我也想温柔一点，可到时候又故态复萌了。在外面谈恋爱其实很容易，一不小心就跟某个异性好上了。我周围的人都谈了恋爱，有的还不止一次，不止一个，甚至没结婚就把孩子生下来了。但我也不羡慕。我觉得他们完全是得过且过，不负一点责任。可不知怎么回事，现在小雯却让我动心了。我不怕别人在背后讲。说话也很有耐性。我开始考虑起跟小雯的婚姻大事来。她正是我要找的人。虽然此前我一直想找个外地老婆，说普通话。我觉得"我爱你"三个字，用普通话说出来才好听。但小雯看起来跟外地女孩也差不多。实际上，刚开始我以为她就是外地人，因为她一直讲着普通话。她也在外面打过好几年工，比我晚一些进的厂（后来厂里又招了两批人）。我想好了，以后我们结了婚，也要一直在家里讲普通话。

随着了解的进一步加深，我越来越相信自己是对的。小雯在我们厂的转炉车间。那里气温高，天气凉快时也要开电扇，像是洗桑拿，把她烤得又黑又瘦，眼圈倒越来越大。她工资比我低。有一段时间，她调了班，我们可以上下班同步。趁着我们都轮休的时候，她带我去见了她父母。他们问了我的一些情况。我看出来，她父母是很依着她的。别看她在厂里那么有主见，那么独当一面，可在家里是很撒娇的，一回家就露出女孩子的天性。她那样子我看了都有点不好意思呢。她父母对我还满意，问了我和我家里的情况后，他们说，也没什么别的要求，只是为了我们以后过上好日子，成为正儿八经的城里人，要求我一定要在县城买房子，什么时候买了房子，什么时候就把小雯嫁给我。她爹说，他们都是要面子的人，如果我买了房子，小雯就不是嫁给乡下而是嫁到了城里。小雯知道我有点为难，便撒娇说，她嫁的是人又不是房子。她爹在别事上迁就她，在这件事上却毫无通融的余地。小雯气鼓鼓的。后来还是我劝她，说她爹这样也是为了我们好，再说房子迟早还是要买的，或许以后房价涨得更高，那我们现在买不就是赚了！小雯才破涕为笑。回到家里，我把小雯家的态度讲了，我爹说，既然如此，那就借钱也要买了。

爹把家里多年的农收入和土地补偿款加在一起，还不到十万块钱。而房子已经涨到了三十多万块钱一套。爹要到亲戚家借钱，我不让，说反正要到银行去贷款。爹说，银行利息那么高，能少借一点就少借一点。他先去了我姑妈家。姑妈儿子大宝正读大学，学的是美术专业，很费钱。姑妈说，一担谷子，还抵不上大宝一瓶颜料哪。大宝却说，等他学成了，画张画就可卖好多钱，比画钱还来得快。他一放假，姑妈就赶他去理发，说这么长的头发，都快成野人了。大宝说，搞美术的人都这样，把头发理短了，就不像画画的人了。姑妈说，奇怪，难道你们是用头发画画的？谁知大宝一拍大腿，说，娘，你这个创意真好！有拿胸脯作画的有拿屁股作画的，还没人拿头发作画呢，将来我肯定能一炮走红！姑妈说，我看你是学画学出毛病来了。大宝后来跟我说，他跟我姑爹姑妈之间，出现了严重的代沟。什么是代沟我也不懂，总之，自从大宝学画之后，姑妈姑爹就明显老了许多。姑爹头上甚至爆出了白发。好像那些黑头发都给大宝做了颜料。大宝现在的学费，都是他们卖农产品和姑爹在工地上帮小工赚来的。照我看，大宝其实并不适合学画。那是有钱人家的孩子做的事情。他们不好好读书，大人就叫他们去学画，高考录取分数线要低好多，再花钱走个后门，就行了。可我姑妈家哪能跟那些人比。我赶上爹，跟他说，向谁借钱都可以，就是不要向姑妈家借。说着，却已经到了姑妈村子里，借钱买房的事情还是让姑妈知道了，她高兴得一个劲地擦眼睛，说我家也要在城里有房子了！我家也要在城里有房子了！姑妈已经出嫁了那么多年，还一直把娘家叫"我家"，我听了不禁鼻子发酸。无论我和爹怎么拦她，她还是到姑爹一个做包头的叔伯兄弟那里借了五千块钱给我，说要是我不收下她就生气了。她的样子很焦躁，像是要哭。我知道姑妈的性格，有一次她跟姑爹吵架，气得一下子说不出话，把额头在地上碰。我和爹只好收下。然后怀着非常内疚的心情，去了舅舅家里。要不是实在被逼急了，爹肯定是不会来向舅舅借钱的。不出所料，舅舅说他手头没钱。其实他有钱，但就是不肯借。他爱花钱。以前还常来我家借钱，说钱不凑手。他不借多，每次借个三五十块，谁也不好拒绝，同样，谁也不好意思要他还钱。看来他的心理学学得很好。我刚到外面打工那年，回来时，他问我用什么手机，他说他的手机旧了，过时了，要我送部新手机给他。我正不知怎么回答，幸亏我娘听到了，抢过他的话头说，小华出去才半年时间，哪有钱给你买手机，再说，你手机换得还少么？的确，后来几乎我每次从外面回来，都发现舅舅的手机不一样。他看到新手机就想买，但又好吃懒做，不肯学手艺，结过一次婚，离了，我外公外婆还那么惯着他，老帮他护短。从舅舅那儿回来，爹和娘还吵了一架。爹埋怨我舅舅不像话。舅舅以前在银行上班，后来银行裁员，他的工作没保住，只得了买断工龄的几万块钱。大概是以前工作太轻松了，出来后他什么也不愿干，却时时在别人面前神气活现，表现出优越感。爹气呼呼说道，除了栗树无好材，除了郎舅无好亲，我借他的钱，是帮他保管，像他这样，迟早要把手头的钱用光的，到时候让他喝西北风去！我娘见我爹这样讲她弟弟，自然也来了气。一来二往，就吵了起来。我说你们别吵了，再吵就转换话题了，其实，舅舅就是借一两万块钱给我，又解决得了什么问题，还不是要到银行去贷款？五十步和一百步又有什么区别？

我就去银行贷了款。我只想快点拿到新房钥匙。

其实，就是贷款也没那么容易的。但我拿出厂里开的工资收入证明，银行就很爽快地给我办理了按揭手续。我头一回尝到了单位给一个人带来的好处。拿到合同，就好像房子已经到了手。我浑身是劲，老在不知不觉笑着。

这天，我从厂里回来，见爷爷蹲在墙角唉声叹气，我问他是不是哪里不舒服，他捂着胸口说，这几天老觉得胸闷，透不过气来。我说要去看一下医生吧，他摇摇头，说不要，他说他没别的毛病，就是这段时间老睡不着觉，一想起我还欠银行里那么多钱，他就很着急。他说我们家从来没借过人家的钱，现在不但借了，还一下子借了那么多！他一辈子也没见过那么多钱！可他年纪大了，又帮不上我的忙。

我说欠姑妈家的钱，我争取尽快还上，欠银行的钱，不急。爷爷说，怎么不急呢，银行是公家，是国家的，也就是说，我们欠公家的钱，欠国家的钱，这还得了，要是还不上，不要抓去坐牢？我都觉得天要塌了！我说，又不是我一个人欠银行里的钱，现在，买新房子的人，差不多都欠银行的钱，我欠的这点钱根本不算什么，听说我们厂欠银行几千万，其他厂也差不多，至少也欠两三百万。当然，它们可能不叫欠，具体叫什么我也不太清楚，反正不叫欠。还有那些学校，县一中欠一千多万，县二中欠八九百万，还有县城中心小学、中心幼儿园，还有新修的博物馆，政府大楼，它们都欠银行里的钱。新建的政府大楼，每天光电费就得一万多。爷爷说，那就更糟了，你们厂欠那么多钱，猴年马月才还得清，你在那里还有什么前途！我说爷爷你这就不懂了，我们厂里贷款那不是借钱，而是叫投资和周转，打个比方，你借了别人一万块钱，但你马上可以赚两万，还给他一万你净赚一万，你说划得来划不来？爷爷说当然划得来。我说，可如果你不借那一万块，那么你也赚不来这一万块，你说该借不该借？爷爷说，该借该借。我说现在我买房子也是一样，我借银行二十万块钱，可明年或者后年，房子就值五六十万，也就是说，我用借来的二十万净赚了二十万，所以我买房子不是花钱，而是存钱或赚钱呢，而且比做其他任何事情赚的都快，赚的都多！一会儿，爷爷好像听明白了，一会儿，他好像又更糊涂。他怎么也不明白买房子不是花钱贷款也不叫借钱的道理。他说，连买个馒头都叫花钱，怎么买房子那么大的东西反而不叫花钱了呢？我说是啊，事实就是这样，买馒头叫花钱，买房子不叫花钱，就像……我本来想举一些有辩证意义的例子，比如偷鸡摸狗算偷，而窃国者不算偷，但我想了想，还是觉得不合适，就算了。为了让他打消顾虑，我脑子转了一下，举了个最简单好懂的例子，说，爷爷你要这样想，我买了房才可以结婚，本来我一个月只有两千多块钱，跟小雯结婚后，我们的工资加在一起就差不多有四千块钱，爷爷你算算，难道这样还划不来？

听了这话，爷爷果然连连点头，很快就笑得有点合不拢嘴了。

我8月份付的定金，9月份付的首付，搞的按揭，11月份就拿到了房子的钥匙。我那个激动啊。我拉着小雯的手在屋子里转圈，虽然毛坯房一点也不好看，但钢筋是钢筋水泥是水泥，我不禁摸了又摸。那粗糙的质感很扎手，很真实。我忙起来了。不上班时，我和小雯就设计房间。比划，测量。请水电工、砖木匠，买各种材料。装修真是件累人的事，我瘦了一圈，小雯更瘦了。但我们是心甘情愿的。第二年的五一节，我们就在新房子里结婚了。我们又加了工资，每个月有差不多五千块钱的收入。我按时付按揭。小雯负责日常开销。大概每星期我们要去一次大超市。那是县里新开张的一家最大的超市，离我们小区不远。如果不是上班，我愿意天天在里面逛。那是多么幸福的事情。我们每次都推着一辆购物车，买很多东西，以至收钞员都认出我们来了。看到我们，似乎眼睛一亮。车里有水饺，汤圆，绿茶，果汁，牛奶。还有各种零食。小雯是很喜欢吃零食的，不过她总是浅尝辄止，一包零食才开了个头，就扔下了，下次开的是另一包。我就把她扔下的那一包吃掉。我说我是老鼠，专门吃她剩下的。她哈哈笑起来。我喜欢的是绿茶。上班时，带上一瓶绿茶，显得挺有身份。厂里很多人带的都是绿茶，而不是什么纯净水。那东西只要七八毛钱一瓶，顶多不过一块五，拿在手里显得很寒碜。

下了班洗了澡，我们一般就窝在沙发里看电视。有时候，看着看着就睡着了。这布艺沙发是花了五千多块钱从市里的专卖店买来的。它和整个新房一起成了我们的安乐窝，那么柔软，那么温馨，我觉得一切的努力和辛苦都是值得的。一天，我望着雪白丰满的墙壁，忽然说，小雯你知不知道，这墙里的钢筋，说不定就是我们自己厂里生产的呢！小雯说是啊，肯定是。我不禁自豪起来。因为这，我看着自己的新房又多了一层亲切，一层结实的依靠和温暖。我搂过小雯，用普通话动情地对她说：我爱你！

事实上，我也觉得自己所依靠的东西越来越结实，越来越强大。我们厂里的钢产量越来越大，效益也越来越好。你看，到处都在做房子，搞建筑。其他地方我不知道，就说我们县城吧 除了商业小区，很多单位也都盖了新楼。有人说，新政府大楼盖的像白宫一样，其实在我看来，我觉得它更像过去的皇宫，金碧辉煌。还有中学，小学，财政局，电视台，国税局，地税局，移动公司，银行，教育局，都盖了新房子。乡下也是一样，很多人把老房子拆了，在马路边盖了新房子。当初我买房子时，就有人劝我，说你花几十万在县城买房子，要在乡下，可做多大的房子啊！可他们没想到，乡下的房子是死的，不会升值，只会折旧。除了盖房子，到处还在修桥，修高速公路。现在我们村子附近有两条高速公路在同时修。不管做房子还是修路，都要用我们厂的钢筋做骨头。说实话，买房子前，我也心里打鼓，毕竟，我们的工作不是铁饭碗。如果钢厂是一块皮，那我们就是附在上面的毛，要是有一天厂子不行了，怎么办？我和小雯在一起探讨了这个问题，经过反复研究，我们觉得：一，这么大的厂是不会轻易垮掉的，社会越发展，越要建房子修路，这是颠扑不破的真理；二，即使厂子出了问题，我们的房子也还是保值和升值的，根本不必为此担心。万一不能还贷，就把房子卖了——话一出口，我就恨不得打自己两嘴巴，这话太不吉利了。我狠掐了自己一下，作为惩罚，也好像把那不吉利的话抵消了。实际也是用不着这样的，要是钢厂没有了，我们就到别的厂里做事，反正我们这里的厂是越来越多了——这话同样让我很自责。瞧，我说的多轻巧，我这不是忘恩负义，厂里对我们这么好，我却在背后这样对它！难道它出了问题我们就不管了？难道我们就没有一份责任？

这天，我看了厂里的公告栏，上面说又有喜讯，说省城的地铁项目已经批下来了，厂里已经和省里签订了合同。这意味着，我们又要多快好省鼓足干劲了。其实不用厂里提醒，我们也是鼓足干劲的。过了几天，我听到这样的传言，说本来省城是用不着修地铁的，我们省城在全国充其量只算得上中等城市，但省内的几家钢厂里的钢销不出去，便想出了这么一个法子，来把多余的钢消化掉。我听了感到好笑，这完全是无稽之谈嘛，别的钢厂我不知道（其实跟他们相比，我们厂还是小厂，但我相信，我们厂更有发展潜力），我们厂我是知道的，拉货的车一天到晚进进出出排成了长龙，有时候还要找厂长批条子哪，你说，这样的厂，产品会卖不出去？会有"多余的钢"？总之，不管是谁，讲了厂里的坏话，我就很生气。就像那次在公交车上听人说我们小区里的房子不好，我便狠狠瞪了那个人一眼一样。

当然，我并不是说我们厂就十全十美，一点毛病也没有。比如，管理缺少人情味，很难调班或请假。尤其让人难受的是，除夕和大年初一也得上班，而且工资跟平时一样，不算加班。厂里跟我们的合同是三年一签，有人说，肯定是因为厂里有污染，过了三年他们就要换一批新人，不然员工的身体万一出了问题厂里要赔偿。很多人担心没多久就要被炒掉。还有人老担心自己的身体出了问题，不停地去拍片体检。那次，小雯感冒了，喉咙有点沙哑，喝了药也没好，她忽然说，是不是她的咽喉出了问题，因为她所在的车间粉尘多。我不禁责怪她糊涂，感冒嗓子沙哑不是很正常的吗，完全是心里的鬼。她说，万一过了两年厂里把我们炒掉了怎么办呢？我说，你别听信谣言，其他的厂也许有可能，但我们厂是不可能的，因为我们厂不是污染厂。她说，那厂里为什么要跟我们三年一签呢？我说，这也很正常啊，我以前在广东打工，那个厂根本不跟我们签合同，你愿干就干，不干拉倒，现在我们厂三年一签还不好？就是一年一签我也很满足。你想，如果不这样，那很多员工就没有责任感，他们以为，反正签了那么多年合同，厂里也不能把他怎么样。小雯又说，为什么这次体检后，厂里至今没有把报告发给大家？是否是怕大家发现了什么问题？我笑了，说你这叫无理取闹，如果真的有问题还瞒着，那不就把小问题瞒成了大问题，厂里会那么傻？问题是，任何事情都要有个过程，哪有那么快？再说调班和请假的事，现在我也想通了，许多的国营大厂，为什么垮掉了，就因为纪律松散、管理不力垮掉了。工业是现代化的产业，如果用传统的人情来管理一切，肯定是行不通的。那是落后的农业社会的东西。再说过年没假的事。厂里是四班两倒，平均起来每天才上六小时的班，可工资比老师都高！那时我在学校读书，老听到老师抱怨工资低，可我给他们算了一笔账，他们每年实际只要上班两百多天，如果再按他们平均每天只有两节课来计算，那他们的工资就高得不得了啦！这样，我们节假日加班当然就不用发加班费了，要是发了，反而不合理了，因为没轮到的人肯定有意见，大家都想加班，那纪律不就乱了？多一事不如少一事，还是不发为好，对吧？再说，厂里跟我们说了，机子绝对不能停，一停就要损失几千万。难道你不心疼吗？作为员工，难道我们这么一点主人翁的精神都没有吗？

我的话让小雯心服口服。她笑我，说我都可当厂长秘书了。

我说，厂长办公室的秘书小阳就是我姑妈村子里的呢。说到小阳，这段时间，我还真想去找她帮我点忙。

事实上，是我想跟厂长或其他领导反映一些情况。要说我对厂里没一点意见，也是不对的。比如，我不喜欢一些同事在开会时吊儿郎当爱听不听，也不喜欢他们在上班时老打电话或用手机上网。有时小雯也在QQ上跟她堂妹聊天，我狠狠讲了她几回，她才改正过来。我跟她说，这是不敬业的表现，也容易出危险。我觉得厂里应该把这些人召拢，开个会，进行必要的教育。电视里不是报道过这样的事情吗，有的钢厂，因为员工操作不当，酿成了巨大事故，造成了很大的生命和财产的损失。还有，有的人嫌食堂的饭菜不好吃，偷偷带电饭煲来自己煮饭，不说这样会影响工作，如果谁都这样，那要浪费多少电啊，弄不好还会引起火灾。像这样的事情，厂里怎么不管一管呢？有一次，我跟车间主任说，他说，这是别人车间里的事，你管那么多干吗？我就跟另一个车间里的主任讲，没想到他听了很不高兴，说，你什么意思？你是不是对我有意见？你他妈吃饱了撑的啊！我一片好心，却挨了一顿骂，这说明，我们厂里，有些车间领导，是不称职的，说得不好听一点，就是粥锅里的老鼠屎，是柱子里的蛀虫，迟早会坏事的。我多想把这些情况告诉厂长。我相信，他肯定是不能容忍这种丑恶现象的。可我一个普通工人，接近不了他。在路上，他的车窗玻璃关得紧紧的（我暗暗记下了他的车牌号码），我根本没办法让车停下来。如果我硬要拦车，保安肯定会不问青红皂白揍我一顿。揍我一顿事小，关键是我怕这样会影响厂里的形象。现在，有的人没事喜欢拿个手机到处乱拍，动不动就传到网上去，简直是无聊。有一次，他们把我们食堂大家吃饭的情景传上去了。桌上是狼藉的菜叶和饭粒。到处脏兮兮的。还有一次，他们传的是大家在开会，乱哄哄的，有人在尖叫着，或把工作服扔来扔去，一个女工把头盔当武器，抵挡着一个男同事的袭击。很多人在抽烟，聊天，台上主持会议的人在拍着桌子，叫大家静一静，可大家似乎都是聋子。台上的人很生气，就叫保安揪出那个最不遵守纪律的人教训了一顿，视频传上去后，网上有很多人跟帖，说我们厂没人道。明明是挨打的人不遵守纪律，网上却把事实完全颠倒了。你说把这样的东西传上去有什么好处呢。此后有一段时间我懒得上网。尤其是看到很多人在网上对骂，就知道要想在网上找出一个对错来，简直不可能。听说以后上网要搞实名制，我觉得很好，希望快点实行。那天，我远远望着厂长办公楼，看到那里有个苗条的人影闪了一下，我忽然想起姑妈村子里的小阳来。我把手一拍，有办法了，我可以直接去找小阳，再由她带我去见厂长。我说我姑妈是谁，她肯定会记起我来的。我记得她的办公室就在厂长办公室旁边。打定主意，第二天我刚好上晚班，下班时天已经大亮，但小阳还没到上班时间，像她这样上行政班的是不用上夜班的。我跟小雯说车间里还有点事，叫她先回家。我在厂门口买了碗泡面吃了，然后蹲在那里等小阳来上班。风真大，天又冷，我想出去转一下（整个工业园好像是用水泥和钢筋浇铸起来的，有一种现代化的阳刚、整齐之美），又怕错过了时间，要是小阳上楼进了办公室，找她就难了，楼下有保安，肯定不让我上去。等了差不多两个小时，终于看到小阳从一辆小车里出来。不知道是谁的车。我红着脸，迎了上去。大概是过于急切，我猛然奔到她面前，吓了她一跳，她说你你是谁，想干什么？我说我是小张啊，我姑妈跟你一个村子里，我进厂还是你帮忙介绍进来的呢。她瞪了瞪我，说，你姑妈是谁，我什么时候介绍你了？我说了我姑妈的名字，她从鼻子里哼了一声，说，她就是你姑妈啊，跟你说，我一点也不喜欢她，你进厂的事情，我一点都不知道。你看，竟有这样的人，帮了我那么大的忙还不肯承认。不过我马上反应过来，这时我们是在大路上，旁边人来人往，如果她说她帮了我的忙，那不就等于说她徇私舞弊，不按规则办事了？真不愧是厂长的秘书，她觉悟多高想得多周到啊！我朝她使了个眼色，说柯秘书，我有重要的事情，请你带我去见一下厂长，我想跟他反映一下车间里的情况。她皱了皱眉，说，厂长很忙啊，哪有时间接待你，有什么事情你还是直接跟车间里的领导讲吧。说完，快步往前走。我想赶上她，可她已经到了办公楼下，保安拿着电棒警惕地盯着我。

　　没办法，我还得另想办法再跟那几个车间主任讲啊。既然柯秘书那么讲了，我想肯定是厂里有相关规定。就好像我们乡派出所的院墙上，写着"禁止越级上访，违者严惩不贷"。我只是一个普通工人，直接找厂长反映情况，大概也是越级上访了。我不怪柯秘书。其实，要是每个人都像她这样有原则性，那就好了。我也就不用"越级上访"了。

　　不幸的是，我还没想出更好的办法来，担心就变成了现实。真的出事了。旁边一个车间煅烧铁坯的电弧炉密封管破了，导致电弧炉爆炸，钢水飞溅，造成了一死五伤。幸亏死的那个人是外地人，好处理，但受伤的有本地人。几路人马混在一起，堵在厂门口，里面的车出不来，外面的车进不去。厂里的秩序一下子就乱了。听说在我没进厂之前，也出过类似的事情，一个换炉工在工作时，钢绳滑落，钢水包在离地面几米高的地方突然倾斜坠落，浇在他身上，人跟通红的钢水混在一起，什么都捞不出来。许多人来哭闹，后来还是警察来了，才把事态平息下去。

从此之后，那个岗位一般只招外地人，万一出事也比本地人好处理。

但这次伤亡面积大，还牵涉到了我们本地人。那死掉的外地人的后事，倒是很快就处理好了，那个人还没结婚，而且父母也已经过世了，什么都好说，只有他哥哥来厂里，听说他们兄弟俩的感情本来就不好，所以厂里提出一个赔偿数目，那做哥哥的心中暗喜，似乎赔偿超出了他的想象，他什么也没说，签了字就拿钱走了。难对付的是我们本地人。他们要很高的赔偿，因为有两个人已经被钢水毁了容。他们竟蛮不讲理地说，他们现在是生不如死，早知这样，还不如一下子死掉好。他们威胁要在厂门口自杀。我觉得他们有点无理取闹。难道谁愿意车间出事？什么生不如死，难道活着没有死了好？这不跟那些一边说不想活了要跳水自杀一边又等着别人来拉的泼妇差不多？拿到了赔偿款，他们又要求整容。说实话，厂里以前烫伤人的事情也时有发生，不都是拿了赔偿就没事了，有些工种就是危险程度高，你可以选择别的工种，对吧？这也是两厢情愿、愿打愿挨的事情，出了这样的事，虽然厂里负主要责任，比如有的是设备已旧了，没及时更换，有的是辅料质量不过关，成分杂，还有的是没及时检修。按道理半个月检修一次，有时候怕耽误生产就把检修时间延迟了。诸如此类。可是，难道我们自己就没有责任吗？许多人纪律松散，上班时听歌上网，又不是小孩子，怎么连这一点常识都不懂呢？后来周围村子里的老百姓也趁机加入了闹事的行列，说我们钢厂的噪音太大，排出的黑烟和灰尘严重影响了他们的身体健康。他们也要索赔。这就更没有道理了，这么大的工业园，难道只有我们钢厂有噪音和黑烟灰尘排出？那些化工厂的污染才真是大，他们不去找，只找我们钢厂，这不是柿子拣软的捏，看我们厂里好说话么？有人说，这些工厂根本就不该建在这里。这也是笑话。这个事情岂是他们可以管的？我们县里以前一直没有什么工业，现在好不容易有了，我们这些游子，不用再到外面打工受气了，这些人却又横挑鼻子竖挑眼的。我很快便知道是怎么回事了，原来，厂里为了方便管理，没招附近村子里的人进厂，怕他们里应外合偷窃财物。看到我们收入高，他们眼红了。那几天，厂车开到门口进不去，被他们拦住了，我们只有下车步行。从厂门口到车间要走一二十分钟，太不方便了。我希望事情快点了结，好让我们的工作回到正常的轨道。

好在政府部门还是挺支持的。这次，整个公安局都出动了。听说还有人动了手。几个闹得最凶的家伙被叫进了公安局。除了警察，我还看到几个脖子上戴着很粗的金链子的人，有一个手指上还戴着很大的方戒指。他们一边抽着烟，一边跟闹事的人打着手势。一个同事问我，你知道戴戒指的人是谁吗？我摇摇头。他马上得意起来，说，你连龙哥都不认识啊？原来他就是县城鼎鼎有名的黑道老大张金龙。他们也在帮厂里在做那些人的工作。说实话，以前我潜意识里对这些黑道罗汉是很反感的，在我的印象中，他们欺行霸市不干好事，现在我不禁改变了对他们的看法，觉得他们也有些亲切起来。

还好，下班时，厂门口已经安静了。坐在大巴里从厂门口经过时，我看到那里已经被打扫得干干净净，只有谁的衣服被撕破了，被风吹到了路旁的沟里，上面隐约有一些红色，大概是鼻血之类。上班时我注意到，厂门口的那群人里，有几个人出了鼻血。其实最近，我也出了几次鼻血。小雯怕我生病，要我去检查，我说我没病，可能是最近事情多，有点累。再说，爱出鼻血的又不是我一个。

那天回家，我把最近的一些事情告诉了爹娘还有爷爷。爹说，怎么没在电视里看到？爹最喜欢看我们县电视台的新闻。他不但自己看，还叫我爷爷看。他指着电视里的人说，那是我们县长，那是我们县委书记，晓得啵？爷爷眨着眼睛点头。爷爷的眼睛是沙眼，有点见风流泪，红红的，眯着，像兔子的眼睛。有一次，他从电视里看到了我们钢厂，赶紧要爹跟我打通了电话。他高兴得不得了。他这明显是孤陋寡闻嘛。其实，我们厂连省里的电视台和中央电视台都上过。一个关于建设绿色工业园和工厂环保的节目。它详细介绍了我们县的工业园是如何做到既大力生产又绿色环保的。主持人还采访了我们厂长，只见厂长站在那里，充满激情地指点，扬手，滔滔不绝。那一刻，我很激动，更是自豪，还有点羞赧，仿佛自己也在电视里亮了相。

爹也同意我的看法。自从我进了厂，我和爹之间的矛盾是越来越少了。以前动不动就争执起来的情况现在基本上没有了。大概那时候我比较浮躁，逆反心理强。其实我和他之间并没有什么矛盾。他肯定是希望我好，我肯定也希望我们全家都好。这样，又有什么了不得的矛盾呢？要有，也无非是想怎么把家里建设得更好。现在我也喜欢跟他交流。我说，这样的事情，报道了有什么好处？县里的电视台是不可能报道的，市里和省里的电视台要报道，都被县里挡了驾。爹说，是要挡住啊，要是电视里播了，对厂里和我们全县都没什么好处，这点我知道，你看那年电视里说牛奶里含有什么胺，人家买来的奶我就不敢喝，后来电视里说现在没事了，我不相信，还是不敢喝，你爷爷老顽固，舍不得丢，都拿去喝掉了。为此我还跟他争吵过好几回。再比如，电视里说什么地方的种子出了问题，我就以为那个地方的种子都有问题，平心而论，那里面肯定也有好的，但我没办法不让脑子这么想。

所以，当后来发生那件事时，我想都没想就冲了上去。

当天中午，我们正在吃饭，忽然听到两声巨响，紧接着，看到了火光和浓烟。大家都往外面跑。起火的是三号高楼铁塔，周围的防护墙都垮塌了，碎砖满地，锅炉已经扁了，像被什么猛击了一下，旁边有两个人倒在那里，压着几滩血迹。谁也没敢上前。不一会儿，厂里的保安人员来了，把满身是血的那两个人抬进车里，呼啸着朝外面开去。又过了一会儿，救火车来了（其实是灭火车，但我总习惯于把它叫救火车），消防员下来接上水龙。这时我才发现，邻近的一家鞋厂也烧着了，里面的人在大喊大叫。折腾了半个多小时，才把火灭掉。若不是车间里吹哨子，我几乎忘记还要上班。我如梦初醒，朝车间走去。不知怎么回事，我脚有点发软。离上次事故没多久啊，怎么又爆炸了呢，这些人上班也太不负责了!

听说那两个人在被送往医院的路上就死掉了。后来才知道,他们是刚从外地来的,文化不高,什么都不懂,先前的两个人辞了工,走了,一下子找不到人,刚好他们来了。但他们自以为聪明,不按操作规章来,结果就出了事。

厂里不知道他们家的电话,不能一下子通知他们家里人,只好把他们的遗体放在特意买来的冰柜里保存。这当然也是浪费钱的事情,但是有什么办法呢?我注意到,办公楼的大门比以前关得晚,上晚班时我看到半夜也有人在里面。肯定是厂长吧,他在熬夜处理事情。第二天一早,我看到他从大楼里出来,头发蓬乱,看样子脸也没洗,谁看了都担心。看看,那两个外地人给厂里带来了多大的麻烦啊!如果事情到此为止,也还罢了,没想到有两个狗屁记者缠上来了。

那两个人啊,一看就不是好东西。一个戴着眼镜,个子高高的,胸口挂个相机,上衣口袋里还插支钢笔(后来我才知道那是可以录音的笔)。另一个个子也高,但没戴眼镜,很严肃地夹着一个公文包。听说他们没跟县里打招呼,就直接到我们厂里来了,打听这次事故的具体情况。他们是怎么知道的呢?报纸和电视并没有报道啊,肯定是有人泄了密。现在,有的报纸会把他们的新闻热线号码登在报纸上,征集线索,被采用了可以得到三十或五十块钱奖励。不知谁那么贪小便宜,把事情捅出去了,假如我是厂长,一定要严查到底,把那个家伙揪出来。什么事都有个轻重大小,那个家伙怎么就不知道呢?正是吃饭的时候,我打量着围观的同事,觉得谁都有泄密的嫌疑,尤其是我们本地人。有的人对厂里有意见,有怨气,这我是知道的。他们心想,我得不到的,你们也别想得到。瞧,这是多么阴暗的心理啊!他们呼啦啦围住记者,或大声说话,或嘻嘻哈哈,带着一种让我讨厌的幸灾乐祸的神情。这两个人拿出证件,说他们是省里什么报纸的记者。不是日报,也不是晚报,是一份法制方面的报纸。反正我没看过他们的报纸。他们说要采访我们厂长和相关目击者，写一篇关于那次事故的详细报道。厂长急了，忙把他们请到了接待室，让柯秘书好烟好茶招待，我们厂长找了个机会溜出来，打电话给县宣传部门的一个领导，问省里的法制报社是否有这两个人，对方想了想，说，是他们啊！那是两个骗子，你可不要上当，接着便把他知道的那两个人的情况讲了一遍。最后又说，不过你还是小心为好，人家毕竟是记者，前不久，邻近一个县的化工厂跟他们闹翻了，曝光后被停掉了，造成了很大的经济损失，工人们因失业也很有意见，说县里保护不力哪。

原来，这两个人经常拿着记者证招摇撞骗。找到有利可图的线索，便下来采访，有时候甚至不采访，把其他报纸上的报道拿来加工成一篇文章，打印出来寄给相关单位或个人，说马上要发表出来，对方便很着急，要求跟他们做个交易，花钱私了。他们屡屡得手，在下面造成了很不好的影响。其实他们干的这些事情，报社领导根本不知道，严格说来他们这种行为应该叫诈骗或敲诈勒索！

我们厂长心里有底了，他把几个车间主任迅速召集起来开了个短会，嘱咐他们，等会儿那两个记者来采访，就怎么怎么说。我们车间主任回来，又跟我们传达了，并把那两个家伙的卑劣行径和县宣传部门领导的意思大致讲了一下。我想他们倒是赚钱有方啊，本来我对记者是很敬畏的，那年，一个记者到我们村里来采访移民建镇的事情，他把话筒一伸，很多人都往后缩，我也一样。但现在，我觉得他们很卑鄙，就一点儿也不怕他们。我甚至还有点瞧不起他们了。

过了一会儿，我们主任接到柯秘书电话，叫他安排两个人去接受记者采访。主任问谁愿去，我说我愿意。我倒想知道那两个家伙到底是什么货色。过几天回去，我可以跟爹说，我见过省里的记者了，没什么可怕的。

我和同事赶到办公楼，见我们厂长已经陪同那两个记者从楼上下来了。这时其他车间的几个同事也赶到了。那两个记者一边举着相机四处拍照，一边向我们厂长提出一些奇怪的问题，比如：你觉得这次事故的主要责任是人为还是非人为？厂里平时的管理难道真的没有疏漏么？厂里多久安排工人做一次体检？听说很多人有咽喉炎，咳嗽，痰中带血，是否肺部有问题？还有很多人莫名其妙地出鼻血，是否某种放射性元素超标？至于铅超标，那是肯定有的，听说你们和周围村子里的居民关系很紧张，你能告诉我是为什么吗？你们采取了哪些防污染措施？废气废尘废水是怎么处理的？听说工业园里很多企业把排污管埋在江底，你们也是这样做的吗？你们是怎么做的呢？

我发现，我们厂长从没这样局促过。这样低三下四过。这样孤苦无助过。他眼巴巴望着那两个记者，望望这个，又望望那个，脸涨得通红，像在法庭上受审，而记者好像是高高在上的法官。偏偏这个时候，那个举着相机的记者斜着眼睛对我们厂长说，既然这样，我还是直接采访工人们吧，你回避一下，你在这里，他们肯定是不敢说真话的。

我终于忍无可忍，冲上去，抬手就给了他一嘴巴。他惊呆了，说你怎么打我！我说，我就是要打你！说着，我抓住他，又猛揍了他几下。在我出手的时候，另一个记者跑到门口大叫，打人啦，有人打人啦！自然，谁也不会理他。他以为打人是天大的事情呢，这更说明他们欠揍，他们来我们这里就是讨打的！我把他们的相机抢过来，狠狠摔在地上。我猜里面的相片已经化作一团空气跑掉了。说实话，我早看不惯像他这样戴眼镜的了。如果不是我手下留情，我要把他鼻子上的眼镜也拽下来。这时我看到另一个记者在打手机，不用说，他报警了。他说他是省城法制报的记者，在钢厂挨打了。不过我猜不一定有什么作用。公安接到我们这边的电话一般要先研究研究再决定怎么行动的。可以说，记者不在保护之列。果然，他大概是明白了这一点，只好可怜巴巴回来求我们厂长，要厂长制止我。我说，你刚才不是叫我们厂长离远一点么，怎么现在又这样啦！我大笑着，十分快意，心想当年梁山好汉撕掉朝廷的招安诏书也不过如此快活。我已经很久没看水浒了，那是我最爱看的书了。读中学时我就偷偷看，一开始还不好意思呢，别的同学看的是成语寓言童话故事和十万个为什么，可我一看那些书就头晕。后来我听说，很多伟大人物都喜欢读水浒传，这说明它的确是一本了不起的好书，我应该以读它为荣。这时我想起了初中课本上的鲁提辖拳打镇关西，想起了武松大闹鸳鸯楼，哎呀，真是痛快！可惜我手里没有刀，不然我也要把他们开成五颜六色的杂货铺了。

正痛快淋漓时，我忽然听厂长叫了我一声。他当然不知道我的名字。他叫我住手。我知道，他只能这么叫。像他这样素质高的人，难道会叫我：打，狠狠打！我不禁眼眶湿润。这是我们厂长第一次直接跟我说话。他的这句话只说给我一个人听。或者说，只对我一个人起作用。跟厂里其他的人没有关系。所以，他一喊，我就住了手。我要在记者面前显示出我们厂长多么有威信，他的话多么管用。马上，保安冲了上来，从后面扭住我的双臂。还真有点痛。不过我认为他们干得好。我知道，打人是不对的，尤其是记者，更不能打。会有很严重的后果。厂长现在这样处理也很好。总不能让厂长承担我打人的责任。万一有什么事，我希望他舍车保帅，不，应该叫舍卒保帅。我们这叫苦肉计。为了表演得更像那么回事，我还故意挣扎了几下，当然，两个保安也故意用力反扣我的双手，有一个甚至还用膝盖顶了一下我的腰部，痛得我失声叫了起来。不过这也很好。

厂长在打电话。瞧，他的手机好像还没有我的手机高级呢。这就叫品味。不像我们，老是跟着手机跑。每出一种新的型号，我们就想把旧手机扔掉，好像它是见不得人的尾巴。我们喝绿茶喝红牛喝营养快线，不喝纯净水矿泉水更别说白开水了。我猜我们厂长最喜欢喝的就是白开水而不是那些稀奇古怪的饮料（当然，他也会喝茅台，喝五粮液）。像他这样才叫自信！我认识到了这个问题，却仍然身不由己，一会儿被水流冲到这一会儿被水流冲到那。这说明我是多么脆弱和渺小。而我们厂长，一定是镇定自若地站在那里，不受潮流左右。想到这里，我对他简直崇拜起来了。

　　对以后的事情，我也作了种种设想。也许我已经触犯法律，会被判几年徒刑的吧？对此我也不怕。厂长肯定会派人来看我，他当然不会亲自来的，就是他想来，我也不乐意。来看望我的人（我希望柯秘书代表厂长也在里面）会说，小李你放心，即使坐了牢，你也是我们的员工！而我会说，真不好意思，给厂里带来了经济和名誉上的损失，我很内疚！如果有记者再来采访我，我会说，这次事件，完全是我一时冲动造成的，是我的个人行为，跟厂里没有关系。爹和爷爷肯定也会来看我，不用说，爷爷会掉几滴老泪，他的沙眼，即使不掉泪也总像是在掉泪。但爹会坚决地说，孩子你做的对，就应该这样！我唯一担心的是小雯和我们的房子。我不知道厂里还给不给我发工资。没有工资，交按揭就很困难。虽然我也理解。我没有做事，怎么还能拿工资呢？不拿很正常，拿了才不正常。不过我也相信厂里不会坐视不管的。退一步讲，不，退一万步讲，即使小雯交不了按揭，我就叫她把房子卖了，我们还赚了很多钱呢。当然，最好是卖给哪位同事。这样，哪怕是价格低一点，也不算什么损失。就像俗话说的，肥水不流外人田。有一次，我们把伞忘在厂车上了。那是一把刚买的天堂牌阳伞，我和小雯都很喜欢，见伞丢了，她那个难受啊，好像掉了魂。回头找怎么也没找到。她甚至怀疑是谁趁我们不注意把伞偷走了。厂里的确有些手脚不干净的人。但我说，不管它是掉了还是被人偷了，都无所谓，反正都是厂里的人，只要它还在被人用着，就不存在什么损失。既然我们这么喜欢它，别人肯定也是一样喜欢它的，这样，对它又有什么坏处呢？我们重新去买一把就是了。小雯说，还不是要多花钱。我说，赚钱就是为了花钱，这样，商场还可以多卖一把伞，伞厂又可以多生产一把伞，这不就促进了消费和商品流通，为市场经济的发展做贡献了么，又有什么不好呢？现在房子也是一样，等我出来了，我们可以再买新的房子。对此我充满信心。

　　不一会儿，救护车来了，公安也来了。那个一直在哎哟哎哟的记者被塞进了120。他被我打出了原形。另一个记者赶紧也爬了上去。他的屁股有点大。想起我们小时候唱的，头大军师脚大小人屁股大不是好人，我差点笑了起来。这时，一个公安从裤袋里拿出了手铐，我把双手向前一伸，大义凛然地让他们把我带走了。

考试记

那天事情来得突然。话是宁可自己说出来的，可他自己也感觉猝不及防。前一天办公室小唐送试卷来的时候，股长瞿炎还没来办公室。小唐说，这是你们股几个人的试卷，这是答案，做完交上来，明天我要出差，请叫瞿炎帮我收一下三楼的试卷。他说好。正说着，瞿炎进来了，省了他转述的麻烦。宁可当时正忙着什么，他拿了自己的试卷往旁边一放，心想不急，明天把答案拿来抄一遍就是。这样的考试，隔不了多长时间就会有一次，刚开始他还表现得愤世嫉俗。可大家都不说，反而显得他太肤浅了。这样的常识，谁不知道呢，你以为你说了就比谁高明了？所以渐渐地他也不说了。反正是例行公事，把试卷抄一遍交上去。反正上面也是例行公事，不会认真看卷。只是他的逆反心理作祟，有时候故意把答案写错（甚至是原则性的错误）。或者把后面一题的答案抄到前面的答题框里。可成绩出来，他几乎还是满分。这让他尝到了恶作剧的快感。以至后来他把每一道题都答错了，分数也照样有那么高。

第二天，大家的试卷陆续送来了。宁可还没做，想找个空再抄。这时股长说，宁可，小唐没发试卷给你吧？他一听有些生气，昨天他拿试卷瞿炎是看到了的，难道做这样的试卷也成了某种特权不成？又不是去什么地方考察或旅游。他说，有啊，怎么没有。股长说，那你交不交？他不禁一愣，心想瞿炎是什么意思呢？难道是希望他不交？那好，他就不交，看天能塌下来？于是他平静地说，不交。并且他还补充道：坚决不交。说完这话，他感觉自己的头大了起来，两耳嗡嗡作响，身体好像嫦娥一号似的，被后座的力量从地面推向了空中。其他同事有些惊愕地望着他。股长瞿炎笑了笑，没说什么。

宁可转过头做手头的事。然而他的心思再也不能集中了。刚才还熟悉的字体现在一个个陌生地望着他。他的呼吸有些急促起来。他忽然明白他中了股长的计。他不交，股长正中下怀呢。可是话已经说出去了，怎么能收回头呢？他责备自己总是这么不冷静。因为这样，他的性格总是被人利用。股长是个喜欢玩弄权术的人，针尖大的权力也会被他放大成公章那么圆那么大。宁可心想，既然这样，他就硬到底吧，他又不是没硬过。他在乡下中学教书的时候，有一次，乡政府和保险公司合谋，向教师们强制推行保险，他带头罢了一回课。像这种认认真真做的假事，如果每个人都拒绝去做，那就根本进行不下去，社会也就进步了。

想到这里，他暗暗吃了一惊，你看，一赋予自己某种高尚的行动理由，人就变得理直气壮了。就像那次罢课，其实他当时正在和一个女同事搞婚外恋，想在对方面前表现一下，才冒冒失失那么做的。平心而论，至少有一半原因是这样。

股长带着有些诡异的神色下楼去了。每当股长拥有某种权力，或感觉胜券在握，便会这样。办公室刚才还有些紧张的气氛，一下子活跃起来了。于娜说，是啊，经常要做试卷，烦都烦死了。何晓刚说，下次我们也学学宁可。于娜说，宁可，你这名字就取得好，有一种宁折不弯的劲头。何晓刚说，要不，我们也改个名吧，你叫于（与）其，我叫何、何……于娜笑着说，你就叫何必好了。

倒是坐在办公室最里边的老涂，看起来跟那个角落一样平静和阴暗，他过来貌似关切地问宁可：小宁，你不是和老婆吵了架吧？或者，你和股长的那个疙瘩……

宁可说，你们别抬高我也别贬低我，我不过手头正忙，不想抄那答案罢了。

何晓刚说，我最近看了一本书，上面列举了历史上许多"以小见大"的实例，比如近代史上一次重要的革命其实起因于一个卖菜的老妇和卫兵的吵架，说不定，你下意识的一个举动，会带来机关里的革命呢。

宁可不想再延伸这个话题，便自嘲道，那倒好，我就成星星之火了。

宁可和同事的关系，不管在哪里，一向是这么若即若离的。他不想和同事离得太近。有人说，社会是一个大家庭，真的是这样吗？又有什么好处？不过他生活的这个地方，的确也是一个大家庭，机关里，大街上，处处可见家庭的痕迹。家庭的阴影在生活中就像嵌在岩石里的恐龙化石。比如经常有人提醒他，要注意单位形象，要多参加集体活动，和同事和领导要多交流。要"交心"，领导说。我们来沟通沟通，交流一下思想感情吧，这段时间你在想什么？问题是，他怎么能把自己的所思所想完全告诉领导呢？说真话，领导肯定不高兴；说假话，又欺骗了领导。尤其是，很多人下班后还要和同事往同一栋宿舍楼里钻，让人感觉永远也没有下班的时候，单位无处不在，或家庭无处不在。有时候，他去参观一些古村的大宅院，经常会产生幻觉，仿佛那些幽暗的门洞里机关密布（机关这个词真是造得好，他上班的地方就是一个机关）。

他父亲还在乡下。当年，他几乎是从乡下逃出来的。没有人知道，他努力奋斗其实是为了逃避他的父亲。在家里，从小到大，他几乎时刻都处于父亲严密的监视之下。他的每一个小动作父亲都看得清清楚楚。稍不注意，就会听到父亲一声断喝。幸亏他考上了大学，逃离了父亲的阴影，可参加工作后，父亲还想管他，经常进城来，敲开他的门，故意不脱鞋就直接奔进来，在客厅里踱来踱去，有时候，坐在那里唠叨个不停，有时候自始至终一言不发，又背着手离去，让他不寒而栗。他在学校，父亲追到学校，后来他考上了公务员进了县里的机关，父亲又追到了城里。父亲才不怕他是公务员，似乎他越是国家干部，父亲也因为自己管着了国家干部而兴致越高成就感越大。父亲似乎随时都在提醒他，无论你跑到哪里，都是我儿子，你的地盘就是我的地盘，我有权在自己的地盘上为所欲为。

如同和父亲的关系一样，宁可似乎永远也搞不好和单位的关系，领导的关系。尤其是那种贴身管着他的小领导。小领导总是比大领导更像领导。他们不希望手下人比自己强。一个人，如果又强又做了领导，那人家没什么可说，可如果能力强又不做领导，那就麻烦了，会让现任领导寝食不安，也会让同事自惭形秽。总之就是要得罪人。宁可真的不想当领导，也就无形中真的把很多人得罪了。在机关里，最让人头痛的就是这种不在乎。他越说自己没有上进心（股长曾多次试探他），人家越以为他有，甚至还更大呢。他的存在仿佛为别人的存在投下了某种阴影，让他们感到了威胁。

要说冲突，他和股长还真的没有过。只是气场不对。又好像两块磁铁，因同极相对，便总隐约有一股向外排斥的力。虽然股长没少在背后打他的小报告，可他并没计较。当然，如果股长对他的不计较也很忌讳，那他只好由它去了。

凭良心说，这次他不肯做试卷，并不是针对股长瞿炎的。但不能否认的是，瞿炎是一个诱因。瞿炎为他设置了一个陷阱，他跳下去之后才明白上了当。

不过这又有什么要紧呢？

电话响了。周正说，是小宁吗？你能不能到我办公室来一下？

办公室主任周正跟人说话向来是这样的口气，明明是通知你，可听起来，却似乎是在同你商量：能不能？好不好？

他当然要说，好啊，我马上去。

想到周正，他有些忐忑不安起来。周正是个好人。全单位没一个人说周正不是好人。如果真有人这么说，那听到这话的人一定会认为说话者不是好人。按道理，办公室是事务最多矛盾也最多的地方，什么都会汇聚到那里去，动不动就听到有人吵架，有时候甚至还会打起来。可自从周正当了办公室主任，那里的矛盾就越来越少，从来没人在那里吵架。它仿佛是一架奇妙的天平，一桶生铁和一桶棉花，往那里一放，照样很平衡。如果领导开了什么机密会议，周正总是适当地透露一点风声。当然他不会透露那么多，事后领导知道了，都会在心里暗暗说他透露得好。当然，如果下面有什么心声，他也会向领导反映，让人称奇的是，下面后来知道了，也会说他透露得好，甚至还对他频频表示感谢。作为办公室主任，周正到外地出差的机会多，到北京，到广州，到越南，到俄罗斯，他的出差是公开的，谁都知道。如果你要叫他捎什么东西，他都很细心地在一个本子上记下来，等他出差回来，你要的东西也就跟着来了。所以他的出差往往最牵动人心，大家说，周正快回来了吧？哎呀，我昨天都梦到他回来了。等他真的大包小包地回来的时候，会发现大家都站在那里鼓掌欢迎。宁可刚进机关的时候，很多事情都不懂，都是周正点化他的。周正说，小宁，像你这种情况，可以找局长申请一笔住房津贴。或：小宁，这次活动你也报个名吧，就是不参加也不要紧，但报了名都会有不错的纪念品。这样的机会，股长瞿炎一般是不会告诉他的，见他错过了什么，瞿炎会发出那种幸灾乐祸的笑声。那次，宁可正急匆匆往楼上走，周正站在办公室门口忽然叫住了他，看来他一直在等着他。周正说，小宁，市里来了一份评先进的报表，你看是不是填一下？他说算了吧，还是给其他人吧。他知道，要想评上这个先进，得没完没了地填表，而且还不一定评得上。他讨厌填表。在中学教书时，他甚至因此而放弃了中级职称的评选。中级职称是有指标限制的。周正说，时间上反正不急，要不，你先想想，想好了再告诉我，好吗？他只好点头。他以为周正不过是说说而已，这样的机会，别人是求之不得的，不愁找不到人。没想到第二天周正真的打电话来，问他是不是想好了。他说我还是不想填那个表，周正说，你填嘛，别把它看得太复杂，你只要填一下，其他的事情交给我们好了。他说，我……他支支吾吾的，不知道怎么说下去，再拒绝，人家就会说他不识好歹了。他只好答应下来。周正说到做到，真的没怎么让宁可自己操心，只是碰上不得不需要宁可自己解决的地方，才让小唐来找他。结果他还真的评上了先进，周正比他自己评上了还高兴，一个劲地逢人就说宁可不错。周正说，小宁，你是我们单位第一个被评上全市先进的，也为单位增了光，以前报了好几个人，都没有评上呢。宁可说，那得感谢你啊！可他心里总有种被动的感觉。再说这个先进，对他来说，又有什么意义呢？它甚至使得股长瞿炎对他的嫉妒又深了一层。这件事也使宁可意识到，某种游戏规则究竟是怎么形成的，周正的确是好意，但许多人正是在这种好意之下不知不觉接受某种游戏规则并开始为之服务的啊。

　　宁可在楼道里和瞿炎擦肩而过。瞿炎冲他做了个鬼脸，说，不做怕是不行咧。

　　他想，这个家伙，居然还在用激将法。

　　周正正在等他。周正指了指对面的椅子，说，小宁，坐。

　　他说，就站着吧。

　　周正说，坐嘛，别客气，有空吗？我们聊聊。

　　周正说，我知道你很忙，不愿把时间浪费在这样的事情上，可是我们也是没办法，这点一定要请你理解。

　　他说，其实也不是这样，只是……

　　周正认真地听着，手中习惯性地拿着一支笔。

　　宁可脑子转了转，心想他该怎么说呢？不是这样又是怎样的呢？

他支吾着，不知怎么说下去。

周正说，小宁，是不是我们在工作上有什么不周到的地方？你知道，单位这么大，这也是在所难免的，如果有，请你一定要指出来，这对我们的工作有很大的帮助呢。

他说，哪里哪里，没有，从来是没有的。

周正说，可是，你……

他说，我……

他想说，早知这样，他像往常一样把试卷做了，就什么事也没有了。可是现在。

周正拉开抽屉，说，小宁啊，我这里还有一份答案，你还是把它做了，好不好？

他几乎要去接了。可他忽然想起股长瞿炎刚才那嘿嘿的笑声，又把手缩了回来。

周正说，不就那么回事嘛，这种事情，做了总比不做好。再说，成绩也许会写到你档案里去，对你以后有影响。

他说，那倒无所谓。

周正说，对你来说无所谓，对我来说就不是这样啊，你不做，我的任务就不能完成，你说是不是？

周正又说，无非是个形式嘛，你把这个形式搞了不就没事了？

宁可说，我不做，他们也不一定知道吧。

周正说，可是我知道啊，我既不能欺骗自己，更不能欺骗上级单位啊！

说着，他把那份答案拿了起来。

宁可不禁后退了两步。

周正笑了起来，说你这个家伙，真有意思，把假事看得那么真干吗？假事要假看，真事要真看，你看你，完全弄反了。

他说，主任，说实在的，我不是针对你。

周正依然笑着，说，知道你不是针对我，可单位上这件事硬是归我管啊。

他真的很纠结了，说，那怎么办呢？

周正说，这不很简单吗？周正又瞄了瞄桌上的答案。

他说，我还是不想做。

周正的目光从答案上移开了。他说，我像你这么大的时候，也跟你一样，可后来，不知怎么就改过来了。有什么办法呢，社会就这样。

宁可说，我也三十好几了呢。

周正说，跟我比，你还年轻得很，是不是？还是年轻好啊。

他说，主任，你也很显年轻，真的。

周正说，生命在于运动，我不过是运动多，每天晚上都要打球，周末还要去游泳。这些都是从部队里带回来的好习惯。我看你，是好静的人，运动量肯定不够。

宁可老老实实说，是啊，我读书时体育老不及格。

主任说，你是读书人，用的是脑力，像我这样的人，只能用体力了。

宁可心想不好，这话有弦外之音。他结结巴巴说道，主任，我不、不是这个意思。

主任说，甭管什么意思了，事实就是这样。

宁可说，真的不是。

宁可很讨厌这个句式。什么叫"真的不是"？好像越说越心虚了。

主任忽然把眼睛转向别处，叹了口气。一叹气，主任就显得老态了，眼袋沉重地下坠，零星的白头发也在窗子里透下来的阳光里若隐若现。

主任说，那就算了吧。说着，他把那份答案收了起来。

宁可着急了。主任对他那么好，他可不想辜负他，更不想得罪他。事情变得严重了，别看主任还是那么笑着，可这时他情愿主任训斥他几句,他心里还好受一点,那说明主任没把他当外人。可主任这样,他就心里没底。他担心主任怪他,说他是个忘恩负义的家伙。事实上,他也的确是个忘恩负义的家伙啊,主任对他那么好,主任对所有人都那么好,难道他就不能像别人那样把这个事情做了吗?看着主任周正那有些苍老的面容,他产生了深深的负罪感。他不知道事情怎么到了这种地步。就像他骑自行车上班,下坡时车子忽然发起疯来,他这才发现手闸坏了,于是一切都变得不可控制了。

宁可明白,他又一次中了瞿炎的计。可他还是眼睁睁看着自己往瞿炎的诡计里无法挽回地坠落下去。

他到会场的时候,座位差不多已经满了。主席台上也已经坐了人。他不自觉地弯了弯身子一排排地张望寻找,以便把自己的身体尽快地插进去。早知道这样,应该来早些。很久没开会了(其实不过半个月)。很久没开会再忽然开会,人便来得特别的多。结果,他就走到了最前面的几排。往往是这样,来得最早的人,占住的是最后面的位子。前面倒是有座位。他便迫不及待地把他的身高折叠起来放进去。他松了口气。他听到旁边的座位上也如释重负地松了一口气。嗨,你好。他低声说。对方以同样的问候回报他。刚才,对方的脸上是多么不幸啊,那么忸怩不安和孤独无助,现在,它已经烟消云散了。因为他来了。当一种不幸由两个毫不相干的人承担时,不幸就会减半。这就是生活的哲学。他们说起话来。嗡嗡嗡嗡的,大家都在说话。开会前不说话又干什么呢。开会前说话就像夏天的鱼群要到水面来喘气。要是不说话,你根本听不清别人在说什么。你一说话,至少还听得清旁边的人在说什么吧。大家的嘴巴都在动。远远看上去,像是五颜六色的花丛。声音像蜜蜂一样从花丛中嗡嗡飞起,以至后来互不相干,在嘴巴与嘴巴之间无主地流浪着。失去了声音的嘴巴孤零零的,为了战胜孤独,不得不和周围的嘴巴团结得更紧密了些。渐渐地,人也似乎没有了。虚化了,化作气体跑掉了,只剩下嘴巴还在那里一张一翕。

他忽然对说话厌恶起来。他抱歉地对那个在他耳边喋喋不休的人笑笑，然后转过头去闭紧了嘴巴。他是一个认真的人，不喜欢浅薄和无聊。比如说开会，他要么干脆不来。点名就点名，他不怕。但既然来了，他往往就一声不响地坐在那里。一上午，就当自己死了一上午吧。这样一想，他心里就好受多了。一个人，只有他的脑子是活着的时候，才算是活着。现在他后悔来开会了。其实每次都这样，明明知道开会是怎么回事，他完全可以借故不来，但到时候，他还是来了。因为他总是希望这一次或许和上次不同，有些小小的进步。自然，结果总是令他失望。但下一次，他又忘记他的失望了。这是一种恶性循环，他却无力自拔。很多时候，他其实是一个很软弱的人。他害怕孤独。他是多么渴望过上一种健康快乐的集体生活啊。上帝把人一个个地创造出来，然后撒手不管了，人因此有义务把心里的通道打开。他们有必要经常性地举行一些狂欢。

当然，这种狂欢，绝不是有着严肃的主席台和庞大的听众席所能代替得了的。在很多时候，会议的目的是蒙蔽、愚弄、强制、灌输或欺骗。就像传销。只不过它传销的是抽象的东西，是荒诞。生物学研究表明，当人体的功能只退守到某一种时（比如听觉），便会厌倦、麻木和昏昏欲睡。

坐前面要什么紧呢？前面和后面有什么区别呢？过于在乎这一点的人，要么是自卑，缺乏勇气，要么就是眼巴巴地也想坐到主席台上去。人，总是先由人少的地方逃到人多的地方来，再由人多的地方跳到人少的地方去。所以每次开会，总有那么几个人，带着笔记本和圆珠笔，坐在最前面。他们互相都不说话。他们以这种方式，来说明他们存在的妥善和必要。

会议终于开始了。现在，大家的很多器官都可以休息了，只要把耳朵摆在那里就行。就像客厅里的花瓶，它们自己，是从来也不会开出花来的。作为声音的容器，耳朵能动的人毕竟是少数，而且据说还是返祖现象。这时如果把整个会场抽象一下，就只剩下嘴巴和耳朵的关系了。他把自己的耳朵从众多的耳朵里抽了出来，独自换了一个方向，朝着窗外。他希望它们能听到别的声音，比如风，阳光，云朵，虫子，小鸟，还有人的其他活动的声音。很多年来，他一直让自己的耳朵洁身自好，拒绝语言的污染。

主席台上的嘴巴咳嗽了一声。那咳嗽从扩音器里振荡开去，耳朵们吃了一惊。不过它们马上心领神会。那咳嗽，是多么的庄严有力，平易近人啊。有时候就是这样。比如当人们看到领导不坐进口轿车而亲自走路，便十分感动。看啊，领导亲自走路了，真是不容易。因此可以断定，咳嗽也一定是讲话的内容之一，而并不如某些人所想，是一种流感或支气管炎带来的语音事故。

接着扩音器里放了一个屁。耳朵们不由得面面相觑，好像没有听懂。什么什么？领导刚才在说什么？这时扩音器里又放了一个屁。这回，耳朵听懂了。耳朵有些尴尬，好像看到了领导正在扒女秘书的裤子，有些进退两难。不过它们立时欣慰起来。这个屁以小见大，让他们窥见了领导的平民本色。原来，领导也会放屁啊。

放屁的领导让人放心。当年刘邦在前方打仗，听说萧何在后方买田置地强抢民女，不由得笑逐颜开。虽然这时角色颠倒了一下，但很多人向来就喜欢关心帝王们的传奇，对他们的奇闻轶事津津乐道，好像自己也跑到里面去演义了一把。

他不禁嘲笑了起来。他的嘴巴暴露了目标，像交响乐中不和谐的音符，一下子引起了主席台上的注意。上面因此用了眼睛。他觉得上面的嘴巴和眼睛有一种让人害怕的关系，就像老电影里经常有的镜头：一个什么武装的头目在被堵截的人群面前训话，后面则有几挺机枪在瞄准，随时准备扫射。现在，那两挺机枪就冲着他移了移。

之后，是一个冗长的报告。它逻辑荒谬，又破又旧。耳朵们恹恹欲睡，或者露出一副难得糊涂的聪明劲儿。真是无耻。谁有资格说难得糊涂呢。对于他们来说，一点都不难得。因为他们从来就没有清醒过。他们一直都是糊里糊涂的。他们陷于泥沼无力自拔，便说，泥沼真是一个好地方啊，舒服舒服，甚至大言不惭地说自己出污泥而不染。

有人开始叽叽喳喳。蜜蜂又嗡嗡飞出来了。这时候，蜜蜂是很安全的。谁会因为一只蜜蜂蜇了人，而把所有的蜜蜂都杀死呢。所以蜜蜂越来越多。

但蜜蜂们似乎失算了。上头把讲话停住，机枪又在瞄准。就像预见了风暴前的乌云，蜜蜂一下子躲了起来。会场重新归于寂静。

他突然站了起来。

有时候，沉默是可耻的。沉默就是接受。说沉默是金的人，应该说沉默是金币。

是的，他站起来了。站起来就是说话，站本身就是无声而最有力的语言。他转过身，大步流星朝会场外走去。他的背影毫不妥协。他想，一定会有很多人跟在他后面走出来的。他们的眼睛、手脚、头脑都清醒过来了。说不定，他们其实早就醒过来了，一直在受着清醒的煎熬。但因为蜷伏在各自的妥协和孤单之中，而丧失了行动的能力，现在，他第一个站了起来。他要做一只真正的蜜蜂。

但是。

他眼一掠，惊讶地发现他们都低着头，做出一副事不关己和清白无辜的样子。甚至，他们仿佛都不认识他了。他的脚步像雷声一样在地板上滚过，许多人唯恐避之不及。静寂，可怕的静寂。它像一瓶浓烈的油彩忽然被打破，浇铸在他身上。他几乎踉跄起来。他忽然知道了什么才是最可怕的东西。它们铁板一块，毫无破绽，他根本不知道从哪里下手。它们又像木胶一样令人窒息，让他下沉。它们紧紧粘附在他身上。他的高度是那样地刺眼，谁也不能把它折叠起来。但是，这种奇怪的黏性会使他的内心紧缩，身体佝偻。可怕的静寂使得坚硬的地面忽然松软，于是他朝着一个深不见底的地方倒栽下去……

这是宁可经常做的一个噩梦。他本不想进城，也不想进机关，但老婆在工业园的一个厂里上班，下乡很不方便。老婆说，你看你那些同学，你不会托人也调到城里去吗？再说，孩子马上读高中了，自己不在身边，谁帮你管孩子，很多乡下孩子，到了城里成绩就下降，不是上网就是打架，你哪放心？

他没什么人可求，也不会去求，只有发挥他的善于考试的长处。从中学到大学，他的成绩都是第一流的。什么考试他都不怕。就这样，他报考了公务员。只有这一条路可走。他报的是报考的人很少的部门，一考就上了。感谢现在的公务员考试制度。

可任何机关都是一样的。甚至在学校教书也是如此。同样要填表格，写各种应用文，开各种会议，参加各种检测和考试。

还是办公室主任周正说得对，就像开会，你可以睡觉，可以在下面搞小动作，但不可以无故缺席和离场。

宁可回到办公室，感觉里面有一种诡异的气氛。几个人故意装作没注意到他进来了的样子。股长瞿炎伏在桌前，把屁股搁在椅子上，桌椅的距离很远，好像要把脑袋扎进桌上的文件堆里去似的。何晓刚一碰上他的目光，马上把脑袋转了过去。好像很照顾他，怕看到他的难堪。倒是于娜，飞快地看了一眼他的脸，似乎那张脸刚才在外面饱受了蹂躏，现在热辣辣的，没有了皮只剩下肉裸露在外面。

宁可便知道大家刚才肯定议论了他的事，并猜想他一定不得不拿回了答案。瞧，他当时把话说得多么大啊，现在，他被自己的大话扇了一耳光，两脸红红的，很久抬不起头了。宁可拿杯子倒了水，对大家说，那张试卷，我还是不做。

他感觉到，大家再次惊愕地抬起头来。就是股长瞿炎，大概也没想到这一点。他在楼梯口跟宁可说的那句话，无非是想趁机羞辱一下宁可。不过宁可注意到，瞿炎脸上的惊愕马上又变成了抑制着的幸灾乐祸，而且它的面积正在溃烂般地越来越大。

这时，何晓刚他们终于正面看他了，劝他说，何必那么认真呢？

宁可说，说句实在话，其实我刚才是准备把答案拿回来抄一遍的，可说着说着，我还是没有拿。

宁可已经做好了准备。让瞿炎之流幸灾乐祸去吧，他要让他们知道，他宁可不完全是中计跳下陷阱的，而是知道那是陷阱，偏偏要往里跳。

他在自己的办公桌前坐下来。话虽那么说了，可他的心仍在扑扑地跳。他一点经验都没有，不知道即将发生什么，他又将如何去应付。他再次感到了孤单。就是单位上每次举行大规模的活动时他感到的那种孤单。不知道是人群抛弃了他，还是他背离了人群。现在，他不仅仅远离了他们，而且激怒了他们。他把像周正这么好的人都给得罪了。得罪了周正就是得罪了很多人，得罪了一大片，冒天下之大不韪。

他真的后悔没抄答案。即使他是一条不合群的鱼，本来他藏在水底，与人群基本相安无事，现在却自己暴露出来了。

这事似乎马上被单位上很多人知道了。下午上班的时候，他发现大家用一种奇怪的目光打量着他。它们躲躲闪闪的。如果他抬起头来，它们便四散奔逃，而当他低头走路，它们又迅疾地在他背后聚拢。他们仿佛在自觉地与他保持一定的距离。有个人本来要下楼，但看到他在上楼，又踅回去了。一个人在快要跟他碰面时，忽然装模作样地拿出手机打电话。办公室里也静悄悄的，大家说话时彼此很小心，好像办公室里埋着地雷。他的电脑坏了，上不了网，他打电话叫单位上负责此事的小张来看看，小张说，哪位？宁可啊，我现在没空，明天吧，明天再说。他到收发室去看看有没有邮件，远在珠海的小舅子说寄了一个包裹来，好多天了还没寄到，收发室的董阿姨（某位副局长的老婆）头也不抬地说，没有，来了我自然会拿给你。听她那口气，好像是他怀疑她故意把单子私吞了似的。他到财务室去报销上次出差的账目，科长说，这几天账上没有钱，等下星期吧。

他不是项羽，现在却感到四面楚歌。

快下班的时候，股长瞿炎又从楼下领来几张表，说叫大家写个季度总结。大家说，又是总结啊。何晓刚说，这简直都成我们中国人的原罪了，谁说我们没有原罪意识？每隔一段时间我们便要写些"本年度（或季度）以来，本人政治上如何，思想上如何，纪律上如何，工作上如何"之类的废话。于娜快嘴快舌，看了一眼宁可，问瞿炎：股长，可不可以不写？何晓刚附和道，是啊，可不可以不写？瞿炎也看了一眼宁可，阴沉着脸说，你们自己看着办吧，反正有一星期的时间，够你们考虑的。

其实，这个总结写与不写还真的是一样的，一星期后，单位上分组开会，每个人都要把自己的总结念上一遍，叫述职报告。你不写也要念的。各人念完，由负责人收拢，再每个人发一张表，选举年度或季度先进。一般说来，负责人往往会成为先进工作者。

股长瞿炎在办公室坐了一会儿，就出去了。宁可猜想，他大概又向局长"汇报工作"去了。隔不了多久，他便去向局长汇报一次工作。

于娜有些抱歉地说，宁可，我刚才没别的意思啊，不过是随口开个玩笑。

何晓刚说，要是每个人都像宁可这样，事情就好办了。

老涂在角落里埋着头，什么也没说。

下班时，股长瞿炎请大家下馆子。股里有个小金库，他偶尔会让大家打打牙祭。这也是公开的秘密了，虽然上头说，不许各部门有小金库。宁可本不想去。以前很多次他都借机推辞了。他不喜欢酒场上那些虚假的应酬。但这次，他偏要去。他要在他们面前表现得若无其事。他和何晓刚骑的是自行车。于娜骑的是摩托。老涂步行。几个人说好时间在一家酒楼的包厢里见面。宁可故意在路上磨蹭了好一会儿，结果还是他去得最早。他在包厢里等了好一会儿，还没见一个人来。他有些发慌，强装镇静又坐了一会儿，还是没人来。也没人打他的电话。是不是他们临时换了地方？

在他准备离开时，才接到瞿炎的电话。瞿炎说，抱歉啊宁可，麻烦你跟大家说一下，我家里忽然有点事，去不了，你叫于娜买一下单，明天再把单子给我。

宁可说，他们都没来。

瞿炎装作很吃惊的样子说，怎么，他们都没来吗？那是怎么回事？

他明白，他被他们耍了。也许，他们并没有事先商量好，但他们都不希望他去，听说他要去，他们就都不去了。

晚上，宁可辗转反侧，失眠了。老婆呼呼大睡。工厂现在大多被外地人承包，那些外地老板在城里耀武扬威的，说这里什么都贵，就是房子和女人便宜。他们快活地买房和拼命玩女人。宁可老婆现在也经常晚上有应酬，要出去吃个饭或跳个舞什么的。孩子倒是听话，不要他操心，即使要操心，也不过提醒孩子早点睡觉。高中阶段学习任务重，连喘气的功夫都没有。他睁着失眠的眼睛，在暗中思前想后。他像是在一个沼泽地里，不挣扎还好些，一挣扎反而下沉得更快。

第二天，他刚到单位，局长就打来电话，叫宁可去他办公室。

局长办公室在另一栋楼上，平时他很少看到局长，所以局长每次到这栋楼来的时候，各办公室里的人都会自觉地站起来，有的人还鼓起了掌。刚来时，他不知道这个规矩，结果局长就认出了他，说，你是刚调进来的小宁吧。

局长的办公室像一艘巨大的舰艇，空旷而壮阔。他一走进去，顿时觉得自己很渺小，好像一只小虫子爬进了显微镜的大倍光照中。局长正坐在宽大的办公桌后面等着他。办公桌很光滑，局长的倒影威严地映在上面，看上去有两个局长。

他嗫嚅着叫了一声局长。

局长对面有好几把空椅子，似乎一个小型会议刚刚散场。但现在局长仿佛对它们视而不见。局长是不是唔了一声？宁可没听清楚，只听局长说：怎么样？

他说，是这样的，我……

局长说，哎呀，你这个人，别婆婆妈妈的，爽快一点。

他说，我也不知是怎么回事。

局长说，这不挺简单嘛。

他说，本来挺简单，可现在越来越复杂了。

局长说，你看你，别犹豫了。

他说，局长……

局长说，快点说吧，我刚从外面回来，等会儿还有个会要开。

他说，局长，我不是故意的，我当时真的没想那么多。

局长说，什么那么多？

他说，我知道，办公室周主任人很好，每个人都很好，我没想针对他。

局长说，你在说什么嘛！

他说，真的，局长，我说的是真心话，就是瞿股长，虽然我和他平时交流少，但我也以为他本质上还是个不错的人。

局长说，你怎么越扯越远了？

他说，可我说的是实话。

局长说，你怎么绕起弯子来了？

他说，我没绕弯子。

局长有些气极而笑了，说，还没绕弯子！

他说，真的没……

他想，他这不是在和局长对着干吗？他说，局长，我……

局长说，爽快一点，去，还是不去？

他试探着说，局长，到哪儿去？

局长说，什么，小瞿没跟你讲学习的事吗？

他说，瞿股长？没有啊。

局长沉吟了一下，说，唔，小瞿太忙了，现在我告诉你也是一样的，你上次不是评上了全市的先进吗，现在市委要组织你们到北京去学习一段时间，你没有问题吧？

他说，没有，没有问题，我的确需要学习。

局长说，没有就好，你尽快把手头的工作交接好，按时去吧。

他说，好。

局长忽然想起什么，说，你刚才想说什么？继续说。

他脸红起来，说，是这样的，那天办公室发了普法考试的试卷，我没有及时做，我怕引起误会。

局长脸色凝重起来，说，办公室事情多，你们要多配合。虽然是个形式，但有时候形式就是内容嘛。这些事情你个人也许以为无所谓（当然，这个想法是错误的），但对一个单位来说就不一样了，说不定会影响整个单位的形象，一旦影响了，所有人的努力都将白费，年终的各项评比也都将受到影响，对吧？单位形象好，你们在外面也有脸面，单位形象不好，你们在外面就会脸上无光。

他一个劲地点头，他感动地想局长说得真对，如果瞿炎有局长一半的好，这样不愉快的事情就不会发生了。

从办公室出来，他吁了口气，心里一下子轻松起来。他怀着内疚，到办公室找到了主任周正，结结巴巴地对他说道：周主任，我想通了，请您把答案给我，我这就去抄。

周正看了看他，说，不用了，他已经叫小唐代抄了一份交上去了。

李甲忏悔录

事情已经过去了十年。这十年来，我几乎时时在回想那一幕。我耳边仍是她扑通入水的声音。即使是盛夏，一闻到这声音，我瑟瑟发抖。水花四溅，我被淋了个透湿。很多人都知道，我被一个女人打败了。他们都见证或耳闻了那一幕。都知道了我的臭名。我顶着那个臭名灰溜溜地溜回家来，任世人唾骂。他们指责起别人来总是那么起劲。如果他们是我，我相信他们并不会比我做得更好。所以他们很乐意有这么一个人替他们挨骂。回到家里，我蒙头大睡了三天，然后接受父亲的安排，娶了一个门当户对的小姐。婚姻生活平淡无奇，我聊以写诗著书为乐。写毕，我往往趁其墨迹未干又点火烧掉。火是它们最好的归宿。在那些向上舔突的火舌中，我一遍又一遍地复述着那个故事。然而每次都是火焰腾空而起，留下的是灰烬。它们的颜色渐渐由深及浅，颤动着，像蝴蝶一样翩翩飞去。

十年前，我走在京城大道上。从国子监到妓馆内，要经过几条繁华的街道。冰糖葫芦永远红得那么可爱，街道上倒映着落日最后的辉煌。毕竟是万历二十年了，皇帝也早已不太上朝了。整个国家弥漫着一股懒洋洋的气氛。羊肉串在火上冒起阵阵刺鼻的蓝色烟雾。作为南方人，我并不喜欢羊肉串的腥膻。那上面炭灰和烟燎的痕迹让我十分迟疑。十几年的私塾和国子监的学习生活，让我染上了洁癖，但也染上了脏癖。如果可以这么说的话。本来，我很讨厌同学逛妓馆，但现在我忽然改变了主意。不就是嫖妓吗，刻意的纯洁比肮脏成分更复杂。一味拒绝说不定只能说明我脆弱或虚伪。周夫子说，"出淤泥而不染，濯清涟而不妖"，你见都没见过污泥，又哪里能成得了莲花呢？柳生说，你一定要见见老嬿，要是见了她，你还把持得住，我才服你。我说，不用你服我，既然答应跟你去，就不想把持住。他有些做作地笑了笑。到了那里，他把我往馆门口一推，自己却跑得远远的。说实话，对他的这个动作，我很反感。显得我很被动。我很讨厌被动地做某种事情。我故意在附近转了一圈，才回来。现在，是我自己在做某事，而不是由于别人的胁迫了。我这个同乡啊，他希望我什么都围着他转，就像我刚来京城时那样。他希望我离开了他就晕头转向。而当我真的听了他的，他就会自以为很聪明地扔下我，跑到一个制高点上等着嘲笑我。凡事，他总想显得比我能干。他不知道，我其实是在装傻。我懒得点破他。给他一点乐子一点满足感，也无所谓。我早已习惯于这样了，干嘛把自己看得那么重呢。生活在这个朝代的人都在变相地自虐。当一个人老想显示自己的聪明，其实他已经表现出了自己的愚蠢。我才不管那个家伙是不是躲在什么地方偷窥，一撩长衫，迈步跨了进去。马上有个绿帽男给我上茶。我还是第一次来这种地方。我感觉别人都在看我。但我故意装出很老练的样子。楼上不时传来嬉戏打闹的声音。我想究竟哪一个是大名鼎鼎的杜嬿杜十娘呢？一个老女人殷勤地迎了过来，脸上脂粉有点多。大概就是柳生所说的老咬虫吧。她说公子请坐，我马上叫个姑娘来陪你。我说我要见十娘。她的笑容像蚕虫在脂粉下拱动着，说我们这里好姑娘多得很，个个都值得结交。

我冷冷说道，我只等十娘。

正在这时，一个女人下来送客。一个大腹便便的家伙。那肯定是她的一个重要客户。不然像她这样漂亮的姑娘是不会亲自下楼来的吧。我猛然一惊，如果她是十娘，那感觉就太不好了。

后来我才知道，她是老媸的好友徐素素。

徐素素见我执意要见十娘，迟疑了一下，说，我带你去罢。

就这样，我见到了十娘。她一眼便看出我是第一次来这种地方，让我吃惊不小。这说明她虽然年纪轻轻，却是一员沙场老将了。她眼角有无限的风月，也有无限的心机。她的声音有点沙哑，却也沙哑得好听。但她跟我说话的口气，好像把我当成了小弟弟。她问我是哪里人，在家里排行第几，国子监好玩不好玩，先生的胡子吓人不吓人。似乎她接着就要叫我别淘气了，听姐姐的话，回去好好读书。我很生气，一把抓过她的手，说你对我总该有点敬业精神吧，我不是小孩子，我什么都懂，国子监那帮同学早用语言给我启了蒙。你用不着人在教坊心怀孔孟，在这礼崩乐坏的年代，皇帝都不早朝了，你逼我去读书，逼我去做官，到时候我肯定也是个贪官，你说，对你有什么好处呢？啊，也不，那时我更可以经常光顾了，就像刚才领我进来的那个姑娘送走的那个客人一样。如此说来，你倒是在放长线钓大鱼了，呵呵，只是到那时，你年老色衰，我也大腹便便，有何趣味可言呢？

我这番胡言乱语，把她逗笑了。我继续说，来吧，别弹什么琴唱什么曲了，那都是没文化的人干的事，他们以为这样就显得自己很有文化了。当年洪武皇帝一登基，就急于学诗作赋填词，生怕别人说他没文化呢。就连教坊门口，他都不放过酸文假醋的机会，说什么此地有佳山佳水，佳风佳月，更兼有佳人佳事，添千秋佳话，这幅动员全民嫖妓的对联，至今还挂在老都城的秦淮河畔呢。咱们别管那么多，咱们文化太多了，就要干点没文化的事情。我的北方话显然还不太流利。但这一点也不妨碍我把她抱起来扔到床上，好落实我们之间服务与消费的关系。我要把隔在嫖客与妓女之间那层矫情的遮羞布毫不客气地撕下来。这样，我便获得了一种玩世不恭的快感，也可以歪在那里欣赏她这个名妓的窘态。由于洪武先皇的大力提倡，我朝的色情业颇为发达。那个放牛郎的本意是想把商人腰包里的钱掏出来增加税收，但精明的商人并不中计，倒是可以公款消费的官员趋之若鹜，形成百官争嫖的繁荣局面。所以在我看来，妓院无非是另一个官场办事处。

不知从什么时候起，我喜欢故意干一些让别人不高兴的事情。比如课堂上先生正讲得起劲，我会不失时机地挤出一个屁来。先生的爱国爱民的大道理与我的奔放小屁形成的强烈反差，使得哄堂大笑，而我仍一本正经地坐在那里。先生怒发冲冠，看我一副无辜的样子，更是气得无以复加。但他又有什么办法呢。毕竟是生理现象，总不能把屁也打进文字狱吧。在国子监，不能乱说乱动，搞不好要受罚或被杀头。在一次班会课上，我故意问先生，胡惟庸案究竟是怎么回事，先生望了我一眼，严肃地说，请李生端正学习态度，不要提这些早该被忘却的事情。我想，我们真的就遗忘得这么快么？国子监闹过几次学潮，每次学潮过后，都有学生的脑袋被挂在大门口的长竿上。最近的一次，那个人是被吊死的，脑袋挂在那里，舌头拖了一尺多长。但放几个屁，不会犯政治错误。它虽含贬义，却也经常从褒义之人器官发出。屁没有阶级性，但运用得当，照样可以拿来作政治斗争的武器。为此我不得不经常到街角买几只烤白薯。先生对我的故意捣蛋很是恼火，几次威胁说要给我老爹写信。后来他还真的写了。我老爹不禁在信里大骂了我一通。但我根本不放在心上。他一个地方官，哪了解京城里的行情。他们顶多来京城当当冤大头。他每进一次京城，我就要丢一回脸。老爹说，你应该到北方去锻炼锻炼，那里是文化中心。他其实弄错了，应该让我在老家隐居。我老家是很适合隐居的。京城，只能发酵和加速我的幻灭。

没想到十娘一点也不窘迫。她轻轻推开我，说，公子在国子监，大概也是一个很不合群的人罢。我一愣，说何以见得。她说，不瞒公子，国子监的学生，我自然也见过不少，但像公子这样的人，恐怕不多。我似乎被什么触动了。这是我第一次听到别人对我的赞扬，而且还是一个女人。在我生活的周围，他们对不合群的人向来是党同伐异。我不禁腼腆起来。先生说我冥顽不化，有如厕石，其实我有一颗多么柔弱的心啊。她说，公子不知，我虽沦落风尘，可风尘之中，也不全是公子鄙薄之人，倚栏卖笑，跟引车卖力，同属底层人生，难道不比结党营私蝇营狗苟要光明磊落得多？她的这番话，赢得了我的尊重。我不禁放开胆子谈起我朝的官僚体制和教育来，说，我朝的大学，唯一的作用，就是使人厌学，我朝的教育，唯一的作用，就是使人愚钝。海瑞海大人死了，再没有人剥贪官的皮了，可剥皮真的解决问题么？要我看，得把那些脏东西所依附之物完全扒下来才行。

她说，公子果然是有见识的人，比那些蠢材不知高明多少，但妄议何益？个人的力量总是渺小的，蜉蝣哪撼得了大树。奴家也很讨厌那些经常把一些大词挂在嘴边的人，动辄担当啊，忧患啊，那些死谏的官僚，在我看来，简直比大贪还可恶，比泼妇还可笑。

我说，他们喜欢以道德来审判别人，以此来显示自己的道德优越感。其实他们心底的肮脏程度，自己都不甚清楚。一个不知道自己有多肮脏的人，才是"大脏"。一只梨子，既然烂了，就让它烂得快一点，彻底一点，那样，核里的新芽才会趁早冒出来。

她说，没想到，你还挺反动。

我说，若没有人反动，整个社会都按部就班，就不会有进步了。当年，洪武皇帝若是不反动，哪里会有朱家的天下？

她说，公子小点声，小心旁人听了去，这里常有朝廷的探子。

我说，对付自己的民众倒是很有一套。嘴上说广开言路，其实再闭目塞听不过。十娘不用担心，国子监的告密者肯定比你们挹翠院多得多。

她说，我与公子来饮酒吧。

我说，难道真的是"坐中若有杜十娘，斗筲之量饮千觞"吗？

她说，往日是为了浇愁，今日是为了助兴。

我说，那好，拿大杯来。

我们各自浮一大白，然后浅斟慢饮起来。但我注意到十娘有些宿酒未消，便主动为她喝了几杯。

她说，醉了又何妨？

我说，我不让娘子醉。

她忽然眼中堕泪，说，那些王孙公子，个个争相灌我，唯独公子怜我。

我说，哎呀，这不是普通平常之事么。我有些难为情起来。

她说，你这人，表面桀骜不驯，其实心底再敦厚不过。

我说，不，你不知道，其实我多么的幼稚和玩世不恭。

她说，你以为，你真的是在玩世么？照我看来，如果人人都像公子这样"玩世"，那这个世界早雕琢得像一座花园了。当人人都刁滑世故，公子的幼稚却有如天籁之音，奴家不闻久矣。

回到国子监已是半夜。门卫是个难侍候的老家伙。我翻墙而过。在公寓悄悄躺下时，心中仍盛着甜蜜。好像满胸都是冰糖葫芦。那么清凉熨帖。来京城后，我最爱吃的就是这里的冰糖葫芦。我想，下次去看十娘时，就给她买上一大串。我想象着她吃得嘴唇红红缭乱颠倒的样子，忍不住又一阵激动。不，我明天就去看她。我翻来覆去睡不着，这时忽然从黑暗中传来一阵笑声，说，十娘还不错吧？柳遇春这家伙居然还没睡着。我说，柳兄，真的很感谢你，莲花的确在污泥之中。他说，可喜可贺，李兄也融入大家庭了。但见我高兴，他转而又打击起我来，说，女人这厮，你尝了一下便好，不可在她们身上太用功，"掐、打、媚、捶、咬、笑、死、从良、跑"是她们惯用的手段，她对你怎么好，也会对别人怎么好，咱们要能进能出，切勿用情过多。说后一句的时候，他的语气很下流。

我心里真的一下子打翻了醋瓶子。我想，这家伙就是存心不让我舒服。不过十娘自己也说过，国子监的学生，她自然也见过不少，这柳生是否跟她也有一手？说不定，他也灌过她酒呢。十娘又不是千金小姐，她不过是一个卖笑的女人，只要柳生去买，她就会卖的。这样一想，我难受得要命。我很不愿意把十娘和柳生联系在一起。他先是怂恿我去妓院，见十娘与我好，他又不乐意了，告诫我别用情，其实说不定他很希望我用情呢，才故意这样说。他老希望我不快活，或出点什么差错。大概是我们快毕业了，面临着分配问题，现在，留在京城里越来越难了。他的理想是到中央去写字，抄录《永乐大典》之类。他的馆阁体楷书一本正经却又毫无个性。这正是朝廷所需要的。

他以为我也要去挤那个独木桥么？

这时，隔壁传来哪个家伙梦中背书的声音，圣人之道在夜半听来令人毛骨悚然。又过了一会儿，他好像和圣人厮打起来。世间总有些笨人，连背书都不会。现在的国子监，大家议论什么选题，水平跟乡下的私塾差不多，甚至还不如，我恨不得抽他们的耳光。我盯着他们愚笨的脸，一遍遍地设想着抽打它们的快感。如果我是侠客，就要在一个晚上把他们的头颅都割掉，那国子监可有好戏看了，太祖皇帝的石刻敕谕也就显得更可笑。曾经有一个姓马的监生，因不满室友的嘲讽和摆阔，把对方杀了藏在衣柜里，直到发出臭味才被发现，这时马生早已跑的不知去向。此事引发了国子监一次漫长的思想教育。大家又要从头到尾一字不漏的背太祖皇帝的《御制大诰》，背不出来要打板子，饿肚子，挑脚筋。在住所尽头的一间暗室里，曾因体罚饿死过好几个学生。

也罢，不管那么多了。我只须记得，我与十娘相识从今日始。我真该早点见到她。她引我进入福地。我不知道世界上还有如此美妙之事，有如此神仙之境。人世间的一切不快均可忘去，我眼里只有十娘。后来，我们说到了冰糖葫芦。她也爱吃冰糖葫芦，而讨厌羊肉串的膻味。

我们彼此"交换"了许多小时候爱吃的东西。接着我们又议论起可憎的社会来，十娘居然说了几句粗话。我兴奋不已。那些粗话从她嘴里出来，有着无穷的、颠覆性的魅力。就好像吃河豚中了毒，得灌大粪才能解。她说她父亲是个老实人，可成了贪官，被牵进一个案子杀了头。那时她才十岁。她说，在当朝，越是老实人越容易成贪官，因为他不知道怎么拒绝。拒绝不了善也拒绝不了恶。这个社会缺乏保护官员们清白的有效机制和能力。我说，娘子刚才不说我也是老实人么，岂不是警告我也要成贪官？她说，公子的老实与奴家父亲的老实不同呢。你的善良老实出自于自我选择，奴家父亲的善良老实更多来自于天生。后者脆弱易折。再说，像公子这样的人，就是官帽子掉到头上来，恐怕也避之不及呢。我大笑。这期间，老咬虫在外面敲了几次门，说谁谁在下面嚷着要见十娘，我说，今天十娘谁也不见，要多少银子你给我算上。说罢，我与十娘相视而笑。

  我从未睡得这么踏实。睡梦中，我一直觉得她仍在我身边。天一亮，我又去揸翠院。我真的买了一串又大又红的冰糖葫芦。刚进妓馆，就听老咬虫正在楼上大声地说着什么。我赶紧上去。果然在十娘房中。原来，十娘没经她同意，擅自出去看了一下风景。老咬虫想骂十娘，但不直接骂，她骂的是一个叫翠雪的丫头：万一把我媺儿冻坏了你赔得起么？外面正流行风寒，一病又是十天半个月接不了客，谁叫我命苦，养了个这么娇贵的女儿。丫头吓得什么也不敢说。这是一个十一二岁的小姑娘，不用说，再过个一两年，大概也要接客了。十娘说，妈妈有什么尽管对媺儿直言，犯不着拿雪儿开刷，我虽然自幼体态娇弱，可给妈妈赚的银子哪里就少了？见我进来，老咬虫忙自己找个台阶下了，说，哟，李公子来了！又对雪儿说，若不是看在李公子的面子上，我定不饶你。说完就走了。雪儿忙跟着出去倒茶水。

  十娘说，李郎你看，我不过是出去看了一下霜叶，妈妈就这般欺负人。

我抓住她有些颤抖的手。昨天她一直是叫我公子的。

我说，干脆我跟妈妈说，请你出去赏赏秋景，咱们把霜叶看个够。

她说，已经看过了，多看徒增伤感。

我抱住她。她仰起脸，问我今天怎么不上课，我说我要来上你的课。她扑哧笑了，从我怀里挣脱，说，听说国子监的文凭现在很好买，什么时候我也捐个监生来当当。我说你听没听说过一个笑话，一个广东佬花银子买了张文凭，拿回去一看，上面居然还写了四个字，"谨防假冒"。十娘说，奴家一个女流，现在既不能代父从军，也没有赶考寻亲的对象，要是捐个监生，倒也好玩。我说，娘子不用寻亲，贵表兄已在此处。

十娘便笑得像得了肺结核。

等雪儿上了茶水，我一把关上门，抱十娘上床。十娘对我的孟浪并没怎么吃惊，只是娇笑着。

从此我几乎天天往十娘那里跑。在别人眼里（比如柳生）我肯定像着了魔。实际上我也的确是着了魔。我满脑子都是十娘，其他一切我均视而不见。好几次我差点撞了别人的马车或轿子。我要时刻守着十娘。我怕我不在那里，别的男人就去见她了。

我跟老咬虫说，不要让别的男人碰十娘，要多少钱，我出。

她说，既然公子吩咐了，老身岂能不从？

别看她那么凶，可也不敢真的把十娘她们得罪了。有时候，十娘和几个姐妹联合起来捉弄她，她又气又急，却也无可奈何。她跟我说：李公子你来评评理。

我和十娘还是到外面去玩了一次。她花钱的气派让我吃惊。怎么说呢，就像一般人计算数字用的是十进制，她用的是百进制或千进制。她像是和银子有仇，一定要把它们狠狠踩躏一番才肯放过。按道理，我也是在有钱人家里长大的，把银子当铜当铁，十娘却是把它们当杂草当烂树叶。这时她便满面春风笑声不断。我无所谓，干脆也发狠把钱用完。

反正比我爹拿去做冤大头值。人家皇帝还烽火戏诸侯呢，这算什么。

我做了几次东，请大家喝酒嬉戏。就这样，除了徐素素，我又认识了十娘的其他几个姐妹：谢月朗，葛盼，张燕卿，许暮云。为了不让别的男人碰十娘，我花的钱就更多了。不过后来，十娘也坚持不让别的男人碰她。

终于有一天，我发现手头的银子已经不多了。我吞吞吐吐跟十娘讲了，谁知她听了竟然十分高兴。

没有了钱，我的日子难捱起来。钱就是这样一种东西，你有它就会嫌它，没有它又会渴望它。柳生仿佛早就料到了我有这一天，把几块铜板摆在那里让我去拿，颇有些好心施舍的意思。他知道我不会要他的嗟来之食，才故意表现得这样大方。等他收回去了，我又有些后悔。要是他再这样，我就把他的钱拿过来，让他付出点代价。谁知他猜到了我的心思，再也不肯"大方"。不仅如此，他还悄悄写信给我家里，说我在这边花天酒地，和一个妓女混在一起。所以当我向家里要钱时，我爹来信狠狠骂了我一通，不再给我汇钱。看来，柳生是非要看我的好戏不可了。

我虽然没钱，可我到院里来的次数反而更多了。我要给十娘这样一个印象：我不在乎钱，没有钱我照样可以来找她。试想，如果我因囊中羞涩而来的少，那我在她眼中是个什么形象？对此，十娘倒不以为意，同以往一样与我喝酒品茶，褒贬时政。老咬虫却没那么好说话了，已经越来越经常理直气壮地指桑骂槐了。有一次，甚至直接骂到了十娘头上，把话挑破说十娘光吃草不出奶。她把十娘当奶牛了。她几次在背后跟雪儿说要找个合适的机会把我扫地出门。我知道，老咬虫会说到做到的。我以前对她的认识太肤浅了。她就像佛门前的大水缸，你朝里面扔钱它才会一边笑纳一边荡漾起几丝笑纹来。

为了我，十娘已很久没接过客了。所以也难怪老咬虫发气。这是不敬业的表示。若是现在，我肯定比较反感。现在，我老了，也保守了。试想，如果每个人都不敬业，那我们的社会不就乱套了？农民不种田，商人不卖东西，酿酒的不酿酒，别人怎么活下去？如果所有的妓女都不接客，那这一行当不就要完蛋了么？但当时，我就喜欢十娘那不敬业的样子，就像喜欢我自己不好好读书、老跟先生捣乱一样。老咬虫越是生气，我和十娘配合就越默契。可以说，如果不是老咬虫一天好几次来指责我们，说不定时间一长，我和十娘的关系就会像许多嫖客和妓女的关系一样无疾而终。我不相信十娘像后来传说的那样早有从良的志向。即使她有，我也不一定奉陪。但老咬虫的干涉激起了我们的斗志，也激发了我们的崇高理想。现在，每当我听说周围哪个地方有小青年殉情而死，我不禁要笑掉大牙。那些做父母的还是过来人呢，他们对所谓的爱情根本不了解。他们完全可以让小青年自由恋爱去，等他们的爱情快完蛋了，再拿把扫帚轻轻打扫爱情的灰烬就是。我保证，那里既没有董永和七仙女，也没有梁山伯与祝英台。顶多几句氓之蚩蚩，抱布贸丝。

于是，有一天，十娘和老咬虫之间发生了那次谁都没料到的对话——

"你对那穷汉说，有本事出几两银子与我，到得你跟了他去，我别讨个丫头过活却不好？"

"妈妈，这话是真是假？"

"老娘从不说谎，当真哩。"

"只怕有了银子，妈妈又翻悔起来。"

"老身五十一岁了，又奉十斋，怎敢说谎？不信时与你拍掌为定。若翻悔时，做猪做狗！"

我猜那天老咬虫实在被逼急了。人一急，智商就会急剧下降。她奋不顾身地钻进了十娘设的套子。前晚，又有几个王孙执意要见十娘，把金子堆到天花板那么高，老咬虫仰脸望着手脚乱颤，差点没闭过气去。十娘说，如此，李郎，奈何？我说，我带娘子私奔去。十娘说私奔有违官法，我们不如……如此这般。我觉得十娘的提议很好，简直充满了英雄气概。若十娘从良成功，那我爹、国子监，乃至整个京城，恐怕都要气得暴跳。

于是，我刚好从外面回来，十娘拉着我的手说，快来谢谢妈妈，她答应只要李郎你在十天之内拿出三百两银子，就可以带我走了。我故意说，我哪拿得出那么多钱，别说十天，就是一百天我也拿不出。老咬虫那刚显出悔意的脸一下子又坚定起来，她笑着说，李公子，十天之后，若是你拿不出银子，可别怪妈妈不讲道理了。我鞠了个躬，说，哪里哪里，妈妈从来都是讲道理的。

等老咬虫离开，十娘跳了起来。她说李郎我们马上可以过上自由自在的新生活了。她像只小鸟一样在屋子里飞来飞去。她一切都心中有数，只让我去办一件事，那就是，一定要在十天之内借到一百五十两银子。她说，另外一半由她负责。我为她的机械划分感到好笑，心想她又不是不知道我已经身无分文了，她既然能弄到一百五十两，为什么不干脆弄三百两来呢？不就是个形式么。我说，我到哪里弄那么多银子？熟人看到我都像避瘟神似的，我借钱的话都来不及说出口呢。她望着我，严肃地说，李郎，这是你做男人的职责，如果连这一点都做不到，又如何证明你爱我？如何担当得了以后生活的重任？既然上升到了如此高度，我不能不答应。唉，连十娘这么聪明的人也免不了落入俗套，这说明俗套无处不在，无孔不入啊。

我顿时有些泄气。我知道我不该泄气，可我的确有些泄气。我看到了我与十娘之间的不同。她一二三四把步骤都安排好了。由此看来，那些计划的确是早就在她的设想中，只是她一直在等一个合适的帮她实施这个计划的人。就像范蠡要找到越王勾践，诸葛亮要找到皇叔玄德。可我真的是她的勾践和皇叔么?

对我来说,又是一次被动。

我回到了国子监。其实我刚才想告诉她,叫她放弃这个计划。我快要在京城里找到事做了。一位师兄介绍我去一个什么部门当秘书。那机关原本有个秘书,是通过关系进来的,但水平比较低,文章怎么也写不通顺,便想找个兼职的。等我拿到了薪水,又可以在老咬虫面前抬起头了。至于带着十娘离开,我还真的没有很认真地想过。当时我被激情迷惑,一激动就答应了。且怀着侥幸心理,以为十娘不过是在寻开心,就像烽火戏诸侯,就像我们以前议论时政,就像那些当官的老是闹着隐居——谁又会真的隐居呢?他们随时都可隐居,又没人拦着。每一个妓女都会说她想从良,可真正从了良的又有几人?从了良又怎么样呢?像我这样不需要"从良"的人,也早已被染黑了。所谓的从良,不过是想过跟别人一样循规蹈矩的生活,也就是说,她要把我拉到我好不容易逃出来的生活里去。

想到这一点,我惊出一身冷汗。看来,麻烦真的大了。柳生说得对,"掐打媚捶咬,笑死从良跑"。十娘也难逃此俗。可是我能拒绝十娘,说我不想跟她走么?那她会说我说话不算数,不像个男人。男人有个致命的弱点,那就是,最怕别人说他不像男人,尤其是在女人面前。我也不能免俗。我们都是俗物。唉,我不禁灰心起来。我发现,跟十娘在一起后,我有了个弱点,对女人总是比较心软,不好意思拒绝。就像她父亲不好意思拒绝别人行贿。这样说来,我并不比她父亲高明。她错看我了。

我只好找柳生帮我拿主意。虽然我最不愿意找的就是他,可我还是找他来了。我故意干自己最不愿意干的事,以寻求某种折磨自己的快感。这家伙似乎早已知道我会来找他,正在等着我的到来。他爽快地说,那还不容易,交给我好了,不出三天,我保证给你弄来一百五十两银子。奇怪,平时那么小气的人,怎么忽然这么大方起来。我有些后悔来找他帮忙。我不想看他那副什么都不出他所料的样子。但既然话已经说出去，我也只好懊恼地接受。大概他巴不得我也早日离开吧。随着国子监的文凭越卖越多，学生也越来越少了，学校的管理也越来越松弛，有的同学一请假就是好几个月，甚至不再回来。但像我这样公然和一个妓女出走的，倒不多见，或许还从未有过呢，想到这里，我不禁又兴奋起来。他不是一直想看我的笑话吗，那好。

三天后，柳生果然把一包银子交到我手里。那银子码得整整齐齐，且隐约散发出一股幽香。居然多出二十两。他说，就当是愚兄的贺礼吧。我懒懒地谢过。正所谓人穷志短，见钱眼开，我对自己的形象比较满意。我说，恐怕我一时还不上你的银子。他说，没事，但十娘是个有情有义的奇女子，你别辜负了她。他神情有些古怪。

老咬虫见到那三百两银子，人忽然矮了下来。好像一袋面粉忽然被水泡软了。这时，十娘表现出了足够的果断。也表现出了足够的狠心。她不等对方说出任何难听或反悔的话，就照章办事了。她安排我准备舟车，然后主动把身上所有值钱的东西都解了下来，一是一二是二摆放整齐。老咬虫也只好顺风推船了，还像给女儿哭嫁似的哭了一场。徐素素等姐妹自然也早已在酒楼准备好宴席给我们饯行，于是一场很有可能撕扯起来的闹剧马上演变成温情脉脉的离别。十娘和众姐妹抱头痛哭。徐素素抹了抹眼泪，说，今天是姊姊和李公子的好日子，大可不必如此悲伤。十娘也抹了抹眼泪，说，姊姊在外面等你们的好消息。素素说，姊姊福气好，难道世间还有第二个李公子么？临别，谢月朗和许暮云拿出一个木匣子，说，这是姐妹们的一点心意，请姊姊收下，此去关山万里，或许能暂解途中空乏。十娘也不推辞，爽快地收下了。

十娘又让我带她一起去谢过柳兄。我不是很乐意，但前面说了，我心软，只好陪她走了一趟。到了我和柳兄合住的寓所，我发现，他已经急不可耐地把我的地方占住了，他的臭袜子搭在我的床架上，洗脚盆放在我的座椅上，书籍乱七八糟地堆在我桌子上。显然他没料到我会回去，样子有些尴尬。十娘朝他深行一礼，说多谢柳公子慷慨相助，使我和李郎得偿夙愿。柳兄说，哪里哪里，这是我应该做的。我暗暗好笑。后来，十娘要上洗手间，我又在这个我生活了近两年的屋子里转了一圈。好一会儿，才见十娘轻轻捂着鼻子出来。唉，有什么办法呢，单身男人生活的地方，气味总是有点难闻的。这时我忽然冒出一个荒唐的想法，要是十娘找的是柳生这样的男人，说不定会更好。柳精打细算，是个过日子的人。像我这样的粗枝大叶和浑浑噩噩，真的能给十娘带来她所期望的幸福么？

我和十娘上路了。一开始我显得很兴奋。毕竟是另一种生活了。我想象着国子监的先生在听说我和十娘出走后一副狼狈不堪的样子，不禁开心地笑了起来，尝到了一种恶作剧般的快感。时令已入初冬，景象有些萧瑟，但这些只能反衬我们的好心境。我和十娘一路说说笑笑的。她向我描述着她设想中的新生活。十娘是一个好女人，她有充分享受爱情的权利。新生活给她注入了无穷的活力。她食欲好，性欲强，嘴巴也不肯休息片刻，仿佛她在院里从来就没有开心地说过话似的。我十分惊讶。一个纤弱的女人，体内竟蕴藏着如此巨大、火热的能量，似乎含有一个煤矿，一座火山，两厢形成了强烈的反差。白天还好说，到了晚上，我十分疲乏，想好好睡一觉，谁知眼皮刚合上，她就把我扯醒，说，她忽然又有了一个什么计划，接着详细描述。我说我要睡，明天说好不好，她说不行，不说出来她睡不着。我忽然有些讨厌起她来，讨厌这种生活，可她一点也没觉察到。这真是悲哀啊，聪慧如十娘者都不能觉察，其他人更不用说了。我再次体验到了她的疯狂，就像她曾经在我面前挥金如土，她现在也要在我面前挥爱如土。有一次，我实在忍无可忍，在她屁股上狠狠拍了一巴掌。我恨不得打得她皮开肉绽，谁知她却把它当成了调情。她舒服地哼哼起来，眼神也不对头，说，李郎，你揍得好，好久没人这么揍过我了。我大概是有些吃醋，问，谁还这么揍过你啊？她说小时候，她爹总是这么揍她。听了她的话，我有些心酸。我老爹也很久没揍过我了。在我和弟弟们之间，他似乎更疼爱两个弟弟。在他心里，很早就把我排斥驱逐出去了。于是我对十娘说，你也揍我一顿吧，揍得越狠越好。

我们不禁厮打在一块，后来又稀里糊涂抱在一起大哭起来。眼泪暂时驱除了我内心的厌倦。然而当厮打和眼泪也成为一种固定的模式，我很快又厌倦起来。我尤其恼恨她在泪光中一个劲地问我，你真的爱我吗？你不会抛弃我吧？我已经豁出去了，若被你抛弃，就死路一条了！我会服毒，或者跳江，让你痛苦一辈子！这时她眼睛闪闪发亮，仿佛看到了什么诱人的景象。她对痛苦既害怕又渴望。她的亢奋让我很难对付。我发现，我已经不得不开始说假话了。她的穷追猛打让我筋疲力尽。她在把我变成一个弱智的人。因为面对她的提问，我没有选择的余地，只能回答是，是。我很想跟她谈一次，可我觉得，这种谈话实际上是很难进行的。后来我想出了一招来反击她，那就是，不停地问她一些她根本不愿意回答的问题。我企图用她的难堪来换取我的安宁。

比如我问她，你在院里接待的第一个男人是个什么样的人，是老头子还是中年人（肯定不是英俊小生，他们没有那么变态）？那人付了多少银子？十三岁，还是个幼女，你怎么就做得了那种事呢？院里的女孩子是不是都在这个年龄段开始接客？如果你不愿意怎么办？总不会每次你都愿意吧？"掐打媚搔咬，笑死从良跑"，这十八般武艺你大概样样精通吧？不然你名气怎么有那么大？这些年，你一共为老咬虫赚了多少银子？有没有人得花柳病？你得过吗？你是不是和柳生也发生过关系？要知道，当初正是他极力怂恿我去找你的，他为什么要这么做？还有，一个吝啬鬼干吗那么乐意借钱给我？他明明知道是肉包子打狗有去无回的（是啊，我就是一条狗）。是不是他把你玩腻了，就转手给我了？他大概还拿了不少回扣或转手费吧？那天，你在洗手间呆了那么久，不会是给他写纸条吧,不,你早把纸条写好了,藏在什么地方,你把它往纸筒里一放,然后故意掩鼻而出。

她呜呜哭了起来。她撕咬我,说我变态,不是人。她说,李郎,我们好不容易才有了今天,为什么要互相伤害呢?不过她马上又破涕为笑,说我虽然庸俗点,下流点,但完全是因为吃醋的缘故。而吃醋是因为我爱她。所以她原谅我,不生我的气,末了她竟又幸福得红光满面起来。为了甜蜜地报复我,她也故意很放荡地说一些话,虚构一些很刺激人的细节。她说她不但跟柳公子上过床,而且跟我的许多同学都上过床,论床上功夫,我在同学中算不上出类拔萃。她说,既然你提到了柳公子借给你的那些钱,那我不妨跟你说实话,它其实就是我暗暗派人送去的。说着,她庸俗而自作聪明地笑了起来。

我越发觉得无趣。因为这些早在我意料之中。我还猜想她随身携带的那个木匣子里肯定也有不少钱。像她这样早早打定主意要离开妓院的人,肯定早存了个心眼,留下了一大笔钱的。别看老鸨平时那么笑里藏刀或穷凶极恶,可往往不是像十娘这样厉害的女人的对手。现在,她带着她的一大笔钱和自以为是的一大笔爱情,想把我绑架到能给她带来所谓的幸福生活的地方去。

我已累极。我的忍耐已经到了极限。在一个叫潞河的地方弃车登舟时,我仅有的一点热情和爱已挥霍干净。

天空飘起了雪花,地面躲藏起来了。远离了京城,远离了国子监,我忽然发现自己一下子失去了方向和意义。如今,我的所作所为可能让先生恼羞成怒?说不定,他们早把我忘记了,甚至还长吁了口气呢,说,那家伙,总算走掉了!我简直是个逃兵。我百无聊赖。我的身体开始臃肿,像条狗似的在苟延残喘。我对自己充满了厌倦和憎恨。我数次暗示十娘,我并不是值得她爱的人,可她那沉浸在爱情中的头脑,显得额头促狭智商很低。我又想出其他的理由,比如说我老爹家法很严,肯定不会让我带她回去的，他肯定不会让我们踏进家门一步。十娘说，这要什么紧，我们可先在外面呆一段时间，等老人家火气消下去了，再接受既成事实。或者，她现在什么地方呆下来，我先回家做做父母的工作。她的原话是："我们先浮居苏杭，逍遥度日。"她身上有一大笔钱，这是好事，免得我一旦跟她分开，她又要重操旧业才能活下去。既然这样，我越发要快点把问题解决好。

到了一个地方，我叫艄公把船靠岸，上去买了点吃的。我和十娘一边喝酒，一边胡乱唱了些曲子。她唱得还是那么好听。第二天一早，我被冻醒了，伸头望去，见雪已经停了，江上一片好景，听旁边有人在朗诵唐人的七绝：千山鸟飞绝，万径人踪灭。我心里一动，整整衣冠走出舱来，只见一个阔少模样的家伙，戴着一顶漂亮的貂皮帽，站在船头，正对着景致抒怀。十娘在船舱里闪了一下，阔少的眼睛很灵，飞快地瞄了她一眼。我拍了拍手，跟他打招呼，他也热情地还礼。俗话说霜前冷雪后寒，我嘱艄公今天可以不开船了，他可以上岸随便玩去，等气温稍暖再说。艄公巴不得歇歇。上午漫长无事，对面的阔少约我去喝酒。他嘴上在跟我说话，眼珠子仍朝我船舱里滴溜着。

他一把抓住我的手，自我介绍说他叫孙富，世代在扬州做盐生意，谁都知道，这一行当很赚钱，前些日子，花钱捐了个监生，自己平时也没什么事，不过是吃吃喝喝游山玩水。此人一看就是个爽快性子，取名字也这么没遮没掩。我问他这是什么地方，他说是瓜洲。有道是，春风又绿江南岸，可我心里暗想，瓜洲瓜洲，难道暗示要结瓜不成？

我们找了一处酒家坐下。他的貂皮帽实在漂亮，十分引人注意。他跟街边的人很熟，不断地热情地跟对方打招呼，尤其是对年轻美貌的女子。这时他的眼角便微微向上翘起，显得分外妩媚。他的手也很大，跟他二十岁左右的年龄毫不相称。这酒家的老板娘是个漂亮的小妇人，红衣红裤，看上去像个朝天椒。见我们进去，小妇人面目放光，亲自迎了出来，拖长声音说道，哎呀孙公子，今儿个是冬天里刮春风，把你给刮来了。他伸手在她浑圆的屁股上拍了一下，叫她有什么好吃的尽管端来。小妇人一阵风似的。孙公子掸了掸衣服，向我吹嘘他跟多少妙龄女子有过肌肤之亲。你猜猜有多少？他朝我眨眨眼睛，把两只手的指头都张开伸了出来。我说，十个？他有些轻蔑地笑了，说，兄弟，你太瞧不起我了。我吃惊地瞪大眼睛，说，你才多大，比我还小呢。他有些得意地晃起脑袋来，说，好女人是强盗，个个都在挖我的心，我也不吃素，要把她们的筋抽下来。说着，他转身朝着窗外，忽然大叫一声：哎呀这野杂种的景致，真是叫人心疼，等喝了酒，我们也找个地方钓他妈的寒江雪去。

　　这个家伙，说话冒冒失失的，粗鲁中藏着情趣，竟有几分可爱。我倒有找到了知音的感觉。这时我才发现，他的那顶皮帽子，其实把他的另一处光彩遮住了，那就是他那一对灯盏似的大眼睛。俗话说，男要油灯盏，女要眯缝眼。我暗暗羡慕他的两眼。我总嫌自己的眼睛小了点。大概，眼睛大，容易引着女人往里跳吧。他说，家里早催着他找个门当户对的女人结婚，可他怎么也没瞧上。那些书香小姐，一个个病恹恹的，太瘦。他不喜欢瘦女人，喜欢有肉的女人。他喜欢熟女人，不喜欢还未开化的女孩儿。接着，他讲他曾经怎么追一个有夫之妇。那天，他从街上过，对方在楼上晾衣，他看了一眼，再也不能忘记，便设想着怎么去接近她。那女人，男的进京赶考去了，两三年也没个消息，我心想，这样下去，要么她就等回来一个灰溜男，要么就把自己熬成秦香莲。我找了个机会，对她动之以情晓之以理。好一个解风情的人儿，她果然被我说动了。第一次，我偷偷爬进她窗子，她公公听到了动静，她装了声猫叫。第二次，她公公又听到了动静。我还没见过这样的女人呢，一见男的就会发出那么大的动静来，我想捂都捂不住。再装猫叫已经没用了，她公公叫醒她婆婆，两个老家伙颤巍巍来敲她房门，吓得我赶紧跳窗户逃走，谁知这窗户下面是一口池塘，慌乱之中她也忘了跟我说，我扑通一声掉了下去，呛得我差点没背过气。第二天，我找了个理由带人把那老头一顿好打,那女人是个有情义的人,怪我不讲理,下手又太狠,此后竟不再理我。他叹了口气,说,这是唯一的一次在女人面前没有面子。

他喝了一大口酒。一喝酒,他的脸很快就红了起来。尤其是,他的耳朵也红起来了。他笑着问我在女人方面的建树,我说,惭愧,惭愧。他问我船上的女人是谁,昨夜歌唱得那么好听。我老老实实说,船中是京城名姬杜十娘。孙公子闻言哎呀一声,说,原来就是大名鼎鼎的杜十娘啊,老兄福分不浅!昨夜我闻其歌声,便知其为人不俗。我叹了口气,说,不瞒兄弟,我正在为此事烦恼。我便把事情的经过都讲了,说我一时冲动把十娘带出了京城,但越来越觉得自己并不能带给她幸福,我是那种责任感不强喜欢四海为家浪迹天涯的人,根本没能力也没兴趣为一个女人的终身负责任。孙富一拍大腿,说,这有何难,兄弟我散漫了这些年,正想找个合心意的成个家呢,人就是这样,没尝过的都想去尝一下,等尝过了,又想返璞归真倦鸟知返了,我们刚好把各自的起点和终点倒了个个。况且我刚才说过,我对那些大家闺秀或小家碧玉都不感兴趣,我喜欢吃过苦、有沧桑感的女人,喜欢曾经放荡过也曾经繁华过的女人。不瞒兄弟说,你们的船一下锚,我就注意到了,已经悄悄观察了许久,早知这样,早上我也懒得酸文假醋地背那首破诗了,十娘说不定早在心里嘲笑我了,现在,正好两全其美。

我盯着他,觉得他的脸红得很好看,尤其是耳垂。一个长着这么一个宽大耳垂的人,是能够让人放心的。我预感到,十娘跟着他这样的人绝对比跟着我强。可是——

我说,十娘把宝都压在我身上,对我寄予厚望,我怎好开口?弄不好,我也没面子。

孙富说,这有何难,明日你邀我上船喝酒,我趁机挑拨她,如果她动了心,那不正好顺水推舟?

我说,不妥,十娘虽是教坊中人,但性格刚烈,到时候看低了你,事情就更难办了。

孙富说，哎呀你这个人，真是个书呆子，从来就不懂得成者王败者寇的道理，试想，我勾引过的那些女人，当初哪个不是良家妇女？什么都是可以改变的。

我仿佛看到了他怎么在桌子底下勾引十娘，而十娘也由最初的恼怒而渐渐变得默契。想到这里，我的心好像被什么刺了一下。我说不行。事后我想，这是男人的虚荣心在作怪。我似乎不能容忍十娘跟一个让我有些嫉妒的男人偷情然后又甩了我。如果时光能倒流，我就依了孙富。那样，十娘还会活在这个世界上。而我，既然如此讨厌、蔑视这个世界，可为什么又在乎一些根本不值得在乎的东西呢？人啊，真是太矛盾了。

孙富说，你看你。他像是在嘲笑我。我觉得我和他其实有很多共同的东西，我们都是这个世界的否定者，但我们的表现方式又是如此不同。他以挥霍财物来蔑视，而我以挥霍自己来蔑视。他以入世的姿态来出世，或者说，以热烈来表达他的冷漠，而我仿佛是以出世的姿态来出世。我内心里，除了冷还是冷。

我说，也许十娘已经知道，我其实不堪重任，但她还没死心。

孙富说，所以要让她认识我。

我说，不，我要先让她对我绝望，完全绝望。我一直在悄悄做着这件事，我预感到，已经差不多了，但还缺乏最后一击。

孙富说，你想怎么样？

我说，我要把自己体内残存的一点金子变成垃圾，变成废物。我要让自己通体溃烂，漆黑一片。

孙富说，此话怎讲？

我说，稍后回船，我就跟十娘讲，我已经把她卖给了你。

孙富说，以她的心性，会答应么？

我说，人一绝望，就会破罐子破摔，什么都答应的。

孙富说，那好，你就告诉她，我愿出一千两银子。

这回，轮到我嘲笑他了。我说，一千两？好啊。我想，十娘手头的钱，恐怕都远远超过了这个数，那好，这样，十娘会更快地对我死心，孙富也不吃亏。他会高兴自己白得了一个美人，甚至还赚了一笔。若干年后，他会跟别人吹嘘，就像他刚才跟我吹嘘的那些一样。

我叫孙富写了张银票给我，拿回去给十娘看。

回到船上，见十娘守着小炭炉，还在等着我。我扬了扬手里的银票，高兴地说，我们有钱了。十娘说，你哪来的钱？我说，今天请我上岸喝酒的那个朋友，姓孙名富，是个挺有意思的人，他家世代盐商，人也幽默风趣，要是国子监也有这样的人，那我的学习生活也不至于那么无聊。我向他诉说苦恼，说和娘子同居，却遭到家父反对，要将我拒之门外，偏偏我又是孝子，进退维谷。他说这有何难，他早慕娘子的大名，恨不能早日相识，他曾经蜂狂蝶浪，现在想返璞归真，成家立业，偏偏还不喜混沌未开女子，他愿出一千两银子，求我将娘子托付给他，定不会让娘子受苦，我一听就答应了。如今我和他好得跟兄弟一样，我说等你们安居乐业了，我一定常去探望，咱们三人还可以一起喝酒唱曲，若干年后，也不失为一段佳话，十娘你意下如何？如果答应了，明天就叫孙公子过来相见。

不出所料，十娘的脸色忽然惨白起来，不过我并没理她，径自舀水洗了把脸，打开被窝睡下了。我知道她心里的什么东西倒下了，我听到了那声响。可我不能去扶它。这是没办法的事。我也知道自己在她心里渐渐变成了一堆垃圾。过了好半天，十娘终于缓过来了。她笑着对我说，她答应明天叫那孙公子过来相见。我也知道她的笑不是什么笑，而是哭。只要我伸手一碰，它就会像碎裂的冰块一样互相碰撞，紧接着融化成呼啦啦的春水。可是我必须让它停留在冬天。

我说，唱个曲吧。

于是我哼起曲调伴奏，十娘轻启朱唇。这也是离别前的必须了。我们哼唱的是她最不喜欢的《太平谣》：

扫荡残胡立帝畿，
龙翔凤舞势崔嵬
……

我知道，她同样在以这种方式自戕。说到底，人在透不过气来的时候，最乐意干的一件事就是自戕自虐。我且冷眼旁观。

那天晚上，我和十娘疯狂做了一回爱。我就要失去她了。这时我忽然觉得无比忧伤。我希望自己最好这时忽然死去。我不配活在这个世上。我是垃圾。我们都是垃圾。只有十娘还算得上一个勇敢的人。她一直在想办法让自己逃出去，而我却在悲观的泥潭里越陷越深。我貌似激进，其实碌碌无为。这个晚上，我感觉到了一点痛。我很想放声痛哭。我没有能力也没有勇气建设新生活，最多只是对旧生活冷嘲热讽。我是个无用的人。

十娘的绝望已经像瓷器一样成形。激情和悲伤都没有了，她躺在那里一动不动。过了很久，她才动了一下。又动了一下。我想，她就要像一只蝉那样，从旧壳里爬出来了。她的肉体和灵魂开始了新的羽化。垂尾饮清露，流响出疏桐。那是属于唐朝人的辉煌梦想。在我们明朝，是不合适的。她接受这一事实。

果然，她从壳里轻轻爬了出来。她湿漉漉地掸了掸翅膀，刚开始，还有些茫然。甚至还哆嗦了一下。但很快就适应了周围的凛烈和寒冷。

第二天，我被十娘叫醒。一时间，我忘了自己身在何处。十娘说，孙富孙公子已经来过了。我揉揉眼睛，坐起来。今天出了太阳，我的眼睛被强烈地晃了一下。十娘说，李郎，孙公子已经把银子送来，你起来点点，今天我就要离开你了，不陪你到金陵了，我虽是坊中出身，但改嫁也是大事，不能悄无声息，我跟孙公子提了个要求，叫他去请一个乐队班子,他果然是个有趣味的人,我的心思他全懂,看来我后半辈子的幸福的确指日可待!李郎你起来吧,孙公子的乐队恐怕马上要到了。

我一把抓住她的手。她轻轻把我剥开了。

远远就闻到了唢呐。紧接着,锣鼓也越来越近了。寒冷的江水也好像要沸腾起来。我抢步出舱,见十娘已立在船头,似乎就要上岸。孙公子朝我眨眨眼睛,我并未搭理。我开始嫉妒他在世事上的圆滑和如鱼得水。我忽然讨厌起他来。或许,我一厢情愿地美化了他。他的有趣可爱只是冰山上面极小的部分,更大的丑陋凶恶深藏水中。这样的人貌似超脱,其实消费的是无耻。他们是毫无原则的一群。我后悔把十娘交给他。说不定十娘是刚离虎穴,又入狼窝。

可是我明白,一切都已经徒劳。

十娘站在船头,朝孙富招了招手。四周立刻安静下来。十娘又回头对我说,李公子,烦你把我箱里的那只梳妆匣子拿来。我愣了一会儿,才明白那个李公子是我本人。浑浑噩噩跑进舱里,端出那只木匣。十娘接了过去。后面的事大家都知道了。她对孙富说了一番话,然后把匣子里的宝贝一件件拎出来展览,再毫不吝啬地扔进江水中,引起一阵阵惊呼,在人们的惋惜和愤怒中,抱起船头的一块谁也没注意到的石头,纵身一跃。

后来我才知道,石头是十娘一早叫艄公捡来的。

石头石头,金陵不也是块石头么?

我眼睁睁看着十娘迅速沉入水底。围观的潮水开始泛滥。孙富仓皇逃窜。然而他怎么逃得掉呢,我和他都已被卷入这脏丑闻。一个叫冯梦龙的人正拿着如椽大笔在前面等着我。或许,我并不是没预感到这个悲剧性的结局,但我不愿去扑救。或许,我隐隐希望看到某种毁灭吧。从某种程度上说,毁灭能增加悲剧的深度。垂尾饮清露,流响出疏桐……或许,毁灭倒是最好的出路。可是,我不知道十娘有那么多钱。我知道她有钱,但不知道她那么有钱(京城里一位官僚每次巡察国子监,都会站在那里说:我知道你们有进步,但没想到有这么大进步)。以致它们完全左右和改变了这个悲剧的性质。这点,恐怕是十娘未曾料到的。她聪明反被聪明误。正是那些稀世珠宝,使我们的故事落入俗套。我想,肯定有一个人,在看到一桩深刻的悲剧变得肤浅,便不怀好意地笑了。

诗人柒布的故事

那时柒布还在小镇教书。一次，他在镇街上走，看到一个农民正在用力鞭打他的牛。那时他很关心现实生活，经常像一个古代诗人那样走访农家亲近自然。镇子附近的农民不知道，虽然他们不认识柒布，或者和柒布在路上相遇只知道他是中学或小学的老师却叫不出他的名字，但是，这个叫做柒布的乡村中学老师和业余诗人，却在默默关心着他们。他的目光充满了关切和焦虑。当然还有感动。比如那一次他看到在夕照中认真挑拣粮食的农民。明天是卖粮的日子，他们细心地扬去灰尘，拣去石粒，只留下结实而干净的粮食。这个细节让他长久地感动着。他想，他们一生辛勤劳苦，黝黑的胸膛里也还起伏着许多人世的不平，可他们居然还担心自己的粮食不干净，要把里面的杂质剔出来，以防硌痛别人的牙。也许他们昨天买的农药是伪劣产品，前天买衣服时也上了别人的当，明天卖粮时还要忍气吞声。但他们不管那么多，只按照自己善良的天性行事。

那个晚上，柒布一直被这个细节激动着，彻夜难眠。他觉得有一道光的门，在他面前打开了，他的眼前一片光明。他几次披衣起床，坐在简陋的书桌前,挥笔疾书。墨水饱满,变成了一条长虫,把纸张渐渐吞噬进去,最后竟游弋起来,在屋子里飞舞。写到动情处,他忍不住伏在桌上,号啕大哭。在我所有的朋友中,他是最容易动感情的。他的灼热的泪水仿佛蓄在那里,随时准备以河流的形式来表达他的感情,而没有一点做作的成分。说实话,我是多么羡慕他这种感动的能力啊。和朋友告别时他会哭,喝醉了酒他会哭(他酒量并不大,但看过他喝酒的人都佩服他的天真豪爽,他从来都是想也不想就把满满一大杯白酒喝下去然后伏桌痛哭的),读了篇好文章他会哭,遇到感人的事情他更要哭了。有时候,我也被一些事物所打动,我想,我是应该非常动容或者干脆让泪水夺眶而出的,尤其是在朋友们的面前。那时,朋友们经常在一起谈论一些高尚的事情,比如托尔斯泰在八十二岁的高龄寒夜出走,德国总理勃兰特在华沙二战纪念碑前缓缓下跪,萨特和波伏瓦在二十世纪独一无二的爱情和友谊以及他的拒领诺贝尔文学奖(多年后我才知道萨特又暗中去索要过那笔奖金)。每当这时,我们大多眼中湿润,甚至有人泣不成声。为我们的卑微,也为我们的高贵。我也多么想像大家一样痛哭一场啊,但是,我的心被扯动着,脸上却没有明显的表情,尤其是易引起共鸣的波涛汹涌之声。为了掩饰这一点,我只好低着头,这样让朋友们看起来,至少也是一副十分难过的样子了。当时有个朋友不是写了部小说叫《谷粒样的泪珠》吗?大概人一流眼泪,就跟沉甸甸的稻谷差不多。在这种场合,我很容易对我的文学才华产生怀疑。我想我也许是干不了文学这一行的。什么时候,我的感动的能力(确切地说,是流泪的能力)已悄然失去,而柒布依然把它保存完好?现在想来,也许这正是他曾经是一个诗人而我成了一个小说家的原因。

那时我们经常见面。一星期不见面,便觉得难以忍受。以至后来我们对彼此的来去有了预感。我经常一骨碌从床上坐起来,对家人说,今天,朋友们一定要来。我起来烧水准备茶具,没过多久,果然就听到了朋友们的脚步声。家人大为惊讶,不知道我的预感是如何如此神奇。现在，我每想起这件事，心中仍感到十分温暖。我们每次去小镇上看柒布时，他都要先请我们到一家酒店喝酒，然后大家沿着街道散步。其实我们一再请他不要破费（有一段时间，他的客气令我们感到生疏），可他总觉得不破费就对不住人似的，末了我们也只好由他去了。再拘泥于物彼此就都不洒脱了。我们乘着酒兴说着醉话，好像一个个都是大诗人大小说家，一副自命不凡的样子，打量芸芸众生的目光不免斜睨起来。只有柒布，看人的时候眼睛还是正正的，甚至是愣愣的。他往往在一些简单的问题上，显出困惑和不理解的样子，不停地追问：怎么呢？或者：怎么是这样的呢？他的疑问在精通生活的人看来是十分可笑的。他在生活上其实是一个十分低能的人，面对生活的难题，常常显得手足无措。好像生活是一头庞大的野兽，他不知道拿它怎么办。他既不能躲开它，也不能把它制服。他老是问我们，如果碰上了一个难缠的人，该怎么办呢？他说，他是一点办法也没有的。这么多年，他还一直住着那间破旧的房子，老是和同事、领导搞不好关系。每到晋级或加工资的时候，他的神经就十分地紧张，老是在单位意见那一栏过不去，可他又实在不知道什么时候得罪了他们。其实他从没跟谁吵过架，更不用说在背后说人的坏话或占谁的便宜。对此，我说了一句貌似深刻的话。我说，你的存在就是对许多人的得罪。他笑了起来。后来他想了很久，终于想出了一个自认为是绝妙的办法，那就是，不管碰见了谁，都对他（她）笑几声。如果对方没看见他，他也会绕到对方面前去，跟他打个招呼，嘿嘿笑一笑。他说，离得那么近，他不可能没看见我，一定是他故意装做没看见，等着我先跟他打招呼。他如此小心地对待生活。他以为这样，就可以缓解他和生活的紧张关系。事实证明，这只是他的一厢情愿。生活真的不是镜子，并不因为你对它笑它也对你笑。他教的那个班的班主任，竟然鼓动全班学生联名到教育局告他，说他误人子弟。事实上，他教的学生，对他都是很尊敬的。许多年后，他的学生还记得他生动的讲课，他教给他们的学习和思维方法让他们受益匪浅。除了写诗，柒布还写得一手好论文。早在大学读书时，他的毕业论文就在东北一家很有名的评论刊物发表了。他的教学论文也经常在全国性的杂志刊出（那时似乎还没有所谓的核心期刊）。

一个人，如果处理不好自己和人群的关系，那他的生存就麻烦了。

现在想来，那件事正发生在他精神焦虑的时候。他在写作和世俗生活中都遇到了挫折。他的那些探索性的诗歌越来越难发表了。在很多人看来，写诗的举动已近于自杀，何况还是探索性的呢？诗歌曲高和寡，成了一种自己埋葬自己的艺术。那一天，他在镇街上走。那是一条新修的街道，但是质量很差，石子已经从薄薄的水泥路面里翻了出来。车子从上面经过时，会把石子溅起来，嘣的一声，像一枚子弹一样朝什么地方射出去。它曾经射伤过一个小学五年级学生的眼睛。街两旁的房子斑斑驳驳，即使是新房子，也显得特别的脏和刺眼。街道上，垃圾扔得到处都是，还有颜色和形状不一的各种动物的粪便。这一天，他就看到了一个农民在用力鞭打他的牛。那个农民四十出头，是个急性子，大概是因为牛不听话，就拽住牛鼻子，把鞭子抽得劈啪响。牛注视着过路的人，大眼睛流露出忧伤和哀切的神情。我记得柒布跟我说过，牛是会流眼泪的。牛的泪水从它的大眼眶里流出来，很大的一滴，显得那么孤苦无助。这时，柒布肯定是想起了尼采曾抱住一匹被鞭打的马放声大哭为人类赎罪时的情景，只不过现在，那匹马变成了牛，但它依然没有摆脱受苦的命运。于是，身为中学教师和业余诗人的柒布也迈步上前，用身体挡住农夫高高扬起的鞭子，抱住牛头放声大哭。农夫的鞭子热辣辣地抽在他身上他也浑然不觉。

这件事情曾一度使得小镇哗然。很多人同样还不知道柒布的名字，但都知道镇上的中学里有一个举止怪异、神经不太正常的老师。什么叫不正常，就是别人都不去做的事情，你去做了。这是生活而不是学术著作给它下的定义。也就是说，人一旦背离（叛）了自己所在的群体，那么他的唯一的下场就是被人群所抛弃，就像农民从谷堆里剔出秕谷一样，也是毫不留情的。在他们看来，种田的人对牛用鞭子，是天经地义的事情，正如他们做农民也是天经地义的一样。难道还要让牛比人还神气么？

大概就在那件事发生后不久，柒布和一个叫柳咏的女学生秘密地谈起恋爱来了。老师和学生谈恋爱，自然是不被允许的，但是你只要稍微调查一下，那种发生在师生间的恋情实在是太多了，这还不包括那些著名的人物。不知道这是为人师者的骄傲还是为人师者的悲哀。在我们那儿的乡下中学里，经常会传出老师和某一位女学生的绯闻。一个男老师，二三十岁了，现实问题还没有解决，是很容易到学生中去发展一个的。不管怎么说，那些女学生多少还是用又大又佩服的眼睛望着她们的老师的。等她们明白上当受骗时，已经迟了。我不知道柒布是怎么和柳咏谈起恋爱来的，反正，以柳咏当时的年龄，主动去追求柒布的可能性不大。当时柳咏年方十六，除了长得有些花枝招展，实在找不出她和柒布有什么共同之处。我认为这件事情唯一合理的解释是当时柒布精神和肉体都很空虚，需要异性的安慰。

我们第一次见到柳咏是在柒布的房间里。不知怎么回事，对我们的这次来访，柒布没有一点预感，我们敲了很久的门才见柒布从里面露出一颗乱蓬蓬的头，胡子拉碴的，眼睛里布满了血丝。没有进门，我们就闻到了一股特殊的气味。那是一种封闭的、温软的、有些暖色调的和女性有关的气息。我们迟疑着走了进去。这样，我们就看到了坐在床檩上的一个年轻的女孩。柒布有些局促起来，也不互相介绍，只是说，她叫柳咏，然后就没有话说了。柳咏朝我们笑了笑，抓起桌上的什么，大大方方往外走。柒布对着她的背影说，今天你就在教室里上晚自习吧。柳咏点点头，很快就不见了。从体态看，她已经是一个发育得比较成熟的女孩了。她的身体已经有了一定的弧度。柳咏走后，房间里出现了短暂的沉默。后来还是芦丁打破了沉默。他开玩笑说道，现在的女学生胆大，可以到老师房间里来自习。

后面的事情是柒布自己后来跟我们说的。柒布说，刚开始他并不喜欢柳咏。一点也不喜欢。当然柳咏是喜欢他的，不然他怎么敢把她弄上床？别以为她只有十六岁，其实她（们）在床上熟练得很，就像《洛丽塔》。说到这里，柒布不怀好意地笑了一下。她第一次吻他的时候，表现出了惊人的大胆和熟练。她的嘴唇密不透风，像是受过专门的训练。你知道我们吻了多久吗？我偷偷看了一下墙上的石英钟，整整五分钟！他说。这样，他就有了一种被欺骗、受侮辱的感觉，仿佛为了报复似的，他就更厉害地吻她。哪是吻，简直是撕咬。他说，他为什么要去爱她呢？因为她是校长的女儿。他把校长的女儿搞到了手，就等于是征服了校长，战胜了整个学校。从这里我们可以看出，柒布一直是把自己看作是孤军奋战的一人，而把所有的他人看成敌视他的整体。和校长的女儿上床，对他来说，有一种特别的成就感。她长得越漂亮、越玲珑可爱，他的成就感就越大。再说，如果这件事成了，那么他身上也就有了校长的成分，谁还敢欺负他呢？所以当他发现不是他在勾引柳咏从某种程度上说而是柳咏在勾引他时，他简直气不打一处来。甚至他对她的惩罚都是不起作用的。任何惩罚，都只能让她尝到更大的快乐而不是悲切和痛苦。他用尽了一切办法还是不能使她痛苦起来，这使他感到了特别的失败，结果他只好破罐子破摔下去。柳咏年龄不大，却满脑子浪漫念头。在初中二年级的时候她就已经控制不住自己的情感发育了。她像是骑上了一匹她驾驭不了的马，信马由缰，游游荡荡。她大大咧咧地从他的房间里进进出出，一点也不在乎大家惊讶的目光（只有在这时，他才怦然心动，有了和她同流合污的感觉。这时他们好像是亲密的战友）。她那做校长的父亲根本管不了她。一个女孩子，如果她的父亲都管不住，那这个世界上大概就没有人能管得她住了。校长对女儿将来的远大前程完全绝望了，也就听之任之。尤其是知道女儿和他最瞧不起的柒布老师在一起时，他更高兴了。他怀着一种幸灾乐祸的心理，倒要看看女儿会落个什么下场，柒布又会落个什么下场。因此对这件事，他就一直在抱着胳膊等着看他们的笑话。有很多人到他面前来告柒布的状，他也置之不理。他喜欢让事情的矛盾自己暴露出来，而不屑于使用人工的力量。他也喜欢把一件事悬在那里，故意不去处理，这样，就有很多意想不到的收获来到他的面前。再说，校长还有一个没有说出的私心就是，平心而论，他觉得柒布这样的青年人是很不错的，算得上一个有为青年，比天天只知道低眉顺眼地到他面前来打小报告的人强多了，怕只怕柳咏配不上他啊。所以当他乍一听说女儿和柒布的关系有点不正常时，他心里很复杂。就好像路上有一个好东西，如果在别人手上他不一定会说那是好东西，但现在女儿要把它往自己家里捡，他的态度自然就不一样了。如果能把柒布这样的人吸收过来，他还是乐意的。但是他很快就感觉到，柒布并不因为跟他女儿有什么关系就对他亲密起来，有时，甚至更疏远了。

或许，柒布是这样的一个人，他经常叫嚷着，他要去堕落，可真的临到堕落的时候，他又犹豫了。他其实永远也不能真正地堕落。这是比堕落更痛苦的事情。

现在想来，只有柳咏的浪漫是空穴来风。她爱上了柒布虽然令人莫名其妙，但她自己却高兴得很，仿佛发明了一种别人从未玩过的游戏。不知从什么时候起，她不喜欢那种人人都喜欢的人，因此她喜欢上了人人不喜欢的柒布。她觉得这样才刺激过瘾，有冒险精神。她想，像柒布这样的可怜虫，只要她一示爱，他大概会感激得像条虫子似的趴在地上，磕头如捣蒜呢。她喜欢自己高高在上的感觉。她希望他在她的怀里哭得一塌糊涂。当然她还要经常制造一些感情的小闹剧，让他吃醋、发怒、苦不堪言痛不欲生。如果他为此自杀那就再好不过了。他用他的全部才华，留下了一封感人至深乃至流传千古的情书，然后割腕自杀。她去敲他的门，没有反应，却见鲜红的血从门缝里往外涌。她会大哭起来，然后在众人的目光里，搂着柒布，让柒布把头枕在她怀里，安静地死去。柒布临死的时候，会睁着那双柔情而深邃的眼睛，喃喃说道，柳咏，我是爱你的！那她将会幸福死了。当然她也可以演演殉情的把戏。殉情是一件多么美丽而高尚的事情啊，她想，假如柒布真的为她而死了，她是一定要殉一次情的。她素面朝天地倒在他身上，鲜红的血洇湿了她的裙子。人们大呼小叫的，把她送往医院去抢救。要过许久许久，她才艰难地叹出一口气，睁开眼，还要故意地愣好久。这样，将不知有多少男人为她倾倒啊。

但是，感情的发展越来越脱离了他们预定的轨道。结果是，他们什么也不管什么也不顾地投入了肉体的狂欢。他们是克星又彼此相互依存，他们是恋人又是仇敌。他们噬咬着，撕扯着，哭泣着，欢乐着。在这个过程中，他们摒弃了感情中的杂质，渐渐变得纯洁起来。像是谷粒，在摩擦中去掉了谷壳，露出了晶莹的大米。他们谁也没想到，还真有一种叫做爱情的东西，在他们中间探出了脑袋。他们互相爱惜，同病相怜。他们不知道，这个短暂的过程，将是他们一生的缩影。之后，她读技校，上班，和他分离又重逢。在恋爱整整八年后，他们终于结了婚。

柒布离开小镇是迟早的事。打个比方说吧，柒布就好像是一条鱼，一条大鱼，在小镇这个池塘里，是活不下去的，即使活下去了，他也只能变成一条小鱼。小镇的水太浅了，又有各种各样的罅隙和怪石，让他经常受到伤害。他曾跟我们抱怨道，在学校里，就是信件，也不能及时地送到手中，至于丢失或被莫名其妙地拆开，那更是经常的事。我们珍视自己精神生活的自由和权利，不能忍受这一点被无端地侵犯。诗人柒布是迟早要游到更适合他生存的地方去的。

所以当他兴冲冲地跑到县城里来告诉我，说他即将到市里的一家报社去工作时，我一点也不感觉意外。仿佛他早应该到那里去工作似的。那时，在我们看来，一个诗人或作家，如果能找到一份和文学有关的工作，那是一件多么幸福的事情啊。市里的诗人和作家是那么多（我在师专读书时，曾有幸听过他们开的文学讲座和精彩的演讲），柒布在那里肯定会如鱼得水的。他再也不用担心信件被拆之类的事情了。当时市报正准备扩版，需要引进一些人才。市报的一位领导想起了柒布。那个领导也是个作家，很欣赏柒布的才华，以前做副刊编辑的时候，没少给柒布发表作品。经他出面，柒布很快就被借用到市报去工作了。借用这个词在那几年也很流行。在暂时不能调动而人员又想流动的情况下，借用倒不失为一个两全其美的办法。虽然时间长短不一，被借用者后来大多还是被调过去了。当然也有的人没有调成，最后灰溜溜地回了原单位，或者远走异乡。柒布离开小镇的时候，有些伤感。他在小镇上读书，长大，又教书。他明白，他可能再也不会回到小镇上来了。小镇是他的脚趾甲，太长了会戳破袜子，剪多了又会伤着肉（那是一种奇怪的痛）。他想，难道对于一个诗人来说，故乡真的只能在乡愁的望远镜中不断地放大么？离乡和思乡，永远是艺术家心中一块痛的领地。主编懂得怎样人尽其才，安排柒布编周末版。当时正是各家报纸流行周末版的时候，它们从市报里独立出来，在每一家邮亭里零售。可以说，我们市报的周末版在所有的同类报纸里是最好的。柒布编的那个版具有相当的先锋性。而先锋，在当时等同于真理，正如同现在传统又开始等同于真理一样。我们老是由一个极端走向另一个极端。柒布有广阔而丰富的稿源。他的朋友和作者，有全省著名的诗人和作家，也有大学里的教授和研究生。和他们比起来，我们这些在文学上刚起步时就开始了友谊的朋友，简直是自惭形秽微不足道。当时我们简直不敢给柒布寄稿。看到那些如雷贯耳的名字屈居于市报的一隅（有一个诗人还给我们县文联的内刊题了刊名），我们望峰息心。我们要把稿子推敲再三，如果还没发现什么明显的破绽，才敢把它寄给柒布。然后是等待，等待。那段时间，我们翻周末版，是小心翼翼的，想看柒布编的那个版，又怕看到那个版。有一天，看到自己的稿子终于被用上了，我们便奔走相告，就像柒布当初在那些大刊物上发了诗歌一样。我们的前后左右,可都是全省乃至全国的文学名家啊。当时,青年人在邮亭抢购周末版是我们那里的一道独特的风景。少女们把周末版在她们丰腴或颀长的大腿上展开,美丽的文字和她们白里透红的肌肤交相辉映,有一种秋水共长天一色的味道。她们带着它去上班、郊游、恋爱、朗诵和做梦。看到自己的名字躺在她们耀眼的大腿上,我们不由得有了晕眩之感。

　　隔上一段时间,我们便要去市里拜访柒布。我们一个个把自己收拾得人模狗样,狐假虎威。如果旁边刚巧坐了大学生模样的少女,我们便要故意若隐若现地谈起柒布和他的周末版,好为我们的脸上贴金。我们不无炫耀地谈起他当初喝醉了酒时的狼狈相,就好像当年陈胜的那帮穷哥们说他有脚气一样。如果那位少女的手里碰巧有一张"周末",那我们就更加忘乎所以了。柒布上班的地方在十二楼。随着电梯的飞速上升,我们的心悬了起来,胸膛里虚虚的,不知道坐在宽敞透明的办公大楼里的柒布是什么样子。但我们表面上却装得大大咧咧,满不在乎。柒布的那些同事,我们都知道名字只是不认识,其中的一个女编辑以前还在副刊上给我发过稿。在柒布给我们介绍的时候,我的手忍不住颤抖起来。柒布比以前瘦削了些,脸色苍白,胡子拉碴的,眼睛还像一个诗人那样一如既往地燃烧着。出乎意料的是,我们的谈话并不那么流畅,虽然我们很想轻松一些,我们的友谊也还是那么亲密。我已经忘了第一次是怎么在他的办公室里捱到他下班的,反正我们都很拘谨。我的手几乎一直像条尾巴一样夹在腿间。现在,我依然不太能说出其中的原因。以后我们再去拜访他的时候,就不太愿到他的办公室去了。我们在楼下打公用电话,喊他下来。

　　由于还没有正式调进,报社没有分房子给他。他租在离报社很近的民房里。房间里乱糟糟的,跟他当中学老师时一个样。房子很小,不足十二平方米,除了一张单人床,其他主要就是书了。其实就是床,也还是离不开书的压迫的。我们朝那些书扑了过去。他又新买了许多。它们就像是一种繁殖极快的植物，在他的房子里四处攀援蔓延。它们爬上了桌子、窗台和被褥，东一本西一本。像书一样乱扔的，还有他的诗稿。我没见过像他这样不珍惜自己诗稿的人。它们散落在房子的各处。桌上的墨水瓶也永远敞开着。一支钢笔随便地搁在那里，墨水在桌面上弄出了零星的污迹。茶杯从来不盖盖子。这时他和柳咏在继续恋爱。我们越来越对柳咏有了好感，为了她这么多年还在爱着柒布。这是一件很了不起的事情。有哪一个妙龄少女，能忍受男友的腌臜、邋遢、房间的乱七八糟呢？在我们的印象里，她的名字渐渐散发出了一种光辉。

在他的房间里，我们谈得很愉快。他说他正在写一部长诗，其中的部分片断，他曾寄给北京的朋友看过，北京的朋友大为赞赏，说它将是新诗中不可多得的作品。和他喝酒的豪放相反，他在这方面是一点也不爽快的。他只是说说，并没有主动拿出来让我们读一读的意思。他对自己的作品向来要求很严。所以他从来就不是一个高产的诗人。他非常像西方的一些现代派的作家，缺乏必要的自信。尤其害怕别人当面读他的作品。如果我们万一要这样做，他只好把稿子往我们手里一塞，然后找了个理由飞快地走开。不然，他会很难受，好像在受着某种难堪的折磨。现在我们见面的机会少了，自然不想他走开，所以也就不好强烈要求读他的长诗。也许，在不久的将来，我们会在某一家有名的诗刊上读到它。我们谈了文学，又谈了些别的，比如工作调动的事。我们说，为什么不找一下人，快点把自己调过来呢？调过来什么问题都迎刃而解了呀。他依旧是睁着那双不解的眼睛，问道，一定要找人么？怎么到处都是这样的呢？我们知道，他最怕的，就是去求人找人。有一次，那位把他借用过来的领导带他去送礼，他走到人家门口，把东西往墙脚一放，就飞快地逃走了，弄得好心的领导对他好一阵埋怨。而且就是找人，他也不知道买什么东西。那次他居然只买了一斤糖和一瓶水果罐头，气得领导把它们扔了要他重买。在报社里，他在人事方面处得并不愉快。因为缺乏必要的交往，虽然没人说他坏，但绝对没有人说他好。诗人和作家的圈子里也时时有让他失望的地方（后来我们越来越感觉到，他的内心其实是很孤寂的，他在那么大的城市里，根本没有可以完全信赖和谈得来的朋友，他对我们的拜访也越来越表示出渴望），但他在艺术上的犀利、深刻和优美一点也没减弱。他的每一首在杂志上发表的诗作，都使我们惊喜。

现在想来，有一封信，对他的命运起到了至关重要的作用。

柒布始终认为，一个诗人或作家，从本质上来说，他永远应该是现实主义的。文学的发展过程，其实就是作家手中的笔不断向个人内心靠近的过程。他们在从笔尖到内心的长途中艰难跋涉。对现实主义的理解，柒布和很多人不同。他认为，只有那些和心灵离得最近的作品，才可以称得上是现实主义的作品。很多人认为卡夫卡的小说写得荒诞，其实不然。他说，卡夫卡其实是一个非常现实主义的作家，他对现实的关心已经到了细致入微和入木三分的地步，要说荒诞，难道还有什么比生活本身更荒诞吗？他给我们开列的那些名单，让我们目瞪口呆。在他看来，乔伊斯、卡夫卡、福克纳、杜拉斯和卡尔维诺，都是相当优秀的现实主义作家，而平时在文学史上坐着现实主义大师交椅的一些作家，倒成了不折不扣的浪漫派。因为他们的写作和心灵无关（当然并不是说他们不会心理描写）。他说，书上说中国作家有着优秀的现实主义传统，这话是要大打问号的，其实中国作家最缺乏的就是现实主义精神，浪漫主义作家总是占绝大多数。不管他们的动机是出于个人还是集体，也不管他们的表现是世俗还是崇高。

对于很多事情，柒布虽然有自己的看法，但他并不是一个杂文家。即使是随笔，他也很少愤世嫉俗。实际上，有很多写愤世嫉俗文章的，其实在生活中温柔如小狗。他们乖巧得很，懂得怎样用刀去切豆腐。他们的吠叫，不过是为了引起人们的注意。而柒布，对某一地域的政治或人事任免向来是漠不关心的。他甚至很反感那些老是把大话挂在嘴边的人，对他们的动机表示怀疑。从某种程度上说，他是个艺术至上者。他最反对把文学当成某种工具，哪怕是可能对社会有益的工具。他说，那不是文学该做的事情，文学好比是体育，仅仅代表某一领域里的竞技水平（不同的是，它和心灵而不仅仅是身体的健康状况相关），对于永恒而伟大的艺术来说，其他的东西，是多么的不值一提啊。虽然这样，他还是引起了有关部门的注意。事后我们才知道，在我们这个相对来说比较保守落后的地方，一些管意识形态的官员老是处于神经过敏中，担心头上的乌纱帽有什么风吹草动。后来，我去了市文联的一家公开发行的文学刊物做了编辑，听一位有名望的文学长辈说，我们所在的城市里，有那么一些人，负责搜集本市作家在全国各地发表的文章，断章取义地看它们有没有什么政治上的问题，再向有关部门汇报。作为本市最有影响的青年诗人，柒布自然早就引起了他们的注意。当时我们市里又在搞思想大扫除，不但作家们的作品被放在显微镜下拆开，一个个部件地检查，就是他们的往来信件，据说也都被拆开或失踪了。我们所在的城市，就是这样一所城市，对上面有关方面的精神，总是争先恐后，领会得过了头。学习文件时，别的地区才学完第一条，我们这里已经把第三条都学完了。我们的身上，有着怎样一种根深蒂固的奴性啊。

有一封写给柒布的信终于使他们如获至宝。

前面说过，柒布有很多朋友是大学里的研究生和教授。其中的几位，现在在学术或思想界已经比较有名气了。但当时，他们日子并不好过，在学校受排挤，思想也没能以可观的价钱卖出去。在他们互相安慰抑或鼓励的时候，有时候就提到了柒布。他们说，柒布适合去某某大学做教授，这对青年人是大有好处的。然后他们中的一位，就给柒布写了封信。好像要他去做星星之火。

从外形上来说，那是一封很普通的信。但因为是写给柒布的，而柒布是我们这里有名气的青年诗人和报纸编辑，所以它受到了前所未有的重视。到目前为止，收信者柒布还没有见过它，他，还有我们都只是听说而已。所以对这件事的真实性我不能完全确定。但有一点是完全可以肯定的，即柴布调动的事情被无限期地搁置下来了。开始还有人不断地提到它，过了一段时间，就谁也不提了。他编的每一期报纸，都被有关人员存档。他们以独特的高度敏感的嗅觉，在字里行间寻找着可能的蛛丝马迹。听说有一段时间，还有人悄悄盯他的梢。至今，柴布依然有走路时猛然回头看的习惯。有时候，他在房间里写着写着，也会猛然抬起头来，悚然朝四周张望。

谁？看着拂动的窗帘，他惊觉地问。

我的另一个朋友说过，作家大概可分为两类，一类是像托尔斯泰那样内心十分强大、可以满怀信心地给社会开药方的作家，一类是像卡夫卡那样内心十分柔弱、对生活和社会束手无策的作家——当然，那些平庸的作家不包括在内。柴布，他应该属于内心脆弱的那一类吧。外界的影响很容易波及到他的写作。事实上，在经历了诸多事情后，他作品的质量明显不如以前。读他的作品，已经很少有以前那种激动人心感觉了。他写得很拘谨，瞻前顾后的，他的笔好像在若有若无地回避着那些盯着他的眼睛。每次看到我，他都会问，你还在写吗？你写得还是那么多吗？他的眉眼间有一种苦闷的、不解的神气。

这期间，他终于结婚了。虽然我们经常见面，可我还是感觉他渐渐胖了一些，脸上也有了水色。他比以前也忙碌起来了，每次见他，总见他抱着孩子，用很亲昵的称呼叫着孩子，让我感动于他也有这非常亲情的一面。因为有一段时间，他非常害怕结婚和生孩子，他一直在逃避这些事。在和我们说话的时候，他不停地起身，去关照孩子的安全。如果孩子要骑黄牛，他就会蹲下去，趴在地上，当着我们的面像一头动物那样哞叫着。他儿子大概属于喜新厌旧的那一类，很快就对程式化的游戏讨厌了，要求他不断地花样翻新。于是他就把他知道的动物都模仿了一遍，这时看上去，他不像是一个诗人或编辑，倒像是杂技团的演员。当然这都是人之常情,没什么好笑的。其实我喜欢看他做父亲时勤恳而陶醉的样子。他是个心苦的人,现在,家庭的甜蜜和安宁也许能让他从某种程度上得到补偿。

后来,新调来了一位市长。庆幸的是,新市长也热爱文学艺术,他写得一手好字,是省书法家协会的会员,也喜欢读诗,多年来一直自费订阅诗刊。一次会议上,几个有名望的文学前辈又试探着提出了柒布调动的事,新市长开明地挥了挥手,说,这有何难?没多久,这件事就轻而易举地办成了。报社也按规定给他分了房子。我们总算为他吁了一口气。因为借用的时间过长,他原来的单位,早把他开除了。这年头,诗人找到一碗饭吃,并不容易。尤其是像柒布这样的诗人。现在,他总算可以静下心来,好好写东西了。

不久,我就离开了市里,去了更加遥远的省城。在那里做青年刊物的编辑。我原来的想法是很美好的。当年,《新青年》影响了多少人啊,以至成了当时的时髦读物,高觉慧们的袖子里,经常会有《新青年》掉下来。我想我会给青年人一些正面的影响,教会他们如何自尊自立,有个性,不轻易妥协。一本好书好杂志,应该会让人记住一生。然而事与愿违。我不知道,社会已经到了从精英文化向大众文化转化的时期,我所参与的那家青年杂志,其实是非常庸俗的青年读物。甚至与我的初衷完全相反。它除了发表一些虚伪做作的表现真善美的文章,就是要教给青年人所谓的生存智慧和谋略了。然而这种智慧和谋略,又往往是以牺牲尊严和个性为代价的。也就是说,它要使人如何庸俗,如何厚黑,如何肉麻。有一次,我们在省城的一所大学里开读者评刊会,居然有一个女大学生说,她从读高中起开始买这本杂志,已有整整六年。当时我就悲哀地想,要么她说的是假话,要么她就是一个白痴。我情愿她是在撒谎。假如是后者,那是多么地令人不寒而栗啊。我们的主编,是一个看起来德高望重、其实老奸巨猾的人,善于利用下属的弱点,把权术操作到了炉火纯青的地步。而编辑部主任,看上去就像是他的干儿子,对他唯唯诺诺。当然有一次,我还是无意中看到,主编下班后,编辑部主任立刻溜到他的办公室里,坐在主编刚刚离开的靠背椅上,仰着头,悠然地左转右转。你看,一说起这些,我都变得急促狭隘婆婆妈妈起来了。这说明,那种工作和环境对我的伤害是多么的深。我经常告诫自己和朋友的一句话是,当你在小人堆里的时候,千万要提防自己也变成了一个那样的人。

说实话,在省城里,我也经常感受到柒布曾经饱尝过的那种孤独。那是一种无法言说和无处诉说的苦闷。每当我孤独的时候,我就会想起柒布。这时我就有了写作的冲动。从某种角度说,我比较喜欢加西亚·马尔克斯说的一句话:写作是为了得到朋友们的喜欢。我又开始给柒布编的报纸写稿。如果没有柒布在那里,我是不会给它写的。我喜欢以这种方式和我看重的朋友交往,并不在乎报纸的档次有多高,发行的范围广不广。我陆陆续续地给柒布写了一组随笔。当时我正在思考一个作家的精神自由度对他(她)创作的影响。我以为,一个作家,哪怕再有才华,但如果缺乏自由的精神和巨大的"内功",那他(她)的笔也是"杀"不了多远的。我把它们寄给柒布,也算做我们之间的互相鼓励。他收到后,大概也会像我一样,发出会心的一笑吧。后来我就收到了样报。我急急打开报纸(其实我在打开发表我小说的杂志时,都没有这样激动),就像急于看到老朋友熟悉的面孔一样。我仔细读了起来,想看看老朋友在哪些地方动了手脚。结果我惊讶地发现,我最看重的那些词汇,都被他巧妙地改头换面或删去,有的词语甚至被改动得原味尽失或和原意大相径庭。其实我已经懂得怎样保护自己了,知道怎样把话说得机智。普通的读者不一定能看出,但和我有同样感受的人看后一定会觉得我说得好。可往往就是那些我最得意的地方,都被柒布毫不留情地删改。他的枪法很准。一枪一个。作为多年的文学朋友,他知道我文章里的每一个关键词,知道从哪里下手可以一招致命。刚开始我想,也许柒布是为了我好。他是个胆小的人。我没理由不原谅他。但是后来我发现，我的每一篇短文，都被柒布这样巧妙地处理了。就好像一颗子弹在快抵达目的地时，忽然被什么弄得飘忽起来，掉在地上。这是一件很使人难受的事情。我不愿再看那些文章一眼了。我羞于承认那些文章是我写的。这时我就有些怪柒布了。如果他怕担什么风险，完全可以不发表我的文章，但是他不应该屡次篡改。后来我把那组随笔寄给了一家大型文学杂志，对方一字不动地把它们发表出来，到面前为止，我也安然无恙。这说明，柒布的担心完全是多余的。其实我的文章并没涉及什么敏感或违禁话题，不过是谈了一些创作规律和作家的精神现状。但他屡次把我的"自由的精神"可笑地篡改为"勤奋的精神"。他犯得着这么战战兢兢吗？

也许从另一种角度来说，让柒布做报纸的编辑是很合适的。打个不恰当的比方，假如让狗去破译猫的精神密码，狗不一定能办得到，但假如在猫群里选一只猫去做这项工作，那绝对是轻而易举。

毕竟，只有猫最懂得猫啊。

写到这里我很难过。我的话太尖刻了。甚至正像某些人或组织希望的那样，我们开始了互相伤害。

除了这些，我和柒布之间什么事情都没发生。但从那以后，不知怎么回事，我们就渐渐疏远下来了。彼此都尽量回避着见面。然而，每当夜深人静，我仍会想起柒布，想起我这个精神上的朋友。后来我偶尔听人说起，柒布也一直暗暗关注着我的写作。凡是发表了我的作品的杂志，他都找来看了。这其实是一件令人感动的事情。就像鲁迅和周作人，他们在后半生没有任何来往，但据说，两人在临死的前几天，看的都是对方的书。他们的手足之情，又何尝有一天的停止呢？作为一个作家，不管他是坚强还是软弱，但终归有一天，他都要落到那看似虚无缥缈的精神的实处。

某年代的一次事件

他抱着一瓶酒,坐在进城的中巴车上。车子颠簸着,阳光斜射进来照见了灰尘的群魔乱舞。他只把怀中的酒抱紧。这是他刚从一个亲戚家带来的谷酒。度数不高,40度左右,他尝了一杯,立刻觉得是好东西——若干年后,他在京城尝了一个朋友从国外带来的威士忌,马上就想起了那瓶乡下酿的土酒。他不禁说道,原来好酒同源啊。大家一脸不解。其实是否有这个说法他也不很清楚。很久以来,他一直在想象着一瓶好酒的模样。看古代人写饮酒写得那么奔放那么美,他总是疑惑,怀疑他们在夸张作秀(这不是很多诗人的通病么)。因为他还从未在酒里找到那种横溢或飞扬的感觉,别说斗酒诗百篇,就是读诗也是头痛的。有时候想像古人那样横卧榻上口吐莲花,结果却呼呼大睡了。这使他对自己的才华产生了怀疑。或者恨自己酒量不行。很多次,他想效仿古人豪饮,倒上一大杯白酒,一饮而尽,然后作奋笔状,好写出让大家叫好的诗文,但往往是,酒刚落肚,他就头昏脑胀,有几次,还大煞风景地吐了一地。难道古人喝的是啤酒或黄酒?可那时候好像并没有啤酒。啤酒喝到一定时候,人就成了排尿的机器,每喝一杯啤酒,就出去排一次尿，极有规律。好像不是人在喝酒，而是酒在利用人把自己分解羽化。至于黄酒，对于他来说，好像也并不适合豪饮。它软绵绵地把他拦腰抱住，让他动弹不得。这次在亲戚家吃饭，亲戚拿出了家藏的谷酒，说是由一个路过的外地酿酒师酿成。他听了心中一动。现在走村串户的那种带有浪漫色彩的酿酒师傅是越来越少了，大家一般是到商店买瓶装酒。这跟其他手工业在逐渐萎缩是一样的道理。据说这酒在入坛时，要先在坛底放上猪板油和白糖，封口后等油脂和糖完全化到酒里去，就成了。他喝了一杯，精神一振，心想这正是他寻找了多少年的、适合于痛饮的酒啊！那气息、口感、劲道，跟他想象中的一模一样。或者说，他以前并不知道想象中的好酒究竟是什么模样，现在一下子具体起来了。他想起了A。临走时，他向亲戚要了一大瓶。

现在，酒就装在这只绿色玻璃瓶子里。酒使得瓶子有如美玉。他要进城去跟A共享。A是他最重要的朋友。他们已经认识好几年了。与A交往，真有如沐春风之感。要说遗憾，那就是他比A晚生了几年，A经历生命中精彩的段落的时候，他不在场。无数次，他在乡下的寂寞中遥想几年前A和朋友们在县城里意气风发的辉煌景象。

说起来，他和A的交往，还是跟酒脱不了干系的。第一次跟A见面很仓促。他一点准备也没有。那时，A还在一个乡下中学教书，他有个同学跟A是同事。他到同学那里去玩，同学说，我带你去认识一下A吧。同学说A上课从不带课本，眼望着后面叫学生翻到哪一页，他就从那里开始讲。A教的是数学，却写了很多诗，并且自己设计、刊印了一本文学杂志。每到周末，外面的朋友就呼啦啦来了，在房间里喝酒唱歌弹琴朗诵，闹个通宵。A弹得一手好吉他。画得一手好画。写得一笔好字。唱得一手好歌。当然更写得一手好诗。他说好啊，你赶快带我去认识。走进A的房间，只见A正背靠着书柜在那里看书。门边有一张长椅。他用半个屁股和同学在长椅上坐下来。A从床底下拖出几瓶啤酒，每人开了一瓶。两个月后他到一个偏远的大乡监考，邻近结束时，忽然见一个人在操场上迎面走来,他觉得眼熟,马上认出来是 A。不过当时仅仅打了个招呼就各奔东西了。A 是教导主任,带学生来考试。这是他和 A 在上一个年代仅有的两次见面。期间虽从同学那里听说 A 自印的杂志被什么地方点名批评了,不久又停薪留职下海,但他也像个局外人似的没怎么关心。他不记得自己当时在忙些什么。好像什么都没干,但时间已经白白浪费了许多。

再次跟 A 见面,就是在县城里。A 从海南回来了,调到文化单位,编一份有个内部刊号的小报。报纸刊发的是本地作者的文学作品。A 说,他抱着文化人的梦想去了海南,结果却发现那里没有文化,只有文化公司多如牛毛。他喝着 A 从海南带回来的咖啡。又苦又亮,有股特殊香气。以前他从未喝过咖啡,就像他不知道 A 和朋友们在海南经历了那么多惊险好玩的事。比如他的一个女同学要跟着她的高中老师奋不顾身地去海南,那老师想了种种办法也没能摆脱她,只好一把把她抱过了琼州海峡。大家在环岛流浪时用光了身上的钱,只好像吉普赛人那样靠占卜弄吃的。一个叫 S 的因为什么事被派出所抓了去,没想到,晚上派出所所长亲自开车恭恭敬敬把那家伙送了回来。最让人激动的是,Z 在那么多人面前发表了那么激动人心的演讲,好像全国人民都在台下仰脸望着他……

细想起来,那时他在哪里呢?他龟缩在乡下中学不通风的宿舍里无聊地打发时光。在轻浮的爱情里纠结徘徊。他神经衰弱,头脑空白,后来结了婚,又被一堆生活琐屑包围。那些大事发生的时候,他偶尔瞄一眼 14 英吋的黑白电视,根本不相信会有什么好的结果。好像水面忽然泛起波纹,马上又沉寂下去。他是个懒于或者怯于行动、有些悲观的人。而事情的发展,恰好又印证了他的悲观。那年下半年,他到市里的一所成人大学读书去了。主要是想尝尝读大学的滋味。没想到被一些繁文缛节折磨得兴味索然。这大概就是怯懦者的报应。所有的人都要哑巴吃黄连。

或许他应该庆幸 A 从海南回来了。同时回来的还有 Y。A 又有了一批新的文学朋友。他们有中学老师，银行里的职员，制药厂的合同工。上个年代围绕在 A 周围的那些朋友已经星散，有的留在了海南，有的改了行有的出了国。当初跟 A 一起办刊物的 S 和 Z 在重获自由后决定考研。他们的英语基本上是从 26 个字母重新开始。至于 Y，依然在究竟是坐下来继续写作还是出去赚钱体现自己的崭新价值之间艰难徘徊。因为他已经明白，现在社会的主流已然不是思想文化而是经济。

只有 A，似乎比以前更悠然了。那个秋天的一天，A 在市报上读了他的一篇文章，便跟另一个朋友来乡下中学拜访了他。A 带来了古琴的磁带。他一下子就喜欢上了。好像那是他灵魂渴望已久的东西。此后见面就多了起来。每次去 A 那里，几乎都是高朋满座。各路人马都有。也几乎各种职业都有。A 自己下厨。菜很精致，摆在盘子里像艺术品。酒后，往往是一拨人玩扑克打麻将，另一拨人聊天谈文学。激动时，依然争执，各不相让。不记得具体从什么时候起，他们的见面变得有规律起来。不，其实也不是什么规律。就像呼吸，是时刻都需要的，那么这种需要的频率自然也就成了规律。几乎每星期，不是他进城，就是 A 跟几个朋友来乡下中学。学校地势很高，从校门到操场是一个陡坡。好几次，他就在操场边树下看见 A 跟朋友们从校门那里冉冉升起，就像帆船从海平面升起一样。更为神奇的是，有几回他早上一睁开眼就想，今天 A 肯定会来。上课时，他忽然朝窗外看，果然见 A 跟朋友们正在穿过操场。

他无意中得到一把瓷质酒壶。也许不值什么钱，但他却视若珍宝。来了朋友，他就拎着它去打酒。中学对面有一家酒铺，据说是自己酿酒。有时候，酒还温热。他很喜欢提壶打酒的感觉。但后来，通往邻乡的公路上发生了一起火灾，经查，是一辆运酒精的车起了火。在乡下谁需要那么多酒精呢？由此可知，酒铺里卖的酒很可能也是用酒精勾兑的。但愿不是工业酒精。

也许，对于每个热爱文学的人来说，不但有他自己喜欢的叙述方式（比如文体或写作习惯），而且也有他自己喜欢的抒情方式（比如饮酒）。他喜欢在冬天里喝啤酒，在热天里喝白酒。正如他讨厌一切的格子稿纸，而喜欢在一望无垠的白纸上密密麻麻地耕作。

A住在粮食局的单位宿舍楼里。他老婆是粮食局的职工。她好不容易调进粮食局，谁知那里却开始走下坡路了。每次仰头望见A临街的四楼窗口，他都不免心跳加快。到了楼道，他一般是疾冲上去。好像以此来冲抵他的激动。然而上到四楼，他又放慢放轻了脚步。他有些忐忑，担心A不在家。楼道里十分寂静。隔着防盗门和走廊叫了几声，还好，他马上听到里面咔嗒一声开了门。

他把酒递给A，说，他终于找到了想象中的好酒。他要A马上尝尝。A找来一只小酒杯斟上，抿了抿，说，是不错。

他们把酒倒在玻璃杯里。A说，厨房里还有花生米和萝卜干。这天奇怪的寂静，跟以往不同。A这儿是小县城的精神高地。他乐意从A这里得到精神的鼓励和营养。实际上也正是如此。由于A，他抛弃了那种一帆风顺的写作风格（当然，不仅仅是风格）。

常来A这儿的，并不都是文学爱好者。有两个乡下中学的校长，是A当初的下属。A当教导主任的时候，师专毕业还不到一年。那是一个有朝气的年代。

若干年后，县城里有了私立中学。一次见了面，他说，如果那时他们没有离开学校，而是几个朋友联合办一所学校，那多好啊。A想了想，却说，恐怕也好不到哪里去。

说起来，他依然是个跟时代不合拍的人。不知道他这究竟是超前，还是落后。许多人在做的事情，他不做。当许多人放弃了，他却要去做。当时的情况也是这样，当许多人的热情已经消退，他却开始澎湃起来。

他们很快把那瓶喝光了。A又开了一瓶白酒。A说，我们来唱首歌吧。A唱的是《一无所有》。A还真唱出了味道。轮到他，却怎么也唱不出口。这是他的一大弱点。在学校读书时就是这样。从未敢当着别人的面唱歌（其实他有着不错的嗓音和乐感）。更别说朗诵了。他很难想象自己像有的朋友那样，当众朗诵自己的作品。A一再鼓励他：放开点，唱得不好不要紧。他喝了一口酒，说，还是不行。他又说，我不记得歌词。这是实话。他很少能把一首歌完整地唱出来。往往会从一首歌的这两句跳到另一首歌的那两句去了。A说，那就哼个曲子吧。说着，A自己先哼了起来。他也就不知不觉跟着哼起来了。原来竟是这样简单！A悄悄停了下来。他依然哼着，哼着。竟然战胜了他的羞怯。他听到自己的声音在自由并且有些勇敢地飞翔。

　　他们一边喝酒，一边唱歌哼曲。他们谈起了其他朋友。谈Y的最终南下。跟某位女学生的恋爱。谈Y在学校遭到的种种不公平对待。他的一位同事，也调到了县中，嫉妒Y，竟然用威逼恐吓的手段组织全班学生联名告Y的状，要求学校给他们换语文老师，Y只得再次负气离开。A说，Y最大的毛病，在于他的东西都是舶来品。他内心缺乏坚定的、属于他个人的东西。他甚至很想像别人那样堕落，但真到了堕落的边缘，却又逃了回来。他就这样周而复始。爱他的那位女生大学毕业后去找他，可他拒绝了她，因为他当时正在打一个能帮他办调动的教育部门官员的大龄妹妹的主意；又说起写过很多诗歌的F已经完全疯了，她把自己的身体廉价卖给长途车司机，只要求对方耐心地听她读完一首诗。她的挎包里永远装着一张几年前的报纸，它折叠得整整齐齐，折叠处却又磨损得发白已破。她说，这是副刊，你知道什么是副刊么？就是可以发表诗歌的地方；至于S和Z，他们考上了北京的同一所著名大学的研究生，但他们已视如路人。S在信里怀疑，Z到学校告发了他。

　　A说，也许S的心理出现了病态。那些事情，档案上肯定写得清清楚楚，用不着Z去告发他。其实别说S，他自己也差不多。有一段时间，他老是做着一个内容相同的梦：一个人在跟踪他。那人戴着鸭舌帽。手永远抄在口袋里。他走到哪，那人跟到哪。他走快，那人也走快。他停下来，那人也走慢。甚至他睡觉，那人也好像坐在旁边。后来他奋力扑上去掀掉了那人的帽子，惊讶地发现竟然是自己的一个同事。

回到乡下中学，天色已暗。看到操场上站着许多人。似乎在议论纷纷。问一个同事是否发生了什么事情，同事说，乡政府要强制大家买保险。他说，工资都好几个月没发，保险是自愿原则，怎么能强迫？同事说，下午开了紧急会议，你没来，乡长态度很强硬。他说，校长呢？同事说，校长还不是那样。他忽然大声说，那好，我们明天罢课！

话一出口，吓了自己一跳。因为早在读书时就知道，别说罢工罢课，就是游行，也是要申请批准的。不然就是非法集会。除非是参加什么地方事先安排好了的、有组织有纪律的游行。罢课这样的词，似乎也很遥远。好像那是历史课本里才有的事情。没想到自己有一天会忽然喊出这个词来。

他强装镇静，对周围的同事们说，罢课是老师仅有的抗争权利，不要怕。

有同事说，是啊，越怕，他们越欺负。

那个惯于把"造诣"念成"造纸（指）"的乡书记，每次在台上讲话的神情，好像老师是什么低等动物。乡里每有什么困难，都要到学校来"借钱"，一借就是两三个月的工资，而且根本不管老师们是不是不同意。而乡里一搞什么活动，又要到学校来"借人"，无偿给他们干活。这一切的起因，都是因为校长的懦弱。说起来，校长大概是跟A差不多同时当上校领导的。他是一个相当好的英语老师。但一当校长，他反而什么也干不好。可见有的人适合当老师，不一定适合当校长。

他打量了一下，在场的老师有十几个。青年老师中年老师都有。平时能独当一面、说上话的，基本上都在。年轻的不用说。好几个是城里人。毕业后因不能分在县城,便先在这离县城只有二十里路的乡下中学落脚,作为日后进城的跳板。他们平时跟校领导称兄道弟,拍他们肩膀,一副天不怕地不怕的神情。那几个中年老师,有的还跟校委会拍过桌子,是很让校长头疼的。

这时,一个中年老师对他说,你做的对,总要有个人揽头,不能再让他们随便欺负,我完全支持你!其他人也纷纷表态。

他眼窝一热。这时候大家的支持最重要了。即使他敢罢课,可如果大家不支持,那就算不上罢课,只能是旷课。什么枪打出头鸟,都是传统文化里最糟粕的东西。即使人们已经熬成了火药,也要有个火星才能爆炸或燃烧。那好,他就做这样的火星吧。

大家七嘴八舌地议论开来。商量怎么样才能引起重视。说起来,老师的确是挺可怜的啊。好像老师都长了尾巴,穿街而过的时候,得把它紧紧夹起来。许多青年老师谈对象,高不成低不就,结果还是向现实屈服,把自己当工具,娶了某个有点小权或小钱人家的相貌平平性格暴躁的女儿,过着低声下气的日子。他已经教了差不多十年书,可每当村里人问他多少钱一个月,他都不好意思讲。他不想看到他们一面瞪大眼睛假装吃惊一面又暗暗幸灾乐祸的神情:什么,一个月才这么一点钱?或者:读了那么多年书,只赚这么一点工资?那读书有什么用呢?

一个同事说,究竟怎么罢课,大家要拿出个步骤来,不要说的起劲,睡一觉就忘了。说话的是H。他有些感激地回头望了他一眼。H平时不大跟人交流,除了上课,就是在房间里看书。吃饭也看,走路也看。不但记单词,还看用英文出版的《中国日报》。H是个温和文静的人,只有一次例外,那次有个家长带人来刁难他,其他同事都有点事不关己,只有H挺身而出,并且几句话就说得那个家长无话可说。可惜他总怕影响H考研(好像是政法专业),与他来往并不多。

其他人附和着说,是啊,要商量好,不是说着玩的。

他说，为了引起各方面的重视，明天一开始他就给市报社打电话，看他们能否把这件事报道一下。他跟市报社星期刊的 D 主编很熟。在学校里开店的 K 说，明天电话照打，他不收一分钱。除了校长办公室，学校里只有 K 店里还有台电话，大家要打便到他店里去。若是外面有电话打进来，K 的儿子便飞快地跑出去叫人，每叫一次收一块钱。那孩子机灵得很，他对前来打电话的人说，电话响了五下便要收钱。

最后议定，明天上课前大家都来操场，并且要及时通知今天不在场的老师，以便统一行动。

回到宿舍，他激动难平。头脑好像变大了，像个热气球，他有点把握不稳。他仍为自己的行动暗暗吃惊。这是他么？无论是在校领导还是老师们眼里，他都是个老实人。从不跟人争什么。也从不拉帮结派（小小的学校同样宗派复杂）。虽然刚来到学校时，他拒绝了政教主任鼓励他要求上进的好意，不肯写什么申请书，但他还从未跟别人明确作对过。顶多——他想起来了，那次，他强占了学校的一间住房（住的老师刚刚调走）。学校分房不公。许多人只有一间八平方米的房子，而一个校领导的女儿有两间大房，而且自己不住，租给了学生。那天，以校长和总务主任为首的一帮人气势汹汹赶来好像要用武力逼着他交房，他忽然从房间拿出一把菜刀来，说，谁敢上来，他就砍谁。他们一下子被镇住了。

事后他想，他真该感谢他们。尤其是那个总务主任，平时颐指气使。任何人都不放在眼里。如果他们一定要往里面冲，难道他真的会砍么？如果砍了，就会犯法，如果不砍，就会没面子。所以真要感谢他们！感谢他们没有往里冲。感谢他们给他面子。此后，他主动退还了多占的房子，而学校也象征性地给了他另一间小点的房子作为补偿，彼此给一个台阶。双方喜剧性地达成了和解。

后来他又想，可能当时吓住他们的，不一定是菜刀。他一个文弱书生，再厉害，胆子再大，也敌不过他们。尤其是那个总务主任，身坏有差不多两个他大。胳膊粗得吓人。他曾见他酒后轻而易举地拧弯了一根钢筋。很可能他们还是怕他手里的笔。他经常在市报上发表文章。每个班都订了一份市报。大家一看到他的文章，便大呼小叫一番。很多人对文字大概还有着崇敬或恐惧感，以为有一种看不见的权力在里面。

晚上有几个同事来房间里坐。像是来商量是否还有什么考虑不周的地方，其实是来探听虚实或互相打气。毕竟，谁都没干过这样的事，心里没底。让他有点迟疑的是，这次要强制老师买保险的是一个姓C的副乡长。C副乡长很早也是乡中学的老师，后来改行从政了。C跟他的老师L是连襟，L可以说是他的恩师。他刚到学校来还跟L老师同过事，一年前L调到另一所中学当副校长去了。他其实并不认识C，但因为L老师，他对C有点亲切之感。如果L老师知道这件事是他带的头，不知道会不会责怪他。如果L老师明天来阻止他呢？

不过，这种迟疑他放在心里并未说出来。等大家都走了，他又想了一会儿。还是没有想出个什么结果。

第二天，吃了早饭，老师们大多汇集到操场。他和几个骨干（H也在）去了校长室。校长刚起床，眼里糊着眼屎。自从避长就短当了校长，校长反而成了一个让人不喜欢的人。熟悉校长的人说，以前，他是个多么好的英语老师，多么受人尊敬。现在他没时间教英语，只教了一个班的两节副课。在课堂上只知照本宣科，或给学生讲笑话。当然并不是每个学生都喜欢听笑话。爱学习的学生免不了要皱眉。其实，就是在老师面前，校长也不像个校长。他的命令，很多时候老师根本不听。经常有人当面质问他。有的还拍他桌子。每当这时，他便显出一副无奈和委屈的样子，嘴里嘟嘟哝哝。副校长P，使用种种阴暗手段，想把他弄下台取而代之。

——其实就是他，上次强占一间房，又何尝没有一点欺负这个窝囊的校长的意思？

他们把罢课的意思跟校长讲了。校长惊呆了，红脸涨颈，急促地搓着两手，说，这怎么行？你们别乱来啊！前天我在乡里开会就挨了批评。他说，我们是有道理的，没有乱来，罢课的事情，是针对乡里，不是针对你的，甚至也是为了校长你更好地开展工作。校长说，上面不高兴，挨批的还不是我。H说，该挨批的，是C副乡长，是他强要老师买保险的，事情闹大了，县里一过问，说不定还能把拖欠大家工资的事情给解决掉，这是好事啊，我们先来告诉你，是对校委会的尊重，也是希望你能跟老师们站在一边，你要是顾虑太多，就装作不知道吧。校长说，我真倒霉，在石桥（另一个乡）当校长时，男学生要炸教学楼，女学生被人搞大了肚子，怀揣着一口袋男生的照片自杀，我来了这里，你们又要罢课了！

他们从校长室出来，校工已经拎起铁杆，准备敲大预备了。操场上老师更多了，大家都已经知道了罢课的事情。钟响了，学生三三两两往教室里走。也有几个学生冲出教室，跑向教学楼旁边的厕所。他也忽然内急起来。一紧张，他就有点内急。这个毛病很早就有了。记得那时，老师总要学生在规定的时间里背诵课文，不然就不让放学。老师搬了把椅子，牢牢把在教室门口。本来他会很顺利地背诵出来，但每每一见这阵势，心就慌了。体内的水系也忽然膨胀起来。眼看背完书的同学一个个昂着头走了，教室里越来越空，他越来越慌乱。从此造成恶性循环。

他说，他要上一下厕所。总不能让内急影响罢课。虽然有时候，说不定正是一些鸡毛蒜皮的事情影响了大事情的发展。在大学读书时，一个室友跟女生约会，忽然要撒尿，又不好意思讲，结果憋了两个多小时。更为悲惨的是，那女生还以为他心不在焉，严词拒绝了他再次约会的请求。

他朝厕所走去。为了显示他的从容，他还故意弯下腰来，整理了一下鞋带，免得大家以为他临阵逃脱。现在，他有办法对付他的弱点了。

比如，战胜慌乱的最好办法，就是把它大胆展示或讲出来。有人来听课，他登上讲台，说，这么多人啊，我有点紧张呢。这样，反而立即从容平静了。

  他马上回到了操场。这时有几个不了解情况的要上课的老师夹着课本从宿舍里走出来了。经几个人宣传，都同意罢课。有一个姓W的老师胆小，嘴里说不去上课，脚仍在下意识里往教室里走。他大叫了一声W的名字。他跟W是成人高校的同学，虽然学的是不同的专业。他知道W是那种个子高胆子小的人，不会为大家的事让自己吃亏，哪怕那个"大家"里也有他个人的份。

  W红着脸，四面看了看，还是回到罢课的老师里面来了。校委会的领导好像商量好了似的，一个也没露面。他忽然想起，该给市报的D主编打电话了。他叫了个同事跟他一起。这时他觉得自己是有一点虚荣心的。他像是走上了某个舞台。像有聚光灯跟着他。到了K的小店，K递上话筒，说，只管打，刚才P副校长来了，说电话费由学校付。他暗暗吃惊，心想P副校长怎么知道他要来打电话，而且还希望他给市报打电话。看来事情有点复杂了。电话通了。他跟D主编把情况说了，D主编说，罢课这件事是不好报道的，先别急，看事情怎么个走向，如果乡政府还要固执己见，报社可以派个人去采访。D主编是个性格爽快的人，他说不能报道，那就肯定是不能报道了。有一次见了他，还跟他讲了许多笑话，说有个省领导在市里的大桥通车剪彩仪式上，跟夫人闹别扭，赌气不肯发表讲话，市领导急了，赶忙求省领导的夫人去做工作。好在省领导夫人能以大局为重，好不容易做通了工作，这时摄像机照相机已经瞄准了省领导，只见他忽然把大手一挥，说：沿着×××指引的方向前进！

  不知怎么回事，他忽然松了口气。有点庆幸D主编说不能报道。不然，岂不要被P副校长利用了？一想起P副校长的冷笑和阴鸷的眼睛，他就不寒而栗。P的脸上似乎从来只有皮而没有肉。笑的时候，好像皮在干燥地、慢镜头地裂开。听 L 老师说，P 曾试图联合他，把校长从台上掀下来。后来因 L 老师（当时为教导主任）不肯配合而作罢。P 的阴险狡诈是大家都知道的。许多人并不愿跟他接近。P 是个没有任何羞耻心的人。这点很可怕。为了向上爬，P 曾给前任校长家里挑过大粪。P 的儿子考中专差了十几分，他跑到教育局管此事的人家里去下跪。这样的人当了校长，学校岂不要更糟？

他跟 H 还有其他几个昨天在一起商量过的同事说，这次罢课，说不定会被 P 利用。若这样，还不如想想别的办法。有同事说，罢课已经开始了，难道还能缩回来？另一个说，不管那么多，先把保险的事情解决了再说。这时，H 忽然说，谁当校长都无所谓，反正老师都没好日子过，说不定 P 当校长更好，他虽然坏，但校长这个位子，还真的只有坏人坐得住，你看我们县里，以前的县长好说话，结果谁都说他不中用，政策也很难执行，后来换了个厉害的，大家屁都不敢放一个，各方面反而比以前好了。他的话引起了共鸣，一个年纪大的老师表示了同意，说，正因为现在的校长软弱无能，才有那么多人想把他赶下台，才造成学校有那么多帮派，这样，大家怎么齐得了心呢？你们看，这几年，学校的声誉一直在下降，以前的校长虽然往自己口袋里捞了不少东西，但老师也跟着得了实惠，那时学校有一千五百多学生，邻近的乡里，甚至县城里的学生都到我们学校来插班，光插班费就可以收十几万，现在情况恰恰相反，本乡的生源一直在外流。谁让我们教学质量不如别人呢，这都是现在的校长缺乏管理能力引起的。

有人接着那位中年老师的话说，如果 P 真当了校长，说不定不会出现强制大家买保险这样的事情，也不会拖欠这么久的工资。现在的校长一味地退让，才使得乡里得寸进尺。中心小学的工资，就没有拖这么久，因为中小的校长敢跟乡长拍桌子。

操场上一下子安静了下来。过了好一会儿，才有人小声地说，要不，再坚持一下，看乡里是否来人。

这时，他才忽然想到一个问题，如果乡里一直不来人，怎么办？

大家在操场上等待，徘徊。教室里吵翻了天。一些胆大的学生跑出教室，趴在栏杆上往下看。若看到自己班里的老师，便赶紧缩回头。他们莫名地兴奋着。尤其是平时不愿意上课的学生，这时像过节一样。他们巴不得老师天天罢课。按道理，这时候乡里也该来人了。大家盯着校门口，有些心不在焉起来。这时他才意识到，这次罢课是太仓促了。几乎什么都没准备好。什么可能遇到的情况都没去预料。如果乡里装聋作哑始终不露面，怎么办呢？这样耗下去，恐怕到时候还真是骑虎难下了。

是啊，如果乡里一直不来人，怎么办？

他看到自己班里的几个学生也趴在栏杆上。他想朝他们挥手，叫他们回教室里去，忽然发现班里成绩最好的一个学生也站在那里，眼巴巴望着他。他忽然心一软。想起昨天给学生许诺今天给大家再读一篇课外的好文章，那学生大概一直在等着吧，就像他小时候，老师说明天要布置一篇作文，或组织大家参加一次活动，他便激动得晚上睡不着觉。总有一部分学生是真正热爱学习的。想到罢课会让那么多学生浪费时间，他脸红了。本来，他想干一件好事，没想到却成了坏事。

有几个老师也开始嘀咕起来。他们是认真的好老师。喜欢自己的职业，珍惜学生的时间。有的说，马上要月考了，得抓紧时间复习。有的说，他还要赶进度。有的说，本来是要给学生单元测验的，已经跟别人调好了课，把两节课连在一起。如此等等……

他也开始动摇了。不，何止是动摇，简直是后悔了。后悔不该出这个风头。买保险就买保险，反正工资也发不到手里，也不见得就是什么损失啊，再说，如果谁出个什么意外，还能得到补偿，简直是好事啊。初二（3）班有个学生从教学楼上摔了下来，不是得到了保险公司的赔偿吗，据说除去医药费还剩了些钱，家长跑到学校来千恩万谢。学生的保险，每学期不也是报名时强行收取的？

看来，乡里真的不会来人了。说到底，他这个人，还是太天真了啊。以为只要他们一罢课，乡里就慌了手脚，马上就来安抚，想出解决的办法。他的行为看上去简直像撒娇。就像小时候，好像一哭闹就会引起大人们的注意。大人们。真的是大人们啊。现在他们的不以为然，使得他的行为幼稚可笑。是啊，幼稚可笑。他这不是第一次。他的许许多多想法和实际行动，在许多人眼里都是幼稚可笑的。比如他不要求上进不肯写申请书。用大半个月的工资去买一套书。经常跟那些狐朋狗友诗酒相酬。在课堂上给学生读课外书，常读得眼睛湿润嗓子嘶哑。大声发表谬论，说男女学生互相喜欢很正常，甚至在安排学生的座位时有意把男生和女生交叉搭配，说这样可以激发他们的学习热情。一个同事体罚学生，他竟对同事说不应该这么干。监考时，他对学生说，谁紧张可以上厕所。他说，你若不让学生上厕所，他们便越要上厕所。讨厌写作文的同学总是大多数，他说，我教你们一个秘诀，你们就当是自言自语或写给某位自己最喜欢的异性的情书吧……

怎么办？怎么办？他想起一本书的名字就叫怎么办。他意识到刚才叫校长别管这事是错误的。这事是要让校长管的。这样，校长就会给乡里、甚至教育局打电话。如此，乡里和教育局就会来人。现在他们即使知道了，也乐得装作不知道。谁会主动管这事呢？有好处他们都去抢，碰到麻烦，每个人都唯恐避之不及。他真是太傻了，居然叫校长别管。难怪校长那么好说话，叫他别管他就真的老老实实坐下来。看来他对校长还缺乏足够的认识。他一直以为校长是个老实人，真的如此么？老实人会做得了校长？而且一做就是八九年，辗转了两三所学校？没人帮他说话是不可能的。而别人又怎么会白帮他说话？

要是有个人去乡里闹一闹就好了。他忽然记起班里有个女生的家长是乡里的一个什么干部。是啊，他可以把那个女生叫出来，让她背书包回去。那家长必定要问，女生就会把学校的情况告诉他。她是个成绩中等而学习认真的学生，遇到了难题总是一副着急的样子。那家长对女儿的学习很重视，还来学校找过他，说女儿眼睛近视，请他在安排座位时多关照。现在一听学校老师不上课，肯定要闹闹嚷嚷，去找乡长或书记反映。乡里再不闻不问就说不过去了。

可这样利用一个学生，还有做老师的尊严么？别以为学生不知道他的想法，说不定说这话时他还会脸红呢。有几次他就在他们面前红了脸。一次，一个家长跑到班里来，硬要把什么土产塞给他，他不肯要，那家长放下东西就自以为聪明地跑掉了，害得他在学生的哄笑里脸涨得通红。还有一次，供销社的一个领导作为家长请班上的几个老师吃饭，吃着吃着，那个学生忽然拿了一条烟进来，供销社的领导当着孩子的面把烟拆了分给了大家。他的脸又红了。那个孩子学习成绩不好，纪律也差，此后竟越发地明目张胆，仿佛老师该嘴软手短起来。他班上的干部子女，在同年级中是最多的。他很讨厌这样的应酬。那些家长请你吃饭，并不是从心里尊敬你。不过是以权势压人，以利益诱人。一次，一个家长送了瓶酒给他，要他把儿子调到前两排座位上去，过了好长一段时间，他仍没调。那种感觉太不舒服了。好在那孩子学习还有些进步，后来他给那孩子调换了座位，并让他把酒带了回去。

现在，若独独叫那女生回去，学生们肯定会马上猜出他的意图（即使他们猜不出来他也会心虚）。再说，他也找不出任何理由让那女生一个人回去。如果让全班或全校的学生都回去当然会引起很大反响，那样镇上每个人都会知道中学老师罢课和为什么要罢课了，但那样就违反了纪律，授人以柄。老师有罢课的权利，但绝对没有在正常的上课时间擅自让学生全部回家去的权力。

他仿佛又回到了要背完书才能放学的年代。他又内急起来。这时，如果他上厕所，别人真的以为他要临阵脱逃了。他寻找着H，发现他正站在水泥乒乓球台旁边低头背着小本本上的英文单词。H仿佛感觉他在看他，抬头望了他一眼，又低下头去。好像跟平时一样什么也没发生。瞬间他有点孤独无助。好像其他同事都在看着他。楼上的学生也都在看着他。连打钟的和在厨房里做事的校工也在看着他。仿佛都知道他是"罪魁祸首"。操场像是忽然拱了起来，或者完全凹了下去。他完全暴露在强光下。像被戏台上的聚光灯照着。他无路可走，无处可逃。

　　这时他听到什么声音，猛一抬头，见P副校长带着乡里和好像是教育局的人正从校门那儿冉冉升起，看上去像是救星。

敌　人

　　我想，还是从我逃学说起吧。这事说起来源远流长了，我已经记不起它最初是怎么发生的。现在回想起我的学生时代，只有一个模糊的印象，那就是，我背着书包，不顾一切地往外逃。是啊，这似乎有些矛盾，既然要逃学，又何必背书包？我完全可以把它塞进抽屉或扔到什么地方去。这说明，我并不厌学。实际上，我是很喜欢读书的。即使是枯燥的课本，我也能读得津津有味。我有一个妙招，当我恹恹欲睡的时候，我就把课文倒着读，这样，我的大脑又重新兴奋起来。总之我会变着法子让自己的学习生动有趣。但我就是不喜欢上课，不喜欢一个人长时间地被囚禁在座位上。而我讨厌假期，丝毫也不逊色于我讨厌上课。我总是觉得星期天太漫长，寒暑假更不用说了，简直就是灾难，压迫得我喘不过气来。星期天的下午，我总是第一个赶到学校，然后又开始了逃课。好像我急匆匆地赶到学校，就是为了逃课似的。

　　的确，如果我不去学校，又怎么能逃课呢？

　　一般说来，我在逃出教室前，并不清楚自己究竟想干什么。或许我根本就没想过这个问题，我只是想逃出教室。这个念头强烈地折磨着我。我想,如果在众目睽睽之下,从老师的眼皮底下(这是老师经常沾沾自喜挂在嘴边的一句话)溜出去,那多么有挑战性。我根本没听清老师在讲什么。我盯着教室门口。如果老师点名叫我回答问题,那至少要把我的名字叫三遍我才能听到。我非常喜欢逃课前那种灵魂出窍的美妙状态。后来,老师转身朝着黑板,我开始行动了。当然,有时候我也偷偷从教室后门出去。不过这样似乎不怎么光彩,会引起别人嘲笑。激动人心的时刻到了,当老师把课本端起来在那里摇头晃脑地念白时,我就踮起脚,像一只小鼹鼠从教室大门溜了出去,我听到背后泛起了一阵轻轻的哗哗声,就像潜艇划行后留下的两道浪花。我喘了一口气,然后是穿越无比宽阔的操场。我有些晕眩。我想到了自己刚刚看过的某场战争电影,想到了碉堡、探照灯和机枪之类的东西,政教主任是专门抓纪律的,他会经常背着手在那里踱来踱去,模样像个伪军。有一次,不知是谁在厕所里写了一句什么,他把各班不太遵守纪律的学生全部叫到他办公室,轮流审问了整整一个星期,还是没有审出来,他的脸气歪了,末了叫每个人写一份检讨书,贴在操场旁边的宣传墙上。我也在里面。我当时一挥而就,充分发挥了我写作文的特长。除了政教主任像老鹰一样时刻蹲伏在那里的阴鸷的目光,还有教学楼上的那么多门窗,它们像无数只探照灯紧盯着操场,我很容易被发现。时刻都可能有人在我背后喊:×××,去哪里?!或者:×××,回来!再不回来我就开枪了!

  我加紧了脚步。

  终于跑出了校门,这时我才发现自己没地方可去。到田野去玩吗?去偷人家的红薯或到河边去划水?或者钓鱼?这时我已经玩腻了。这时太阳照着我的影子,它被烫得滋滋响,似乎要越来越小越来越小。我觉得自己特别孤单。我其实是个脆弱的人,总是急于从人多的地方逃出来,可逃出去后又想回来。明明是我抛弃了别人,反而觉得是别人抛弃了我。我在校门口徘徊,等着下课,好重新回到教室里去。不用说,等待我的还有老师的狠狠批评或掌掴。可我一点也不觉得委屈,并且流下了热辣辣的甚至可以说是幸福的泪水。仿佛我的逃课，就是为了得到这些批评、掌掴或泪水似的。

问题是，多数老师后来对我的逃课竟然习以为常了。他们不会批评我，也不会到班主任或政教主任那里去告状。他们从黑板面前转过身后，故作惊讶地望着我，好像在说：你怎么还坐在这里？这时我就觉得自己很失败。好像我用尽了力气，朝什么打过去，结果却像是打在棉花上。这样，我再逃出去就毫无意义，因为他们已经"允许"我逃课了，我的这一行动不过是在领受或得到他们对我的赏赐。我咬着笔头，在想对策。我不能忍受这些家伙对我的蔑视。我会弄出种种刺耳的声音或在邻桌间挑起种种事端，老师终于沉不住气了，咆哮一声冲了过来，拎起我的耳朵，把我的一边脸蛋贴在黑板上，如果是夏天还挺舒服，但如果是冬天就吃不消了。不过等他的手一离开，我的脑袋就倔犟地弹了回来。我暗暗高兴，等他转身讲课的时候，我又如愿以偿，从教室里逃出来了。然而逃到半路，我发现自己又中了他的奸计，说不定我刚跑出教室，他就笑着对大家说，他是故意让我逃的，意思是说，他在用这种方法，巧妙地把我从教室里"清理"出去。

我不能让他的阴谋得逞，于是我又"逃"了回去。逃出去算什么，逃回来才算好汉。我要坚守阵地，坐在教室里跟他对着干。任凭他脾气再好，也终于有被我激怒的时候。他会斯文尽失地上来揪着我，手脚乱舞，好像一个泼妇，好像他写在黑板上的一个潦草的字母。我嘴角淌着血，冷笑着。末了我像电影里那些英雄人物一样，盯着他，故作姿态，不屑一顾地用手背擦了擦嘴角的血迹。那一刻，我的虚荣心得到了极大的满足。

频繁地逃课使我吃尽了苦头。老师经常不解地望着我，说，你到底在想什么呢？有的甚至还伸手摸了摸我脑袋。或许，他是想感化我吧。爹每次狠揍了我（他尤其擅长用放牛的鞭子在我熟睡时把我揍醒，让我在噩梦中感觉大蛇缠身）之后，都会假惺惺地用手摸摸我脑袋。我恨这个我一定要叫他爹的人。他仿佛是为了要折磨我才和娘合伙把我生下来的。他打量我的目光，就好像一头凶猛的狮子面对着它的美餐，它之所以没迅速扑上来，是因为他看我还瘦小，想把我喂养得大一些。难怪每当我吃饭姿势不好时，他都要干涉我，如果我不小心打破了一只碗，他一定要狠狠揍我一顿，因为东西吃少了明显会影响我的生长。然后，他又假惺惺地跟我娘递眼色，叫她重新给我盛饭。我猜透了他的诡计，无论他怎样软硬兼施，我也不肯吃。我情愿饿肚子。我发现饿肚子的感觉真美妙。我想，如果他要吃我，那好，来吧，我的硬骨头肯定会硌痛他的牙（我以为，只要不吃饭，骨头自然会硬起来的，陶渊明不就是没吃那五斗米，骨头才硬得腰都弯不下去么）。有时候，不管他怎样狠揍我，我也不肯跑，虽然他很希望我跑；而另一些时候，他的手刚扬了起来，我就逃得远远的。好像我要藏到什么地方去，永远也不出来，让他吃我的计划落空。他不让我划水，我偏偏去划水。他不让我看电影，我偏偏去看电影。他要我干好事我偏偏干坏事。同样，他要我干坏事我偏偏干好事。现在想来，我为什么那么渴望干好事，大概就因为我爹缺德干了太多的坏事。他对别人小气我就对别人大方。他在队长面前可怜兮兮我偏偏理也不理队长。他要我认真读书我偏偏不认真读书而且大张旗鼓地读老师不让我读的课本以外的书。

　　记得当时读的书里面，印象最深的是《三国志通俗演义》。诸葛亮第一次见到前来投降的魏延时，说此人脑后有一块反骨。我悚然一惊，诸葛亮真是太厉害了，远远一望就知道谁脑后有反骨。我不自觉地伸出了手，摸摸自己的后脑勺。我想，我是不是也有反骨？如果真的有、并且被人家看到了，那怎么办呢？我真的摸到自己后脑勺有一个突起的部位。我不知道那是不是反骨。后来我小心地问娘，我后脑勺是不是跟别人有点不一样？她瞄了一眼，抿嘴笑了笑，说，你小时候总是朝一边睡，看上去脑袋像是长歪了。难道这就是反骨的由来？娘的话并不能让我信服。为了不让别人发现我脑骨的异常（幸亏诸葛亮这样的人，不是什么地方都有），我想把头发留长一点，而爹总是把我捉住，让剃头师傅把我的头发几乎剪了个精光，让我的后脑勺暴露无遗。这比当众脱光了衣服还要让我难受和无处躲藏。如果我胆敢跑开，爹就会拿着放牛的鞭子到处找我。我的古怪发型成了别人嘲笑的对象。所以当老师望着我说你到底在想什么的时候，我很担心他会忽然伸出手来摸我脑后。终于，他说，你可以走了。于是我站起来，朝后退着，退到门口，才忽然转过身飞跑。

此后，逃学成了我经常而且必须保持的姿态。我逃避一切强制。一切我不喜欢、但又强加给我的东西。在大学里，我读了许多我能接触到的书。我找到了我真正热爱的东西。我热衷于精神生活。我的理想是当作家、哲学家和思想家。我是班里年龄最小的学生，年龄大的完全可以做我的叔叔。他们是上一代人被毁灭后艰难留存下来的火种。而我自信地认为，我是我们这一代人中的先觉。跟他们在一起，我没有任何隔膜，这让他们暗暗称奇。他们容许了我的加入。两年的大学生活，是我生命中的黄金部分，它永远在我的人生暗途中发光。而毕业后，我的黑铁时代就到来了。我被分配在一个偏僻的乡村中学教书。到城里去，要转两次车（只有自行车和三轮车），还要步行十几里山路。我的罗圈腿就是在那时候形成的。由于经常爬山，在平地步行，我的两腿也会不自觉地呈八字形张开。我完全被封闭起来了。山像是鲁迅全集厚厚的封皮，在那些黑暗的夜里，我只能把自己的心翻得哗哗作响。渐渐地，我开始不遵守纪律了。只有在这种对纪律的背叛里，我才感到自己还是个活人。我的上课不着边际，话题常常超出课本之外，甚至完全跟课本相悖。学生们很高兴，他们几乎把我当成了他们的代言人。而学生们欢迎的，往往是学校和家长反对的。这是否是所谓与生俱来的阶级斗争？我想说，你们逃学啊，作为一个学生，怎么能不逃学呢？不懂得逃学的学生不是一个好学生，知道国家为什么要制订法律吗？就是为了让一些人来违法。而一些人为什么不断地违法呢？因为违法从某种程度上可以暴露出法律的荒唐和漏洞，从而促进社会的进步。我带头逃课。我彻夜不眠，该我上课时就免不了在房里睡懒觉。我把一本1986年出版的当代学人的著作（若干年后，我们成了校友）套在马恩选集的红色封皮里（它是披着狼皮的羊还是披着羊皮的狼呢），捂在脸上呼呼大睡。校长找到我时，看到了红色封面，伸出去的手又缩了回来。他在那里坐了半天才决定咳嗽一声。他提醒我，该去上课了。他是一个好校长，是全国优秀教师全省新长征突击手全市劳动模范。因为他的宽容，我继续犯下了许多错误，以至后来我简直怀疑他是在引蛇出洞，再打我个正着。我找不到任何精神上的知己，便开始放逐自己的肉体。我渴望像卢梭一样，得到许多异性的爱情。我开始勾引镇上的一些少妇。她们有商店的营业员，豆腐西施，还有开餐馆的老板娘。由于获得了我这个戴眼镜的未婚青年的注目，她们起劲地卖弄起风骚来。我跟她们轮番上床。我闻到了女营业员身上的白糖味，那时白糖还是稀罕东西，我怀疑她经常偷公家的白糖吃。而开餐馆的老板娘，保证了我熬夜所必须的油水。我像是破罐子破摔。把罐子摔破了，我就知道里面到底藏着什么东西了。有时候，我会悲观地想道，我大概永远也成不了卢梭，而她们，也显然不是华伦夫人。面对她们，我一脸严肃，故作深沉。即使在做那种事的时候，我也保持着冷静和克制。这样我便掌握了主动权。现在，我已经名满天下，不知她们是否还记得我？即使记得，但在她们看来，那个我也已经跟现在的我毫无关系了。因为她们根本不知道现在的我就是那时的我。她们只知道我身份证上的名字而不知道我写文章时的名字。或许，她们的子女也到我后来读研的那所知名大学里读书去了。我们那里的孩子是很会读书的，每年都有不少学生考上清华北大南大。开学时，她们中的一位或许就在操场上打地铺的家长堆里，她们不知道，我曾经坐在那里谈恋爱、读书。我们的屁股在草坪上轮流登场。

由于我的上课越来越偏离教学大纲，家长们愤怒了。当然，这种愤怒是我的一些同事挑起来的。他们都是些软骨头，他们该受苦，被人欺负，不配有好的命运。当我从一些我极不喜欢的会场拂袖而去时，他们会表现得更认真。有一次，乡里拖欠了大家一年的工资，我策划了一次罢课，甚至还通知了市报的记者，但关键时刻，他们一个个像软蛋似地往教室里溜，把我孤零零地扔在操场上，看上去像是一个天大的笑柄。我已经看透他们了，这就是国民的劣根性。他们中的一两个人（我知道是谁），唆使全班学生联名向学校和县教委告了我的状，甚至暗示部分家长该如何如何。果然，他们都行动起来了。于是在一次上课时，我被人从讲台上揪了下来，对方像个屠户，手提一根黑乎乎的什么我没看清。然后是大会上的不点名批评，听说县教委也准备把我调到更偏僻的地方去。说实话，那时我最害怕这个。每次看到县教委人事股的那个股长到学校里来，我都以为他是来调动我了。他的权力大得可以把全县的老师都当作他掌心的鸡毛，他愿把谁吹到哪里就吹到哪里去。在乡下教书的那几年中，这种不安全的感觉一直笼罩着我。我开始想办法从那里逃出去。然而我还没想好办法，新的麻烦又找上门来，我不小心把一个女学生的肚子搞大了。我怎么跟女学生搞上了呢，因为我在遭到同事和家长反对的时候，却有一小部分学生，非常崇拜我。仿佛别人越是打击我，他们便越要支持我。我教他们朗读，爱美，独立思考，懂得善恶。这样，有的女学生便免不了用那种超出了师生界线的目光望着我。最终我们都没抵抗住彼此的诱惑。那时我不知道怎么去买避孕套，以为也要单位的证明。大概很多人认为，它是跟乱搞联系在一起的，而防止男女乱搞的最有效的方法，便是控制避孕套的供应。尽管我非常小心，小D的身体还是有了越来越明显的反应。她的脸上开始出现细小的雀斑，浑身散发出一种肥皂水的气味。上课时，她会像懒惰的男生一样呼呼大睡。我惊慌起来了，知道她的体内发生了地震。我说没有别的办法了，我们逃吧。我并没意识到，自己已处于一个逃的大潮当中。当时，几乎所有的有志青年都在逃，从内地、从机关和企事业单位逃到沿海，从稳定逃向不稳定，从按部就班逃向自由散漫。我很快办理了停薪留职手续。爹气得不理我，如果放牛的鞭子对我有效，他肯定会用上。娘哭哭啼啼的。他们对我的前途一片茫然。校长和县教委倒是如释重负，他们说，好好干，要当就当弄潮儿。我在煞有介事地办手续，而我的女学生小D，只能跟我私奔了。因为她父亲就是乡里的一个干部。她永远也不知道，我把她弄上床的另一个目的，就是要向她父亲所代表的那类人开火。这是一种特殊的斗争方式，很多人都用过。她父亲每次在主席台上不都是说他代表什么什么么，那好。我要用这种方式来取得胜利和表示对权贵的蔑视。我在县城的一个朋友M那里过了一夜，第二天，小D也不辞而别，偷偷爬上了开往县城的三轮车。我们在M家楼下的一个小酒馆里胜利会师。这情景似曾相识，让我很兴奋，仿佛在排演我读过的1930年代的某部小说。

关于我的朋友M，应该多说几句。他是一家酒厂宣传科的干事。我们在一起时，经常取笑"干事"这个称呼。可以说，他是我在这段时间唯一精神上的知己。为了一些很抽象的问题，我和他经常书来信往，或在一个什么地方见面。在内心里，我把他称为战友。我需要战友。在这里，也只有他，能当我精神上的战友。有时候，我会像幽灵一样忽然出现在他家门前。我喜欢幽灵这个词。马克思在他著名的《共产党宣言》中写道：一个共产主义的幽灵在欧洲徘徊。M条件比我好，从小在城里长大，父母都是银行的职工。他手指修长，皮肤白皙，看上去养尊处优，尤其是县城方言那种好听的卷舌音，让我有些自惭形秽，好像我们是来自两个不同阶级的人。而我一直觉得，即使在革命队伍中，来自有钱阶级和来自无钱阶级的战士，在心理上的确是很不一样的。但他，绝对是他们那个阶级中杰出的叛逆。他有卓越的口才，是天生的演说家，并且具有突出的领袖气质。我曾旁听过他和他朋友们的一次聚会。因为我一直对集体或某种组织抱有顽固的戒心，不想参加任何团体。只听他口若悬河，妙语如珠，听的人一个个热血沸腾。对，我发现他特别爱用四字句，我也不知不觉受了感染。如果有人对这一点提出异议，他会说，四字句是汉语的骨头，从诗经到汉魏风骨，再到当下，没有四字句，汉语就是个瘫子，站不起来。如果把语言比作武器，那四字句就是利刃，握在手里，长短合适，进退自如。现在想来，他的话仍然很有道理。不久前，一些讲坛性质的节目大受欢迎，我发现，其中的诀窍就是，主讲人大量地使用四字句。在渴望文化的人群中，四字句就是灵丹妙药，就是文化水平的象征。我带着女学生奔逃南方的时候，M也开始打算离开县城。他准备报考北京一所名校的一个名教授的研究生。他说，他已经给对方写了信，并附上自己的论文，对方对他十分赏识。考研究生跟考大学不一样，它可以直奔导师而去，比较符合一位学者说的，所谓大学，应该是先有教授，再有大学，而不是相反。想到我即将流落天涯，而他却可以风度翩翩地去北京求学，我再次感到我们之间是不平等的。

  现在想来，在南方的两年（足够了，不能再多，不然我大概要发疯了），除了给我日后写自传提供一些素材，再也不会有其他的积极作用。我发现在这里，我除了做骗子，比如给那些弱智或文盲的老板搞搞策划什么的，或向全国各地的什么人发个函邀请他们来开会或出书，其他不会有更好的出路。自然，我不屑于干这个勾当，虽然我可以想出许多种骗人的招数。实际上，在我离开南方后，我设想过的那些骗子方案很快成为流行的骗术，就是现在都可以屡试不爽。我拜访了一下各路豪杰，发现他们除了想赚钱还是想赚钱，这与我南下的初衷相去甚远。我还拜访了当地的公安局局长，这个家伙倒是被我唬得一愣一愣的，末了请我吃了一顿海鲜，恭恭敬敬把我送回住处。当然，我没让他看到我寒碜的租房，让他在街边把车停住我和他握手再见。无论天怎么热，对这里的气候多么不适应（我被焐出了一身的痱子），我一直穿着白衬衫，打蓝领带。只有我自己知道衣领是多么脏。租房低矮而潮湿，小D还没有回来，她在附近的一家酒店打工。这时我已妥善地处理了她的肚子。我一个大学同学的姐姐在医院做护士,她原是内地一家卫校的老师。老师和学生处在同一起跑线上,足以说明这里的一切都是新的,可以从头开始。这里毕竟比内地开放,如果许多女人都为自己日渐隆起的肚子而苦恼,那怎么加快得了改革开放的脚步呢?小D现在一身轻快。但她下班越来越没有规律了,最后干脆不回来。我不做声,等她开口。没多久,她果然把一切都告诉了我。她说一个什么老板看上了她,经常带她去他的别墅。她说:老师我真是一个没出息的人,我见利忘义,我的爱情已经被钱杀死了。她这时居然还用文艺腔跟我说话,让我稍感意外。她说老师你回去吧,我已经看出来,这里一点也不适合你。她一直是叫我老师的,她在床上叫我老师时我感到了某种践踏的快感,可这时我只感到她的郑重。我意识到她大概在为我作某种牺牲,但我并未点破。她说的是真话。离开的那天,她送我上船。我和她互相挥了挥手,就此作别。

刚回县里,我就被投入了大牢。那个乡干部早已罗织好了罪名,只等我来自投罗网。不过也没什么好抱怨的,我甚至还露出欣然领受的神情。其实我一直想去一个地方看看,那就是监狱,我发现,大多有成就的人都与它结下了不解之缘。有一个我极敬重的学者,一辈子几乎都是在牢里度过的,年轻时坐反动派的牢,后来坐自己人的牢。他有个著名的"三不主义":不点头哈腰,不难得糊涂,不风吹两面倒。因为在他看来,这是读书人最容易犯的几个错误。公安局的人在车站出口处等我。这种滴水不漏的场景大概也只有小说里才有。于是我也用自己略显陌生的口吻说,请放开,我自己会走。在公安局作了笔录,我说,我想回家去拿一些东西。他们露出为难的神情。我说,到处都是你们的人,你们放心,我跑不掉的,我还等着你们还我清白,把我放出来呢。他们嗬嗬笑了起来。我回家去拿了几本书,鲁迅和新旧约全书,想了想,我又拿了一本毛泽东选集。我曾认真地把它读了两遍。我对爹说,我要去坐牢了。爹娘又急又气,好像我一下子把他们的衣服脱了个精光,没脸见人。我说，有时候坐牢是羞耻，但有时候也是荣耀。爹说，荣耀个屁，你道德败坏，把人家女学生的肚子搞大了，还荣耀。我说，你们真的以为事情这么简单吗？错了，这不过是借口。

我顺利地把书带进了监狱。县里的人，都知道鲁迅受过毛泽东的高度赞扬，是伟大的这个家那个家，是骨头最硬的人。至于圣经，我应该感谢他们的无知，居然认为是关于经济合同的，也被我幸运地带进去了。我设想着自己在监狱里布道，甚至还有人匍匐着过来吻了吻我的衣角，像个圣徒。他们的眼睛在黑暗中湿漉漉的，像煤骨一样黝黑发亮。夜深了，我仍在昏暗的灯光下看书，因为我在逆境中读书效率特别高。比如吵闹的教室、拥挤的会场、行进的车厢。

M来监狱里看望过我。因为我的原因，他也被警方传讯过，但很快就被放出来了。他给我送来了一幅字，上面写的是：尸居而龙见，渊默而雷声。庄子的话。我一看，热泪就涌出眼眶。知我者，M也。他不知道，我曾在乡下中学的墙壁上反复写着这句话。虽然我也喜欢孔子的那句"天将降大任于斯人也"，但引用的人太多，已经烂俗了，我就一直在刻意回避着它。李白毕竟是个轻狂之徒，动辄"仰天大笑出门去"，一副急不可耐的样子。他的脑后没有反骨，有的只是任诞和撒娇。这时，M已接到北京那所大学的硕士生录取通知书，只是今年不比往年，各方面审查都很严。为了顺利入学，他在配合相关部门做一些工作。他说，你出来后，也考研吧，我在北京等你。

进监狱之前，我已经做好了挨打的准备。我知道，监狱是个完全能把人变成鬼、把鬼变成厉鬼的地方。我们村子里有个人，做小偷被抓住了，活蹦乱跳的一个人进去，出来时就呆了傻了，看到爹娘，半天才哇地一声哭出来，智商大概滑落到了小孩子的水平。他娘逢人就讲儿子坐牢的经历，时间长了像祥林嫂。她说儿子进去时首先挨了一顿恶打，不是警察而是其他囚犯打，等打得半死了，狱警才装模作样过来管一管。每个号子里有个头儿,就像乡政府每个部门都有个领导一样。而这个人,往往是犯的罪最重、打人最狠的家伙。其他人都听他的。他要打谁就打谁,要谁喝尿谁就得喝尿,要谁吃屎谁就得吃屎。他让她儿子晚上睡在尿桶边,不准乱翻身,不准捂鼻子。她儿子不肯,又招来一顿毒打。现在,她儿子动不动就蹲在那里,缩着身子,抱着头,好像随时准备挨打。难怪我被关进牢里的时候,教育局的那帮头头高兴得像稻谷笑弯了腰。所以,说我不害怕是假话。其实我是个很脆弱的人。有时候不小心弄破了手,也会顾影自怜许久。我也怕痛,每当爹举起放牛的鞭子,我就及时地逃之夭夭。如果逃不掉,我就大声地叫喊起来,企图用恐惧而空洞的喊声把他吓退。我从不讳疾忌医,身体有什么地方不舒服,我会马上去看医生。晚上睡不着觉,我赶快去买补脑汁。我想,如果一个人的脑袋出了问题,那还有什么戏可唱呢?盲目地跟疾病作斗争,是对自己身体的漠视,就好像敌对的双方经常无谓地开战一样,除了践踏祖国的大好山河和老百姓的性命,没有任何好处。我把自己的生命看得很重。我不知道,一个人,连自己的生命都不珍惜,还会珍惜别人的生命。当然,这珍惜,不是苟活,不是毫无原则。如果要我为一些虚无缥缈的东西去杀人,我也会像鲁迅一样选择退却。小时候看革命电影,我不理解那些人面对酷刑毫不害怕。烙铁在身上烫得冒烟,他们还在哈哈大笑。我总觉得这样的镜头不真实。不过也许是真实的。我有个同学,读完小学后没有再读,以捕蛇为业,如果被蛇咬了,他就掏出随身携带的小刀,飞快地把被蛇咬的那块肉剜下来而面不改色。如果参加了革命,他肯定也是好样的,但我明显不是这样的人。看来人与人差别很大。我最坚硬的部位是脑子。要我改变脑子里的想法,显然比我那位同学难。那个家伙,总是很轻易地让别人把他的脑子改变了。他一会儿认为这样是对的,一会儿又认为那样是对的。他不习惯于听人辩论,有一次,我跟人辩论,他也在旁边,他说他听得头痛。别看他那么蛮,可每次碰到村干部,胆子马上变小了,会绕着走,像是干了什么坏事。如果他犯了罪被抓去杀头，大概也会像阿Q那样很关心最后的那个圈是不是画得很圆。有一次，我无意中在一部纪录片中看到，德国入侵苏联的时候，一名苏联红军在德国人的枪口下显得那么可怜和无助，我被深深地打动了，因为这样的图片我以前从未看过。在我们的教科书和影视作品里是不会出现这样的画面的。一时间，我以为那个人就是我自己。我想，如果是我，我大概也会那样，甚至我还会把排泄物拉到裤裆里。人性的弱点总是和排泄器官有着千丝万缕的联系。当然，我知道我的想法很天真。如果我真的这么干了，这个世界上就没有了我的容身之地。我就会成为家族乃至国家的耻辱，而被斥之为叛徒或内奸。

不用说，面对监狱，我没有任何选择的权利。但我安慰自己，这样不也很好么？我应该去了解一下监狱。虽然我的确害怕挨打。

可奇怪的是，我并没有挨打。我被带进牢房时，虽有几双饿眼骨碌碌地盯着我，但他们似乎不敢轻举妄动。另有一个人坐在那里，慢悠悠地抽烟，晃着二郎腿，我猜想，这个家伙就是号子里的头儿，其他人的行动都受他制约。难道是他阻止了他们对我拳脚相加？

我的猜想很快得到了证实。等狱警走了，那个人朝我笑了笑（其他几个人看了看他，又看了看我，也附和着笑起来，这使我意识到，什么地方都有奴颜，哪怕是以凶狠和犯罪著称的监狱），说，欢迎欢迎！我警惕地盯着他，跟他保持距离。他挥了挥手，说，哎呀，真是读书人，跟我们大老粗有距离——跟你说，我知道你为什么被关进来了。接着他大声说道，你大概不知道，在我们这里，最被人瞧不起的是两种人，一是小偷，二是强奸犯。这两种人最没出息，对他们，我手下从不留情，但我知道，你这个人不同一般。你不是强奸犯，虽然你把一个女学生的肚子搞大了，但你是在给她启蒙，让她懂得生理卫生。他笑得更响了。我渐渐适应了号子里的光线，我猜想，如果他这时出拳，大概会揍我什么地方呢？我紧张地思索着。我有些奇怪地瞅了瞅我，又说，也难怪，毕竟是书生，还是怕痛、怕死，戴着眼镜，手也瘦得像芦柴。他盯着我，吐掉嘴边的烟蒂，又掏出烟来，自己叼一支，递一根给我，给他自己点上火，又给我点了火。我不知道他葫芦里卖的是什么药，但到了这一步，我也豁出去了，我说我是强奸犯，我把一个女学生的肚子搞大了，我不是给她普及生理卫生，我就是想搞。她爸爸是乡干部，为了报复我，到县里找了人，我就进来了。他说，嘀嘀嘀，其实谁都知道，这不过是借口，不过，我敬佩你这种人，跟这些人相比，你是人，他们是猪狗。是不是？他朝那几个人一瞪眼，恶狠狠地问道。那几个人忙点头，有一个人还条件反射似的打起自己的耳光来。后来我才知道，这个打自己耳光的家伙正是个强奸犯。他结了婚，老婆也长得不差，但他就是忍不住要去强奸。这次把一个干农活的妇女摁在地里掐了个半死，被过路的人逮住了。他进来的第一天晚上，号子里的这帮家伙就给他的鸡巴开了个公审大会，把它在尿桶里浸了半个小时，第二天发了炎都肿得他挪不了脚。

接着，他又谦虚地跟我说，你来了，按道理，这号子里的头把交椅就是你的，但我考虑到你毕竟是个书生，很多事情还没有经验，所以我决定，我还是继续当头儿，你是这里的贵客，谁也不许欺负你，不然我饶不了他。其实我的决定也没错，像你这样的，即使在外面扯旗子，也只能当个军师，对吧？难道刘备有诸葛亮厉害？宋江有吴用文化高？当然没有，但领导还是刘备和宋江当，对吧？我忙点头。他说，你只管看书，有空给我们讲讲故事，消一下愁解一下闷。你一来，我们号子里的平均文化水平就提高了，说不定还会弄个流动红旗什么的。我说，这里也有流动红旗吗？他说，怎么没有，还有知识竞赛呢，到时候帮我们多弄几面红旗，说不定能让大家早几天出去呢。

看样子，他对我很满意。他翻了翻我带去的几本书，说，鲁迅这个人，我知道，读过他写的课文，是什么书屋和园子的，对吧？不过这个人幸亏死得早，如果多活个几十年，肯定也要戴高帽子游街，我们那里有个人，你说傻不傻，四九年的时候，都快上船了，他一上船就可以到台湾，但他忽然想起家里还有一只正在下蛋的母鸡，又跑了回来，结果，又是吊土砖又是灌辣椒水又是金钩倒挂，差点没折腾死，要是当年跑到台湾去了多好，现在回来就是台胞，他家里人也是台属了，哎呀，真是太傻了，连他儿子都埋怨他，每次吵架都说，你去死吧，死到台湾去。对于另外两本书，他却一点兴趣也没有。他说，宗教都是骗人的，只有傻瓜才上当。

我很快就知道他叫老K，是县城黑道上的一个小头头。他说他这次进来，完全是代人受过。一个哥们犯了事，但眼看着要结婚了，他就顶替对方进来了。反正他已经尝过结婚的滋味，甚至对老婆还有点腻了，正好到号子里来呼吸呼吸新鲜空气。看我一脸愕然的样子，他说，你大概不知道，在我们那个圈子里混的人，跟那些当干部的一样，他们经常要到什么地方去考察或进修，我们也一样，不同的是，我们是到号子里来进修考察的，出去了，文凭又高了一个档次。我笑着问他，那你现在大概是什么文凭呢？他说，起码是大专了。其他人都笑了起来，号子里充满了欢快的气氛。我问他，你那个哥们犯了什么事，他说，还不是动了刀子，不过对方没死，我们的人已经把两方面都摆平了，一方面定性为过失，另一方面派人去吓了那个家伙一下，如果他们还纠缠不休，有他们的好看。你以为我真的那么傻，会把故意杀人的罪名揽到身上来吗？跟你说，不是名利双收的事情我不干。他哈哈大笑起来。从他身上似乎看不出坐牢与不坐牢的区别。他说他马上要出去了。他又说，等他出去了，我就是这里的头，他会经常来看我，带红烧肉来慰劳我。

老K很喜欢跟我讲他在外面的风光。他说没有他摆不平的事，县长和公安局长家里他也是经常去的，他还陪他们的老婆打过牌。他说，跟她们一打交道，很快就会知道她们的老公是个什么样的人，古话说，一床被子不盖两样的人嘛。每年总有那么几次，他和哥儿们要到公安系统或一些政府机关去帮忙，什么挂照啊，检查超载啊，收税啊，计划生育啊。他跟派出所的一个所长是哥们，有时候，派出所解决不了的事，也会请他去解决。他说他也知道那些家伙不过是利用他,他一去,没有不赶快交钱或去引产结扎的,如果出现了伤亡事故,他们也会把责任推到他身上,这样,他们处理起来就游刃有余,说,政策是不错的,只不过处理方式有点不当。然后,装模作样地把我处理一下,等大家把注意力转到别的地方去了,就把我的处罚解除了,请我喝酒,给我压惊。压他娘的鬼惊,我才不惊呢,哈哈哈。他说得神乎其神,但我总觉得他有自夸的成分。他好像看出了我的心思,说,不夸张,一点也不夸张,我的事情,只讲了一点点,还有很多没讲呢。一个人说,真的哩,你不知道,就是现在,外面有什么解决不了的事,也要到这里来找我们老大写条子呢。老K唾沫四溅的时候,其他人仰脸望着他,听得津津有味,时不时地还补充一句或把他没讲完或忘记了的细节补上。看来他没跟他们少讲,以至他们都能背诵下来了。只有一个进来才两天的家伙,坐在角落里,怯生生地打量着他,既想靠近又有些畏惧。老K指着那个家伙对我说,你知道他是怎么进来的吗?说起来笑死人,这家伙原来也是一个犟头,仗着他老子大小也是个干部,平时大概没少干坏事,那天他骑着自行车在街上跟人家对撞了一下,本来是他自己吊儿郎当的撞到了别人,反倒揪住别人不放,两个人拉拉扯扯的,一个过路人看不过眼,讲了句什么,他伸手揪住那人的衣领把人家一推,骂了句×娘,然后叫人家滚蛋,谁知那人也不是好欺负的,马上一招手,过来两个身强力壮的家伙,把他扭送到公安局,原来,那家伙是公安局的一个便衣,几个人正想找点事做做,这小子撞到枪口上了,嘀嘀,活该他倒霉,在局子里挨了一顿鞭子,进来后又被我修理了一顿,现在乖多了。是不是?他朝那个家伙一瞪眼,对方赶忙点头。不过他马上会出去的,他老子有门路嘛。老K补充道。

第二天,那个家伙果然被放出去了。老K撇了撇嘴,说,这帮家伙,天生就是做败家子的料,仗着老子娘的势欺男霸女,屁本事也没有,我瞧不起他们,落在我手里,我就对他们不客气。

反正有事没事，老 K 喜欢找我说话。他说他佩服有骨气有头脑的读书人。他看过很多历史演义，也认识许多英雄好汉，但真正的厉害人，不是像他这样五大三粗头脑简单的，而是文质彬彬甚至穿长衫戴眼镜的，就说×××，不了解的人谁知道他是本县城的黑道老大？他跟你一样，也是戴眼镜，穿中山装，天再热也不露膀子，手臂瘦得跟猴子似的。说实话，有时候我在想，不知道他是怎么当上黑道老大的。但他就是，谁也无法取代他。只有有事要处理时，他才露出他的英雄本色。他一二三四，有条不紊，红道黑道，各方面都考虑到了，无论多大的事，他都能做到不动声色，冷静得让人吃惊。在我眼里，他不是一个罗汉，简直是一个政治家。我在演义里看的那些政治家，也不过如此，甚至还不如他呢。那些家伙多少露出过马脚，而他，我从来没见他有露马脚的时候。无论场面多大，事情多么辣（棘）手，他都处理得滴水不漏。他名声很大，可以说，从县城到乡下，乃至外地，无论大人孩子，没有不知道他的大名的，没有人不听到他肃然起敬。但认识他的人却很少很少。其实他每天都出门，像普通人一样喝茶抽烟，逛街买东西。有一次，他在公交上碰到两个中学生，一个向另一个吹嘘，说认识他，跟他家如何有交情。他听了也只是微微一笑。那两个小家伙，哪知道被他们拿来吹牛的英雄正微笑着坐在他们身后呢。他从不张扬，有时候即使是吃亏和被人欺负也不做声。有一次，我跟他一起去买东西，对方占他的便宜，甚至出言不敬，我要出拳还以颜色，他用力一掰我的手腕，制止了我。别看他胳膊那么瘦，可不知道他从哪里来的那么大的力，我眼里立时涌上幸福的泪花。我知道，他这是爱护我，瞧得起我。这种幸福感，就是喝茅台五粮液也没法比。我希望那疼痛的感觉永远留在我手腕上。你说，我不佩服他，还佩服谁呢？

我入狱的第五天，老 K 出去了一次，说是有人来看他。回来时，他手里拎着许多吃的东西，他很大方地把它们分掉了，除了那条大前门香烟。当时，大前门还是高档货。他说他什么都可以戒，就是不会戒烟，烟是有营养的东西，他不抽烟马上就会变蔫，而一抽烟，他又威风了。除了每个人递了一根香烟，其他的他都收藏起来，说是留给我和他抽。我也就不客气，点上火抽起来。跟他客气，他会说你见外。他看了我一会儿，忽然说，其实你抽烟没什么瘾，大概你就是要抽烟这个姿势，你喜欢把自己放进那个姿势里去。听了他的话，我吃了一惊，觉得他的话很有道理，其实我自己都没意识到这一点。接着，他开始给我表演抽烟的绝技。他说，像你那样抽烟，真是浪费，你的烟草利用率大概只有百分之三十，看我的。说着，他长长地吸了一口，蓝色的烟雾顺理成章地从两个鼻孔里流畅地出来了，香烟给他的鼻孔蒙上了一层迷人的色彩。但出乎我意料的是，流泻出来的烟雾没有立即飘散，而是再次滴水不漏地被他的嘴巴重新吸收了进去，好像它们忽然有了某种魔法。这次，他让烟雾在肺部停留了较长的时间，直至声息全无，我以为它们不会出来了，或者他会什么魔术，把它们从别的地方排放出去，说不定我马上会看到他衣服或头发在冒烟。我正在好奇地观望着，却见烟雾重新从他鼻孔里跑了出来。好像它们在他体内捉了一会儿迷藏，然后又开始了你追我赶。他得意地望着我，说，怎么样？我的香烟利用率比你高多了吧？我佩服，说，起码是百分之两百。

不过，牢房里的浪漫主义马上被打破了。一天下午，又一个家伙被推了进来。一个偷了电缆的无业青年。看守一走，几个人立时围住了他，他可怜兮兮地求饶。老K说，你这个家伙，也太不像话了，你可以去抢银行，可以去抢金店，可以去炸什么地方的办公大楼，但怎么能偷电缆呢？难怪前几天我老婆说家里停了电，说电缆被人破坏了，弄得我女儿看不了电视，你知道吗，她最喜欢看动画片和电视剧《八仙过海》，原来是你干的好事！说着一脚踹在对方的肚子上，对方惨叫起来。老K说，再叫，就把你的舌头割掉。那个人马上不叫了。老K说，你别指望谁来救你，要是他们来救你，就不会把你送到这里来，在这里，我们揍你不犯法，是在为民除害。其他几个人也上去戏弄起那个家伙来，有的搔他胳肢窝，有的撒尿到他身上，那个强奸妇女的家伙，有着一双修长的手，指甲也留得长长的，他把指甲嵌进这家伙的肉里，弄得对方眼泪鼻涕一老堆却不敢叫喊。几个人当中，他是最积极的一个。大概他急于把他刚进来时受到的待遇转赠到这个家伙身上去。他们折磨了他至少有一个小时，接着叫他去马桶边"照镜子"。他哇哇吐了起来，他们又叫他像狗一样把呕吐物舔起来，不肯又拳脚相向。那个家伙终究忍不住，拼命地叫了起来，估计外面的行人都能听到。看守再不管就说不过去了。他拿着警棍，打开牢门，冲着大家吼叫了一阵，还在几个人身上来了一下。奇怪的是，他没敢对老K怎么样。

我以为事情就这样过去了，没想到晚上，那个刚进来的家伙再次像杀猪一样没命地嚎叫了起来。看守闻声赶来，每个人都在呼呼大睡，而等他一转身，那个家伙又嚎叫起来。我在黑暗中听到一阵咚咚咚的声音。那声音他们谁都有份，但看守永远也别想搞清楚究竟是谁带的头。这样折腾了整整一个晚上，后来新来的家伙大概终于悟到了什么，不管咚咚的声音多么响，他不再叫了，把身体抱成一个球，任几个人踢来踢去。早晨，他们叫他用牙刷去涮尿桶，再用这根牙刷去漱口。他不再反抗，甚至还显得滋滋有味。渐渐地，他们取得了和解。

几天后，他便完全溶入了这个集体，跟他们一起抽烟，说笑。只是身上还很痛，一不小心就会啊唷一声。可以想象，如果进来了新的犯人，他也会跟他们一起来折磨对方的，而且肯定比别人下手更狠，就像那个强奸妇女的家伙。

我发现自己以前对监狱的想象太简单太天真了，其实监狱是任何时代都有的，它和人性一样经久不变。我被一些书本误导了，监狱里是不会出现救世主的。这里没有任何信仰，也就没有任何人道。有的只是疾病和可怕的传染。把某种希望寄托在这些人身上，是一厢情愿和很好笑的。试想，一个人的尊严完全被踏碎了，同时被踏碎的还有他的所有感觉器官，怎么能指望他们做出比较健康的事情来呢？顶多，他们会来一次瓦岗寨式的农民起义。本来我想看看书，但想了想，还是没看。我忽然想到，那些狱警真的不懂圣经吗？真的对鲁迅的书那么放心吗？说不定他们是在引蛇出洞呢。

老 K 对那几个人也爱理不理的，对他们的讨好无动于衷。他似乎越来越对我产生了浓厚的兴趣。他说，海南那边热闹吧？听说你在那里也是个人物哩，有一次，派出所所长请你吃饭并亲自开车把你送回家，是吧？我眼光没错，一看你就是一个有想法的人，跟许多读书人不一样。你要是跟我们一起混，绝对是个了不起的角色，以后有机会，我把你介绍给我们老大。你跟我讲讲你在海南那边好玩的事。我敷衍他，这哪是一下说得清楚的，得慢慢讲。我已经打定主意，什么也不跟他讲。难道我能对他启蒙？我想起自己曾设想过的那个场景，不禁好笑。火种在湿柴上是永远也烧不起来的，在灰烬里更是如此。这些人，已经成了人性的灰烬。但我也不能得罪他，不然，我大概休想活着出去。谁知我越这样，他倒对我越发尊重起来，以为我越有内容。我想起自己曾构思过的一个小说，一个组织的头目为了获得手下人的信任，从路边抓了一个算命的，让自己的旨意通过算命的人说出去，结果，取得了意想不到的效果。

老 K 还在跟我滔滔不绝。他主动告诉了我许多监狱里的秘密。他说，你别小看了这些狱警，其实他们一个个都是绝妙的演员。有的人，花了钱减刑，狱警便千方百计给他们制造立功的机会，他事先跟对方说好，比如他叫那个人在放风时走在最后，等别人都出去了（自然是迫不及待的），狱警就在早已准备好的地方放起了火，然后大叫失火啦失火啦，这时走在最后的那个人就奋不顾身地扑上去，几乎是"用胸膛把火扑灭了"（事后，狱警正是这么向上级描述的），"保护了国家财产和狱友们的生命安全"，不用说，那个人立功了，每立一次功减三年刑。多立几次就出去了。当然，不可能老是灭火，得换个花样。那好，再花钱买通某个人叫他假装逃跑，那个人家里经济陷入困境急需钱财，便冒着加刑的危险答应了下来。于是一个跑一个抓，演了一出绝妙的双簧，便再次立功了。至于那个假装逃跑的家伙，家里已经得到了经济援助，也就继续安心服刑了，狱警同时证实他平时一贯表现很好，这次实在是一时糊涂，"请上级部门酌情考虑给罪犯一个立功赎罪的机会"。什么，你不相信？跟你说，只要你有钱，就会减刑。刑期就像量杯上的刻度，花多少钱可以减一格，当然，最好是不要讨价还价。我再跟你讲一件，我有个哥们，杀了人，被判了二十年，他入狱几年后，仇家到一个什么地方去旅游，居然看到了我那个哥们，他在一家游乐场做事，仇家见了他，以为是看到了鬼，这时我哥们也看到了对方，吃了一惊，但他马上镇静下来，不慌不忙，问客人要什么服务，仇家终于断定，眼前的这个人，就是几年前杀死了他儿子的那个人，便用力揪住他的衣领，要拉他去公安局。游乐场的人很快把我哥们解救下来。那个人气愤地回来报案，相关部门很重视，调查我哥们的案卷，却发现它们已在几年前毁于一场火灾。此事后来还不是不了了之了，我那哥们至今还在游乐场过得优哉游哉。现在，你相信了吧？他有些炫耀地望着我。

我总觉得，老K跟我讲这些内幕，似乎是想我拿什么跟他交换。他想知道什么呢？

不过后来，我还是和老K建立了一些感情。毕竟是一个很爽直的人，跟我以前打过交道的那些人完全不同。跟老K在一起，很轻松，不累。他其实不会掩饰自己。我还发现，别看他高大凶狠，其实有时，他会表现得特别软弱。那次他不知怎么的和狱警吵了起来，狱警低声说了一句什么，老K立即软了下来，脸上露出可怜兮兮的神色，让我百思不得其解。其他人见状，忙装做没听到，靠在那里闭目养神。我至今都不明白那天狱警跟他说了什么，但老K的反应也是我在狱中见到的唯一一次。我不禁想起我一个亲戚，个子高高的，也是当地的一个罗汉，他借了人家许多钱，从没还过，人家也没办法。但有一次，不知为了什么事，几个公安忽然找到他家里来，他居然腿一软，差点没尿了裤子。后来才知道是他的一个熟人犯了事，警方来找他了解情况。现在我明白，一些革命者为什么最喜欢和无业游民打交道，因为他们既豪爽，愿意为你卖命，而且关键时刻绝对胆小，因为他们本身就是依附在某种权力上面。对付和瓦解他们最有效的武器，也只有权力。只是长此以往，革命也就带上了无业游民的性质，直至最后被他们掌握权力。刘邦和朱元璋就是很好的例子，可笑的是一些读书人还在拼命为他们辩护，为他们的残暴找个合理的理由。

没想到我还是比老K先出狱了。看我在收拾东西，老K悄悄跟我说，现在他可以告诉我了，在我还没进来之前，他就已经接到指示，奉命监视我，并尽量从我嘴里套出什么。他拍拍我的肩膀，说，兄弟，我还够义气吧，我什么也没跟他们讲。

这时，我已经在监狱里呆了三个月。我至今都不知道自己犯了什么罪，因为法庭一直没有宣判。我离开了乡下中学，在县城租房子学外语。学英语的人太多了，我学的是俄语。我想读俄国文学的研究生。期间，跟我有些关系的几个少妇，曾到县城找过我，为了解决身体的饥渴，我再度接受了她们。她们一点也不计较我搞过女学生，坐过牢。这种朴素的民众意识，或许对我日后的思想会产生影响。让人奇怪的是县里的几个爱好文学的青年，见到我时倒不太自然，眼神躲躲闪闪的，好像坐过牢的不是我而是他们自己。他们在小小的县城里分帮结派，互相水火不容。但在对我的态度上却表现出少见的一致。这帮井底之蛙，对文学艺术的理解粗浅到令人绝望的地步，我跟他们根本谈不到一块去。他们最大的愿望，无非是轮流做一做县文联的主席。有时候，在路上碰到他们，我都是昂然而过的。当然，我听到他们在我身后叽叽喳喳，大意是说我搞过多少女人或坐过牢之类。倒是外地的一两个朋友，常来拜访我。这时我们又可以高谈阔论一番。我表情严肃。时间长了，我不知道，这严肃是摆出来的还是我真有这么严肃。反正，每当我准备谈自认为比较重要的问题时，严肃的表情就先挂到了我脸上。它像一个面具在那里等着我。又像一个偌大的会场，在等着我进去，威严地扫视一眼然后开始演说。

我和M在北京会合了。此前，我们一直在频繁地通信。那是我在黑暗中的精神支柱。我把信件都保存在那里。若干年以后，它们会成为珍贵的文物，对这一点，我非常自信。多年来，我不但收藏一些朋友的来信，而且把自己发出的信件也誊抄了一份留底。当然，这也没有什么奇怪的，我读过一些名人的传记，许多人都有着这一癖好。我和M决定联合起来，改变中国当前的思想和文化现状。这时，他已经在一些重要报刊开了专栏，是颇有影响的人文学者了。他说，你马上就会明白，干我们这一行，读不读研究生，是完全不一样的。我的导师跟M的导师一样，也是领域内重量级的人物。我开始把以前在乡下或县城写的文章整理出来向国内重要的刊物投稿。果然，它们很快被刊登出来了。而我以前投稿时，它们要么石沉大海，要么只得到一纸冰冷的铅字退稿信。现在，它们被登在显著位置，并屡次被转载和评介。渐渐地，我的名字被相关文章经常提及，有时候和M并驾齐驱，有时候一前一后。也有书商主动向我约稿了。

我开始在全国一些大中城市间穿梭奔跑，参加各种学术会议，研讨新近出现的文艺思潮，商定一些作品的排行榜，纪念一些人物的诞辰或逝世。能把将来的职业和自己的兴趣结合起来，真是一件幸福的事情。我带着一本书穿越旅途的黄昏和黑夜。然而在检票口和出站口，我总会和相关人员僵持。我很讨厌他们把我的票拿过去，毫不客气地打了一个孔或撕开一个角。我和许多人一样被设定为潜在的逃票者，这种感觉很不舒服。这时我故意表现得傲慢和漫不经心。试想，如果每一个人在旅途中一直为保存车票而提心吊胆，这对全国人民的身体和心理健康有什么好处？我听说，我们导师每次出差时，总要把车票放在一个硬盒里，并不时地像华老栓那样按按口袋，看那硬硬的，是否还在。因为他曾经丢过一次票,结果乘务员把他狠狠折腾了一番,让他斯文扫地。看来,让一个读书人斯文扫地,真是太容易了。但我没有导师那么好说话。有一次,我拒绝配合列车员的检票,他们又要我出示身份证,我说我为什么要出示身份证,结果他们把我带到乘务室,搜我的身,直到搜出那张车票。我冷冷地睨视着他们,他们自然不甘心,忽然盯住我手里的书,说我的书反动,我说这是国家级出版社的正式出版物,有何反动?但他们越是理亏,便表现得越强硬,这是所有垄断或专制行业的特征。他们说,书先放在这里,等我们仔细检查后再还给你。我想,但愿他们能"仔细检查",也顺便让这帮大多靠着世袭进入这一行业的家伙多懂得一点知识。

随着我的名气日渐增大,我发现,我和M的关系,发生了一些微妙的变化。有一次,我去参加一个会议,到了那里,才知道他也去了。看到我,他愣了一愣。我觉得他在有意瞒着我一些什么,似乎有他参加的会议,不希望我也去参加。虽然他的发言还是那么犀利而富有感染力,但如果我在场,他就显得有些拘束起来。轮到我发言,他会故意提一些难以回答的问题,像是让我难堪。他开始在背后评价我和我的文章,说我的弱点。我很不理解,我们是好朋友,他有意见可以当面向我提,为什么要在背后讲我呢?我觉得,朋友之间,当面讲和在背后讲,动机是完全不一样的。这时他已经毕业了,一边攻读博士一边在大学当助教。我想认识一个很有名的学者,请他引见,因为他们关系很好。但他总支支吾吾的,要么说对方没空,要么说自己没空。还有一次,我向他提出,周末去见一个著名作家,本来他答应得好好的,临行前却说有事情,去不了。等我犹豫了半天末了还是敲响了那个作家的院门时,却发现他已经在和作家听交响乐喝咖啡了。我怀疑他已把我以前的一些事情告诉了作家,因为我走进作家的客厅里,明显感觉到了作家对我的冷淡,好像我这个人有什么问题,在他这里根本不受欢迎。

我和M的朋友关系(我曾经是把他当战友的啊),在我毕业时完全破裂了。我和他的师妹 L 谈恋爱了，M 知道后，很不高兴。据说，M 曾经也追求过 L，没有成功。不久，L 莫名其妙地向我提出了分手。我问她为什么会这样，起初她不肯说，被我逼急了，她忽然脱口而出道：她不可能嫁给一个强奸犯。我气得没有发抖，但我的心彻底地凉了。我知道，又是 M 出卖了我。或者说，不是出卖，而是诽谤。我把他写给我的信付之一炬。它们已经没有资格留在我的抽屉里。时间的马背上，我不希望有它们的位置。毕业后，我放弃了北京，虽然我知道这对我而言是巨大的损失。在学术上，我已经失去了地利。那好，一切都给 M 吧，我想起了闻一多先生的诗：不如把一切都让给丑恶来开垦，看它能造出个什么世界！有个成语叫不共戴天，我不会跟他共一片天空。

　　我回到了原籍所在的省城。让我气愤的是，M 仍不肯放过我，利用他的关系网（让我吃惊的是，一个学阀的权力，丝毫也不亚于行政威力），继续散布于我不利的言论。我所在的地方，是一个观念很保守然而学习上面的文件又生怕落后的省份，有一段时间，各家学报根本不敢用我的文章。我听说，有人给省里打过招呼。我忍无可忍，终于给 M 写了一封信，说：难道你真的要把我逼出国吗？跟你说，我不是做不到！在北京时，我曾跟 M 谈过出国的事情。M 似乎很有些怕我出国，仿佛到了那里，我就可以天高任鸟飞令他难以掌控了。他想了许多巧妙的办法，以此来打断我的念头。而我最终放弃了出国的原因是，我爱这个国家，我觉得自己的事业必须在国内做，不然就是隔靴搔痒，毫无意义。我时常以陀思妥耶夫斯基鼓励自己。当涅克拉索夫、别林斯基在鼓吹革命而屠格涅夫在鼓吹全盘西化的时候，陀思妥耶夫斯基勇敢地写出了《群魔》。当时我是有条件出国的，我的抽屉里还保留着欧洲一所大学的邀请函，他们随时都欢迎我。我的这一"威胁"很有效，此后，M 果然收敛了很多。他大概在想，我在这个落后的省份也不会干出什么惊人的业绩来。可是他忽略了，我是很喜欢逆境的。越是逆境，我越容易奋发图强。我的工作效率，和在北京时相比，至少提高了两倍。我沉浸在自己的事业中，达到了狂喜的境界。

但同时，我工作的这所学术机构，也是个人浮于事的地方（哪里又不是如此呢）。我要经常参加各种会议、学习班，要写各种总结、汇报，要填各种表格、试卷。管理后勤的人永远比做学问的人神气。当时还有福利分房，我知道想及时拿到住房很难，但还是往后勤主任家里拎了一次东西。我故意装出一副偷偷摸摸的样子，主任一见我不禁如获至宝。但他马上失望了，因为我送的东西太少了，一袋饼干和一瓶什么罐头，总共不超过十块钱。当然，并不是我不知道行情，但我就是要激怒他。主任的脸果然很难看。他把我的东西拎了出去，很严肃地叫了一声我的名字，教训我说，不要搞不正之风。我点头哈腰，诚惶诚恐，说是的是的。我说主任你误会了，我不是来送礼的，那袋饼干和罐头是我的晚餐，我还没吃饭呢。说着，我又把东西拎了回来。主任更不高兴了，说那你来干什么，我说我经过这里，忽然想起来该跟你谈谈房子的事情。主任说你来了才多久嘛，还有很多人比你来得早都没有房子，我说，那不等于我就不该要房子，对吧？单位又不是没有房子，它们不过是被人租出去了。主任大喝一声：你听谁说的？我说，这不是明摆着的吗，谁不知道呢，都是公开的秘密了。主任缓和了些，说，你的房子，又不是我一个人说了算，你应该找院长去。我说，我已经找过院长了，他叫我来找你。

现在想来，我是在故意向后勤主任挑衅。自然，我不会占到什么便宜。他要整我，太容易了。此后，他果然在很多地方卡我，找我的茬子。有什么福利，他也故意瞒着我。我也不怕他，跟他吵。他明明知道这些事情是瞒不过去的，那他为什么仍要固执地这样做呢？只有一个解释，那就是，他在等着我跟他吵架。跟他吵架，真是一件酣畅淋漓的事情，我们隔不了多久就要吵一次，不是我找他吵，就是他找我吵。我们好像对彼此产生了依赖。我们互相仇视又同病相怜。每次吵完架，我感到胸中块垒顿消，这时我就上前去拍拍他的肩膀，说我们找个地方喝酒去，他居然也没反对。在单位门口的小酒馆里，我们成了热烈的好朋友，而一到单位上，我们又剑拔拨张。直到有一天，他忽然泄了气地对我说，你已经是名人了，我儿子都知道你，买了你的书来看，还说一直想认识你，可你干嘛老是欺负我这个可怜人。借着酒兴，他竟号啕大哭起来。

我吃了一惊。我意识到，我对他是过分了一点。平心而论，后勤主任是个老实人。至少是貌似老实，不然领导不会让他当后勤主任。他的贪婪也是明摆着的，不像有的人隐藏得那么深。我之所以跟他对着干，动不动就跟他争吵或故意捉弄他，也全因为他是后勤主任。而在任何单位，后勤主任跟其他职工基本上是天敌，就像学生和食堂的大师傅一样。在简单粗暴的环境里，我也变得简单粗暴了。记得在中学读书时，我们总是偷偷把死耗子或晒干的狗屎藏在大师傅那潮巴巴、几乎发了霉的被子里，有一个大师傅因此而小便失禁，要天天晒被子，听说后来一直都没找到老婆。实际上，在学生与食堂的矛盾里面，那大师傅不过是替罪羊。不过也不完全如此，有一个高个子大师傅，练就了一手让学生们痛恨的绝活，他可以把饭筒糊得看起来严严实实，有棱有角，其实是个空心，随便摇了摇，那饭筒的形状就完全崩溃。碰到熟悉的学生，他就给个实心的。多赚的米和钱又没有他的份，但他就是要这样来显示他的权力和忠诚。后来，食堂管理员要安排自己的亲戚进来，还是把他赶走了，记得他离开学校时，光着裤脚管，卷着一床铺盖，可怜兮兮的，看到人就抹一把眼泪。他的高个子加剧了他的可怜相。后勤主任大概也是这么一个角色。像我们单位这样的学术机构，本来就是一个可怜的角色，每年都要低三下四地向人家要钱。领导的车也是破得不能再破，他们自己也没时间搞学术，除了物色更好的地方调走（前任院长就调到一所大学的新闻传播学院当院长去了），就是跟一些企业跑关系，拉攒助。经常看到院长跟一些企业家从酒店里出来，后勤主任紧跟在院长后面，被人家灌得烂醉。听说有几次还住了院。他喝酒从来不玩花样，一是一二是二，他说酒是粮食做的不能浪费。喝到一定的时候，别人把酒往桌子底下倒，他仍然往肚子里灌。如果有人说喝不下，他说喝不下你别喝，让我来。抓过人家的杯子就倒进喉咙里去。他喝酒不经过舌头，直接往喉咙里倒，发出巨大的一声闷响，显得很扎实的样子，然后他心满意足、甚至有些羞赫地坐下来，类似于女子怀春时的兴奋和忸怩不安。因为经常要陪酒，他肚子大起来，血脂偏高，说不定还性功能下降。如果他在喝酒时出了什么意外，是一定要被追加为烈士的，不然就太不公平了。对于这样为了集体而完全牺牲了个人的人，我怎么能这样对待他呢？我应该同情他而不是把他当作敌人。我的敌人应该更抽象一点而不应该具体到某个人。更大一点而不是更小。不然，我只抓住了敌人的受害者，而真正的敌人逃之夭夭。

　　我又开始了逃会或逃课。这样的机会实在太多了，简直随手可以抓来。我故意不参加某种会议，或在会场上坐在醒目的位置（我很瞧不起一开会便不由自主地往后缩的人，被主持者像驱赶牲畜一样驱赶着：往前坐，往前坐），打开随身携带的书，旁若无人地翻读起来。我真的读进去了。在众目睽睽尤其是领导的严厉注视下读书，真的有一种快感。我微笑，领首，猛然击掌。当然，我也可以忽然站起来，穿过长长的走廊向外走去，就像当年穿过操场。不同的是我不再提心吊胆，担心那些碉堡或探照灯了。我昂然而去。有一次，一个重要部门的官员来单位开讲，那个家伙腐朽透顶，我实在难以忍受。大家嘀嘀咕咕的，嗡嗡的声浪几乎要盖过台上的扩音器。好像下面是一堆火药，只要一个火星便会引起一场爆炸。这时我又忽然站起，大步朝外面走去。我以为只要有人带了头，会有很多人跟在我后面跑出来。这时全场静寂，我听到自己的脚步在空洞的过道里越来越响。没有一个人出来支持我，他们都在可耻地沉默着。不过这也在我预料之中。我没有停下，依然傲慢地向外走去。我激动得更厉害了。我甚至还像枚钉子一样站在大门口，颤抖着点了一支香烟。毫无疑问，这次更为艰巨的挑战增加了我的快感。胜利的激情像潮水一样淹没了我。此后的几天,我必定在一种亢奋的余波中奋笔疾书。

我发现,如果过一段时间没开会或派我去参加什么学习,我就躁动不安。我软沓沓的提不起精神。文章也写得零零散散,没有光彩。当我接到会议通知的时候,那种兴奋是难以言喻的,就好像接到了一份战斗的邀请。我把讲台上的那个人想像成一个暴君。实际上他也是一个暴君。他的发言荒唐透顶,完全是自欺欺人。这时我恨不得上去揪住他的脑袋,把它往墙上撞,或狠狠扇他几个耳光。他的暴力不来自于棍棒(即使要用到它们,也不劳他亲自动手),而是来自于语言,来自于权力。软暴力大概更令人难以承受。它像塑料泡沫一样从四面挤压着你,让你喘不过气来最后窒息。他在空气和水中散发毒素,让你不知不觉中毒而又无处可逃。这是世界上最严重的环境污染。不行,我必须离开这里。我必须有所表示。哪怕别人在背后朝我放冷箭我也不怕。是的,我经常听到那些冷箭在我耳边呼啸而过。他们平庸的心灵,最适合盛放嫉妒的火炭。我的敌人,时而是一个人,时而是一个整体。有时候他越来越抽象,有时候也越来越具体。我躲在语言的战壕里向外射击。他人即地狱,好像是一位存在主义大师说的吧?而另一个人则说,存在即合理。我的意见与他们都有所不同。我要说的是,人必须有敌人,即使没有,也务必要设定一个,就像民兵(这个词颇有些意思)在练习射击时,必须要扎一个草人。这时,草人就是他的敌人。从某种意义上说,人与敌人是亲密战友,是合作伙伴。我们相克相生。是敌人使我们目光炯炯,永葆青春。他们是火焰,是我激情的源泉。我对自己的环境很满意。我已经完全习惯了它,并产生了某种依赖,因为它可以让我时常处于战斗状态。说实话,我很担心社会进化得太快,有一天我会没有敌人,那我的所有努力都毫无意义。我要阻止这一天的到来。

不觉岁月蹉跎,而我,也已功成名就,弟子众多,与M南北分庭抗衡。学术界有"南W北M"之称。我的著作被一版再版,同时还有大量的盗版或私下传阅。有一天,我忽然发现自己已经不能逃课或逃会了,因为我已经坐到了主席台上,麦克风正对着我。单位上的例会我可以不开,谁也不会管我。我终于争取到了不开会的权利。但我仍免不了被人请去授课讲学。我摸了摸后脑勺,我想,我这块反骨,现在还有什么作用呢?为此我十分苦恼。我知道,当我失去敌人之时,也就是失去自己之日。如今,我也在台上滔滔不绝,而我的意识却脱离了我的大脑。我有些茫然地盯着台下。一次,我应邀去一所大学讲课。我像往常一样在嘴巴的惯性里忘乎所以,但这时,我忽然看到有个比我年轻的家伙从座位上站起来,头也不回地朝外走去。一片静寂,台下的目光又把我推到了风口浪尖。我像是被谁狠狠扎了一针,不禁兴奋得面红耳赤起来。

别　问

　　事情的起因有些莫名其妙。他们正坐在那里吃晚饭。起初还有说有笑的。她给他讲刚从电视里看到的社会新闻,一个女教师的艳照被同事传到网上去了。一个老年人在超市的抢购活动中被挤死。当然这样的话题本不应当讲,但今天女儿放学后直接去了她外婆家跟表姐玩去了,在那边过夜。幸亏还有个表姐,不然孩子的孤独可没法说。他则讲着单位或公交车上的见闻。比如一个女乘客对司机大骂,原因是司机叫她给儿子买票。司机目视前方,脸却在不断发胀。他真担心司机控制不住情绪忽然把车开到河里去或撞向某建筑物。他不禁瞪了那女乘客一眼。在社会上混了这么多年,还没学会保护自己。如果对方张牙舞爪地扑过来,并且紧接着从她背后挺出一条彪形大汉,那他就吃亏了。不过也说不定他这样做正是在保护自己,正是他的怒目而视所形成的压力,使得女乘客悻悻住了嘴。说到这里,他不禁有些得意起来了。他又说到,有个同事他一直认不真切,在单位上他能一眼把对方认出来,可出了单位大门,他就认不出来了。刚才等公交时,看到有个人也在那里等车,很像那个人,他想跟对方打招呼,又怕认错了人,不打招呼,又怕人家说他傲慢。他看一眼对方，对方也看一眼他，这使他更加怀疑对方就是那个同事。等他终于鼓足勇气来跟对方打招呼，可对方已经上车了。他说，说不定他又得罪了人。她说，你也是，连本单位的人都认不出来。他说，我眼睛近视，又不喜欢串门，那个人在楼上办公，我也只在单位开会或搞活动时见过。这时他忽然想起什么来，说，对了，明天要起早，单位又要开会。

她说，明天是星期六，怎么也要开会？

他说，你还不知道我们领导，学习文件最有劲了，恨不得晚上都让我们加班。

她说，人家工厂，也讲个劳动法呢，你们机关单位，反倒不讲劳动法了。

他说，嘿嘿，照你的逻辑，法院的人永远不会犯法了，可实际上，说不定他们每天都在犯法。

她说，是啊，你看省里前段时间搞的那个活动，一千多小学生，为了一个仪式，排练了一个多月，不但耽误了功课，很多孩子都练哭了，天天哭。我心疼女儿心疼得要命。

他说，关键是，还要让每个孩子和他们的家长觉得有机会参加这项活动，很光荣。

她说，就是。这段时间，你好像会议特别多。

他说，什么"你好像会议特别多"，又不是我要开会。

她说，说错了，应该是"你们"。我知道，跟你说话可得小心点，你喜欢钻字眼。

他说，不是什么钻字眼，而是准确不准确的问题。现在，我越来越不喜欢人家用"我们"这个词了。比如明明是他个人或某个组织的意思，我又不属于他那个组织，所以我就请他不要用"我们"。常有人出来代表"我们"，我可没授权给他。

她笑了起来，说，看来，你越来越难说话了，难怪在单位上跟人家处理不好关系。

他说，关系是明摆在那里的，要处理干什么？上班时是同事关系，下了班，是朋友的就做朋友，不是朋友的各走各的。

她说，好是好，可是提职就没你的份了，这个先进那个先进也轮不到你了。

他说，那就老老实实当后进，我在报纸上看到，什么地方有个公务员，还曾被评为先进个人呢，谁知他白天上班，晚上跑到僻静的地方去抢劫。

她说，他干吗要这样呢？赌博输了钱还是怎么的？

他说，报纸上说，那个人可能心理有问题。

她说，这倒是有可能呢，他工资那么高，犯不着去抢劫。

他说，我倒觉得，他是想故意破坏公务员的形象，你没听说，现在有一帮人，被称做夜间人，他们白天在单位上循规蹈矩，不能说的什么也不说，到了晚上，他们就在一起喝酒骂娘（当然用的是公款），想说什么就说什么。他们家里，有许多从书摊上买来的地下读物。我猜想，这个人大概也是压抑得太厉害了。

她说，人都是复杂的。

他说，问题是，谁让人们这么复杂？有人说生活有病，人就有病。正如哪里有虐待，哪里就有受虐狂。我一看到那个新闻，马上就理解了他。你忘了吗？去年，有个人利用他单位的名义招摇撞骗，后来被抓住了，问他为什么要这么做，他说，他就是要故意破坏单位的形象。还有一个银行经理，问他为什么要贪污，他说，如果他不这样做，你们就发现不了银行的漏洞。好像他的以身试法，倒像是黄继光堵枪眼似的。

她说，听你这么一说，我也长了不少见识。

他嘿嘿笑了两声，说，我也无非是过过嘴巴上的瘾。

她说，不是说明天陪我去买衣服吗，看来你又要说话不算数了。她知道，后天他要猫在家里打一天电脑游戏。都三十多岁的人了，还像个小孩子似的。难怪很多人反对小孩子打游戏呢，大人都这样，何况小孩子。有一次，她表示了不满，结果他们吵了起来。他说，我在外面那么忙，只剩下这么一点乐趣了。一听他这么讲，她忙说，对不起，我错了我错了。她说得很硬。当然她这是赌气。过了一会儿，他又来安慰她，说他是个急性子，吐枣核往往把枣肉也吐出来了。其实他这个比方打得并不恰当，她很想问他哪是枣核哪是枣肉，想了想还是算了。她只是憋着气，不理他。结果那天他没敢打游戏，坐在那里装模作样地翻报纸。他们订了一份晚报，有几十个版，看快一点，一分钟可看完，看慢一点，可看上一整天。房地产广告和股票行情还有各种招租信息占了报纸的大半。推销报纸的人说，订了它，将来卖废报纸的钱比订报的钱还多。也就是说，完全是白读。也的确是白读，无论它多少版面，他看了依然什么也没记住。然而到了晚上，等她睡着了，他偷偷爬起床，跑去开电脑。她暗暗好笑，其实她哪里睡着了。

这时他说，是啊，衣服。

他忽然沉默下来。

她瞧了他一眼。他就这样。有时候，她真搞不懂他。做了多年夫妻，可仔细想来，她其实并不懂他。她不知道他又想什么问题了。他嘴里说着"衣服"，心思却绝对不在衣服上。他这人容易走神。而且还不喜欢别人在他走神的时候去打扰他。但现在是吃饭的时候，气氛可以活泼轻松一些，于是她忍不住问他：你在想什么？

谁知他忽然顶了一句：你怎么老问我这个，只要有个脑子，当然会想点什么，但内容那么多，一下子哪说得清楚？

她脸色惨白，手颤抖了一下，差点没把筷子掉到桌子上。

见她这样，他马上后悔起来，刚想说什么，她马上说，我知道了，你不用说。

他一副懊悔的样子。

两人低头吃饭。饭菜简单而清淡。不，清淡是对的，却不一定简单。在菜的荤素和颜色搭配上，她还是下了工夫的。他不吃辣，她喜欢辣，但她尽量少放辣或不放辣。他有慢性咽喉炎。因此他很讨厌在外面吃饭，可有时候，单位上的应酬是免不了的。每次回来都很不舒服的样子。他喜欢她炒的菜。她说，炒菜其实有个最简单的出味方法，那就是，用素油炒荤菜，用荤油炒素菜。他一想，可不是这么回事，便说，这可是一条名言。她也仿佛为向他贡献了一条"名言"而高兴。现在他故意大口地吃着她炒的菜，像是在讨她的好。他夸张地咀嚼着，一边看她的脸，希望她扑哧一声笑出来。可她似乎视而不见，根本没看他的意思。他只好没话找话，夹了一捃菜到她碗里，说，你多吃一点。她把菜夹回盘子里，说，我吃了很多，你自己吃。他说，你知不知道，我单位上的小柳又在闹离婚呢。他说，那天开会，我跟小崔坐在一起，他轻声问我知不知道，我说我怎么知道，他便把经过都告诉了我，这次小柳不是跟那个同学，而是跟一个什么公司的出纳。

她说，不到半年闹了两次离婚，看来他是一定要离了，如果我是他老婆，就毫不犹豫地成全他们。

他说，离婚还是不好，离婚有什么好，我总觉得，可能是小柳经历得少，对异性没有免疫力，不然怎么老是这样呢，你说对不对？

她说，这个只有你们男人知道了。

他故意装出失言的样子，哎呀了一声，见她果然中计抬眼望着他，他赶忙递上自己的笑脸，说，瞧我，好像我免疫力强是因为经历了很多似的。

她似笑非笑，说，这个也只有你自己清楚了。

他叫了起来，说，你看，果然，你冤枉我了吧。

他又故意把一块生姜当作肉块，夹起来咬了一口，夸张地吐出来，说，怎么又咬了一块生姜。因为有一次，他误把生姜当肉块，惹得她一阵好笑。

她说，好了好了，快点吃，吃完了我好洗碗。

他说，今天我洗碗。

她说，不用。

他还想说什么，见她已经起身，把自己跟前的碗筷、碟子和一个已经吃完的空盘子摞在一起，拿到厨房里去了。她已经打开了水龙头。这等于是在催促他。

他不由得瞪了自己一眼。如果对面有一面镜子的话，他肯定会看到自己懊恼的样子。他简直有些痛恨自己了。瞧啊，他又不知不觉讲起单位上的琐事来了。其实他最讨厌唠叨这些鸡毛蒜皮的事情。每次讲完就后悔不迭。不知从什么时候起，他们坐在一起吃饭时，聊着的就是这些。他在单位上过得不开心，他的性格，根本不适合在这样的单位。这样阴气很重的单位，总给人一种凉飕飕的感觉。似乎到处是冷箭。一个个都是蹈虚的高手，不知道他们哪一句话是真的。在单位上混了这么多年，他的确还跟个孩子似的，一点都不成熟。所以大多数时候，他只有选择沉默。他还记得多年前读过的一首诗："必要时学会摇头／必要时学会摆手／假如头和手都不自由时／你得学会沉默。"他不关心单位上的那些明争暗斗，更不会参与其中。别人告诉了他，他也只是嗯啊点点头。可即使他不关心，还是有很多事情会跑到他耳朵里来，有些事情的确荒唐好玩，比如局长每次下班时，总有几个人等在大门口抢着给他拎包或拉车门，弄得局长每次都像被绑架了似的。诸如此类。他听人说了，也就不知不觉跟她讲起。是啊，为什么一定要讲呢？他恨自己的这个不知不觉。这使他悲哀地意识到，他跟那些鬼鬼祟祟的家伙好像是一路货色。

他三下两下吃完了饭，把碗和盘子送到厨房里。她接了过去，依然没说话。

他只好回到客厅里，闷头翻那份已经翻过了一遍的报纸。

按照每天的生活程序，现在他们该去外面散步。据说每天步行一万步，才能保证身体的健康指标。她解下围裙，他则重新穿上了下班回来后脱下的裤子和袜子。然后她拎起垃圾袋，他拿钥匙关门打好保险，一前一后下了楼。

她把塑料袋扔进了垃圾桶。每次他都提醒她不要用手掀那个桶盖，只要把它放在旁边就行，可她每次都忘了。她扔垃圾的时候，他继续往前走。路两旁停了好几辆车牌带"M"和"O"的车子，看来小区里在机关上班的人还不少。据说全国人民每人每年要为公车支付七八百元。恐怕在一些穷地方，一个成人的年收入也只有两三千元吧。不知道是看到了这些公车，还是因为和她闹了一点别扭，或者看到她又用手掀开了垃圾桶盖，他加快了脚步。有时候他会为诸如此类的事情生气。小区不大，他很快走出了大门，旁边有一家小超市，他回头一看，她已经不见了。他以为她生气了，回去了，便也赌气似的进了超市，看有没有可买的东西。有一次也是这样，散步时她生了气，刚开始他以为她走得慢，便等了一会儿，谁知等了好几分钟，还没看到她。他便买了一大堆东西，弄得她心疼得不得了。因为这家超市的东西比前面大超市的要贵。这个方法行之有效，现在他准备如法炮制。可这家超市的确也没什么好东西可买。他转悠了一会儿，往门口一瞅，却见她正站在那里，不耐烦地捋着头发。他找到了借口似的忙从超市里出来，说，我以为你又生我的气，回去了呢。

她说，是啊，我本来是想生气的，你径自在前头走，不理我，但既然你已经生了气，我就偏偏不生气了。

他说，我哪是生你的气，我在想问题呢。

她刚想张嘴，马上反应过来似的及时把嘴闭上了。他们什么也没说，沿街道往前走。

他们的散步，并没什么新意，每天的老路，从一条街到另一条街，绕上一圈，又回到原地。他单位的一个领导，据说发明了一种绕桌子散步法。这样就不用出门。怎么又想起了单位。他顿了顿脚，好像把意识里的单位赶跑。有几回，他们想开辟一条新鲜有趣的路线，结果发现那里太糟糕了，路面坑洼不平，路牙子上全是店铺里泼出来的脏水。有家餐馆为了排油烟，撬开了一块窨井盖，污浊的油烟就从那里冒出。另一个路段，旁边接连开着好几家大规模的声色消费场所，老远就闻到一股浓艳的脂粉味。他们觉得还是走原来的路好，反正是散个步，就不要追求什么新意了。

这时他们走到了一个十字路口。街边有一伙老年人在跳扇子舞。有一次，他对她说，他们迟早也要加入到那里面去。她说，不管怎样她都不会去。他开玩笑说，是啊，想到有一天他们也在那里面，不免太滑稽了，他们又不是没事做，是不会"沦落"到那一步的。他们很讨厌做着与许多人一起整齐划一的事情。他们可以散步，看书。他们都会有一头银发，目光清澈，神态慈祥。这时，他停了下来，问她走哪边，一边往大超市，一边是一所学校，再往前走还有一个大广场。她说，随便。他说，那就走学校这边吧。他还是喜欢学校的味道。喜欢那充满梦幻色彩的灯光。过马路的时候，他抓住了她的手。马路越来越宽了，不这样他不放心。有些司机不太遵守交通规则，尤其是那些摩托。过了马路，她就把手抽回去了。他们还是一前一后走着，跟往日并排走着不同。他知道，他们之间还隔着一点什么没有消除。他说，你还在生我的气啊？她说，没有，我不生气。他说，我还不知道你，你现在说不生气的样子，就是生了气的样子。她说，真的，我说没生气就是没生气。他说，那你干吗不笑？她说，好好的，笑什么，不怕别人说你是疯子啊。他说，正因为好好的，才要笑嘛。她说，笑不出来，那不是假笑吗？他说，为什么要假笑呢，要笑，当然就要真笑，笑不出来，就说明你不高兴。她说，不高兴就不高兴，难道人家连不高兴的权利也没有吗。他说，可我希望你时刻都高兴，说实话，你是不是还在生我的气？她说，我没生你的气，我生我自己的气。他说，你又不是不知道，我最不喜欢人家问我那句话。她说，我知道，所以话一出口我就后悔了，我总是不长记性，一高兴就忘乎所以了。他说，你看你，还这么说，其实我说的是实话嘛，当时脑子里想了很多，你一问，我不知从哪里说起，就那样了。她说，好了，不用再说了。

他讪讪的，说，好吧，不说。

他试着去拉她的手。她没让。

今天是周末，宿舍里没亮灯。这是一所重点高中，以培养文科生而著名，他的好几个领导和同事都是从这所学校毕业的。路灯照在树上，树叶绿得发亮。小草们像举重运动员似地举着跟它们的身体毫不相称的白色花朵。想到现在那些朝气蓬勃的青年，迟早要像他一样无聊消沉，他不由得呼出一口气来。这里有很宽的人行道，他们不知不觉还是并排走着了。只是他们都不说话。

他想，的确是好笑。平时散步都是她拉他的手，而他总要找出各种理由来让自己的手逃脱。他们的手紧紧拉着，给他以窒息之感。它们互为坟墓。这句话吓了他一跳。他说，我们来拍拍手吧。就把手从她那里抽了出来。或者说，我鞋里有沙子。说着便停住脚，把鞋子脱下来倒了倒。他喜欢冷天，那样可以把手插在各自的衣袋里。天不冷，他借口要多活动。他不喜欢两只手绑在一起黏乎乎的感觉。那样，整个生活就不能透气了。当然，这一切得巧妙地进行，不要让她感觉出来。不然她会说，你怎么啦？在想什么？难道你不爱我了吗？天啊，女人总是那么喜欢上纲上线，就像他单位的领导。下午，领导又找他谈话了。领导叫了一声他的名字，说你到我办公室来一下。他不知道领导找他干什么。领导喜欢别人到他办公室去坐，主动交流思想。领导是这么说的，他说思想不交流是不行的，流水不腐户枢不蠹，多交流了，才能互相了解。他站在那里。领导说你坐啊。他记得领导以前说过，不喜欢职员站在他面前。"站着会给我压力。"领导说，"交流思想要在完全平等的状态下进行，领导和下属，就好像是一根连通器，在交流之后就会达到和谐平衡。"他点点头。这是多年的工作经验告诉他的。点头反正没坏处。但他经常这样点头，领导就对他的点头怀疑起来。领导说，最近在忙什么？从没见你主动来我办公室，要多交流，现在是信息社会。领导的确是领导，对一些词的理解，跟他完全不一样。比如领导从连通器想到平衡，或从平衡想到连通器。在领导看来，信息社会就是要更加毫无保留地把内心的活动说出来。这一点，他当然是不会干的。他很早就读过历史。此后他就比较谨慎。他一向以为自己是个比较早熟的人，没想到还是常常得罪人，尤其是常常得罪领导。他的一些跟连通器无关的言论和想法，不知怎么跑到领导耳朵里去了。别看他在领导面前什么话都不说，可在其他场合，还是一不小心就把内心的真实想法说了出来。难怪领导总是说，你有什么想法，可直接跟我交流嘛。起初他没听出这句话的弦外之音。直到有一天，领导把他叫到办公室，既和蔼又严厉地说，你到底在想什么呢？

今天，领导还是这句话。领导从宽大的无框眼镜后面打量着他，说，我真搞不懂，你这个人，到底在想什么呢？

领导的宽眼镜让他想起两个词，一个是宽大处理，一个是坦白从宽。真的，他怎么也赶不跑这个奇怪的想法。

他说，我什么也没想。

领导很气愤地说，不可能，长着一颗脑袋，什么都没想是不可能的，这种话三岁的小孩子都不信，哲学家早就说过，人是一棵有思想的芦苇。

他说，当然也不是什么都没想。

领导说，你看看，你看看，我说对了吧，那你快告诉我，我们来交流交流，你知道，在我们这样的单位，互相交流是很重要的。

他说，问题是，想的都是些杂七杂八的事情。

领导说，这要什么紧，潜意识才是意识的真正核心。

他说，我说的是实话，我想的都是些鸡毛蒜皮的事，不值得说出来。再说现在我基本上都忘掉了。

领导重新气愤起来，说你看你，你看你，对你，我简直是怒你不争了！

他说，您要生气我也没办法，我真的不记得了，我总不能从早到晚把自己的什么想法都记下来。

领导说，要是那样就好了。

她忽然停了下来，问，你在嘀咕什么？

他做出如梦方醒的样子，说，我嘀咕了吗？

他暗暗发笑，趁机抓住了她的手。

这次她没躲。他用力把她的指尖捏了捏。

又是一个路口。过红绿灯的时候，他终于把她的手完全握住了。她的手汗津津的。那时候听人说，女人的手心出汗表明她爱你。那时，他总是急不可耐地去检验她手心里是不是有汗。他们手拉着手散步。他非常喜欢她手心的温度和湿度。像一朵小小的火苗。后来，不知不觉的，他们就没空手拉手散步了。即使拉手，拉的也是女儿的手。再后来他们就习惯了不拉手的散步。仿佛一切都是自然而然的。甚至有一段时间，他们根本不散步。又开始散步了时，再拉着，总觉得疙疙瘩瘩的，一点也不爽快，为此他加快了脚步，像是要甩掉生活的琐屑和平庸。

现在，她的手反过来紧紧攥住了他。像卷舌音，又快裹得他喘不过气来了。他想，他们的这一次小小的争执和赌气又要以喜剧收场了。以往，不都是这样的么？有一次，不知为了件什么事，他们一整天没说话。结果，等晚上终于说话了的时候，她哭得一塌糊涂，像是决堤的洪水，然后又说又笑地，跟他说了大半宿的话。他已经猜到后面的程序了：回家，舒舒服服洗个澡，靠在沙发里看一会儿电视，然后心照不宣地脱衣服上床。好像随着年龄和婚龄的增长，他们的情感分泌系统已经出了问题，需要不断地去刺激，才会有所分泌。如果提起刚才的赌气，她会说，谁想跟你吵啊，每次吵，我都后悔得要命，可你的心真硬。她说，难道你还不知道我啊。他忽然对自己的形象和这一喜剧性的结尾讨厌起来。既然这样，他又何必在乎那么多呢？他完全可以像在单位上敷衍了事，对谁都点头，对什么都点头。别的他不会，难道消极怠工也不会吗？他发现，现在单位上，似乎谁都在混日子、消极怠工，整个城市都在混日子消极怠工，因为这已经成了他们仅存的反抗方式。不愿开的会，可以睡觉。不愿做的事，可以随便应付一下。反正什么都有公式，谁也不会因此而犯错。他以为在家里应该不一样。他希望在家里做个认认真真的人，言行一致的人，不敷衍了事的人。不然，家庭和单位还有什么区别呢？难道他刚才的一次较真，仅仅成了他们家庭或情感生活中的一个喜剧性的小插曲？难道它是一粒沙子，仅仅为了使他们互相分泌感动和刺激出一颗廉价的家庭生活的珍珠？

又一个路口。其他的路口都装了摄像头，用来监视违规车辆，可这个路口没有。他猜想因为前面就是区政府。到底是因为区政府的官员们素质高不用摄像头来监视，还是故意不装摄像头使得他们可以逃避监视呢？反正这个路口很乱，红绿灯根本不起作用。区政府旁边是刚建成的一个广场，来来往往的人和车辆很多。每次经过这里他都很生气，甚至想朝某辆违规车辆冲过去，以此来给对方制造一点麻烦。

她说，真乱。

他说，是不是去广场看看？

她说，不去了。

他忽然说，去，怎么不去呢，去看看。

他们正准备过马路，一辆车忽然从左边冲了过来。她用力把他往后一拉。

他说，干吗拉我？

她说，你没看到多危险吗？

他说，是它闯红灯，又不是我闯红灯，怕什么。

她说，是你厉害还是它厉害？你的身体有它硬吗？

他有些生气了，说，你要是不拉，我们已经过马路了，再说像你这样，我往前走，你往后拉，说不定刚好被车撞上。

看来她不想轻易破坏他们已经恢复了的亲密感。她轻声说，好了，别发这么大火，你这个人，我还不知道，喜欢为一些事情莫名其妙地发脾气。

他甩开她的手。不过马上又狠狠把它抓住了。

他不由分说地拉着她从车辆和行人的缝隙里左冲右突地过了马路。她把手抽出来，拍着胸口说，吓死我了。

她又说，你把我的手都攥疼了。

他说，对这些人不用客气，太好说话了，他们反而会觉得你好欺负。

她说，可你也太猛了。这回，她真有些怪他了。

他很高兴，说，没事，你一猛，他们反而怕你了。

她说，这样，你跟他们有什么区别？

他说，也许本来就没有区别。没有区别才好。

她的手用力反咬了他一下。

他一副不怕咬的样子，仍紧紧攥着。

路过区政府大院，见传达室里的门卫正仰着脸在那里看电视，一副刚刚吃了红烧肉的样子。里面的办公大楼里还有几扇窗户亮着灯光。想起报纸上说一个副省长曾赞扬一个腐化干部"经常工作到深夜"，不禁笑了起来。

老远就听到了广场上沸腾的音乐。进去就见一尊巨大的钢塑冲天而起，比较抽象，看不出是个什么造型。然后是些有枪和刀的浮雕之类。一只好像煮得通红的大铁蟹在那里张牙舞爪地旋转，小孩子在大人的带领下兴奋地坐在那些爪子里，蟹子像是要把他们抛下来，但马上证明只是虚惊一场，孩子们哇哇叫了起来，另一部分大人则在圈外心满意足地等着。不远处灯光耀眼，那里临时搭了一个台，一个小伙子举着喇叭喊着什么，台下的仰着脸，跃跃欲试。原来是一个故作噱头的小商品拍卖会。比如一支钢笔啊，一辆电动玩具车啊，一个按摩器啊，等等。

他们走下台阶。喷泉那边有几个大舞场。不同年龄层次的人都在那里跳舞。一些滑冰鞋和跷跷板在广场穿梭游弋。草坪边的各式健身设施上吊满了人。他们的运动看上去也比较抽象。还没到时间，喷泉没有开。据说这是全省最大的喷泉广场。现在什么都要搞个最大。他们绕广场走了一圈。广场中心是一个水泥筑成的高台，上面还有旗杆，适合话筒和讲演。几个小孩子在那里装模作样，大概很想像个什么伟人似的站在上面喊点什么。别说小孩子，就是大人也免不了有这样的冲动。他说，如果我手里有一只喇叭，说不定就站上去了。她说人家肯定会以为你是神经病。她眼盯着跳舞的那边，很想到那里去看看。她喜欢看那种快节奏的。每次看人家跳舞，她也想跳，身体的各部分好像也要跟着动起来。可她跟他一样没有跳舞的细胞，只好还停留在看的层次。

他不让她看，把她拉开了。她的手生硬了一会儿，渐渐地，也就软了下来。远远望见刚才经过的那个有聚光灯的地方，推销正在进行。他知道她不喜欢那些地方，偏拉着她往那里走。她的手果然又生硬了。他嘴角浮出一丝笑。这时台上正在叫卖一把玩具枪。起价一块钱，已经叫到了八元。他说，二十元。没人再冲价了。他兴奋地跑上台把那把枪买了下来，气得她直瞪眼。她说你脑子有毛病啊，这把枪在地摊上顶多卖十块钱。

他说，今天高兴嘛，人一高兴就爱花钱。

她生气地在前面走，他装出鬼鬼祟祟的样子跟在后面。他喜欢漫画，有时候也让自己的行动漫画起来。如果没买那把枪，说不定她就笑了，但那把枪横亘在那里，她就不笑。她把她的手藏了起来。

他说，不就一把枪嘛，要不，我把它送给别人。

他对一个路过的小男孩说，来，小朋友，送给你一把枪。

小男孩和他的母亲，捡到了一个很大便宜似的对他点了点头，但看到他后面的她，便拽着孩子抱着枪很快不见了踪影。

她更生气了。

他说，我们又可以手拉手了。说着，把她的手牢牢攥住。她越挣扎，他攥得越紧。她叫了起来。附近的几个人回过头来诧异地望了他们一眼。

离广场最热闹的地方越来越远了。到了僻静的地方，他忽然觉得整个场面很荒唐。每个人都在动着，似乎很有意义，却又毫无意义。看起来喧嚣，其实像荒漠一般死寂。他想找个人吵吵架，比如那个抽烟的人。他闻到了那个人吐出来的混浊烟味。有时候，在公交上，看到有人在旁若无人地抽烟，他恨不得扑上去把对方手里的烟抢过来掐灭扔到窗外去，或狠狠揍对方一顿。不这样这些家伙根本意识不到这是个恶习。问题是，他手无缚鸡之力，是否是人家的对手呢？弄不好就自讨没趣了。一个小青年恶劣地撞了他一下，他几乎破口大骂起来，但小青年也不是好惹的。他们故意蹲守在比较偏僻的地方，经常出没于网吧、歌厅，怀里说不定揣着尖刀。其实，他是个无比懦弱的人啊。但往往是，越是懦弱的人，越会表现得像个暴君。

他忽然有些泄气了。出口处有几个卖旧书盗版书的。他没再去拽她。她说，你又要看书啊，上次不是已经看了吗。他没作声，在书摊边蹲了下来。他知道她对此头疼。知道她现在把眼睛转向了别处，身子也转过去了。这很好。他慢悠悠地翻着书。的确没什么好书，都是些养生、社交和青春小说之类的，偶尔还有一些黄色画报和不知真假的政界秘闻。不过这样的书翻翻也没坏处，至少可以知道历史的另一个版本。

不知过了多久，他忽然抬起头，发现她已经不见了。

但他不急。她提前回去也没用，钥匙在他这里。他瞄了瞄四周，仍没看到她。热闹的那边，人似乎越来越多了，望过去黑压压一片。喷泉也终于开放了。这种没有生命的水伴随着故作高亢的音乐开出了各种虚假而庞大的花。人是可怜的生物，既逃避集体，又常常两眼空洞、可怜巴巴地回到集体中来。

回去时速度快多了。他甩了甩手。他的确感到了某种自由。他很快又来到了那个故意没装摄像头的路口。这时一辆小车从红灯里令人憎恶地冲了过来。他没顾得上看清车牌上的大写字母。但他要阻止它。他忽然毫不犹豫地冲着它走去。他有些幸灾乐祸地想,现在,它麻烦可大了。

一根刺

非事件

事情是怎么发生的，后来他越想越清楚，清楚到像水面的波纹，仿佛伸手就能抓住。然后他可以用力，使水倒流，让事情朝后转。他呆坐着，真的朝水面伸出了手，可总有人跟他形影不离。他刚把手伸出去，马上有好几只手跳了出来把它摁住。

他悚然一惊。波涛迅疾后退。涌动的波涛像张开着不停地伸出水面的小手。本来，他是可以抓住它们的。可现在，他只能眼睁睁看着那双小手离他越来越远。

他不禁有些怨愤地回头望了一眼。

那是星期五。只要把这天熬过去，也许什么都不会发生了。因为双休日他和老婆都会在家里。即使出门也是几个人一起。他清楚地记得那天早上，儿子起床，吃早餐，然后坐在那里做作业。暑假作业只有薄薄的一本，儿子早就把它做完了，他便带儿子到书店里买来课外练习，加重儿子的作业量。看到儿子在做作业，他就感到很踏实，仿佛看到儿子在乖顺地沿着他们设计好的道路前进。但他没想到，等他和老婆上班后，儿子迅速合上课外作业，穿着拖鞋下了楼。

他的单位，其实就在街道旁边，和宿舍楼隔着一块不大不小的草坪。老婆的单位则稍远一些。从办公室的后窗，能望见他家的阳台。他经常站在那里，朝家里吆喝一声，儿子就把脑袋伸出来，仿佛让他检验一下。他挥了挥手，儿子才把脑袋缩回去。但那天，办公室里几个人在打扑克，一个人中途有事跑了出去，他被抓去凑一个角色。一局打完，那个人还没回来，他只好继续打下去。后来的事情，他都是听别人说的。他们说，他儿子下楼后，先在院子里站了一会儿，好像不知道找谁去玩。单位上的同事，也有几个跟他儿子差不多大的，但那些孩子要么到公园或野外玩去了，要么在家里打游戏。他对儿子管得严，不许儿子玩电脑游戏。他相信报纸和电视上说的，电脑游戏对孩子是没有好处的。至于野外，那更不行。最近好几起绑架案，就是发生在郊外。在单位上，除了门卫和刚毕业的大学生，就算他的级别小了。可他们单位把持着全县某一重要生活资料。就是县长，也不敢得罪他们单位领导，这样，干部职工也都跟着沾光。他们单位的办公楼，是全县最气派的大楼之一。他们单位的宿舍，是引人注目的高档小区。在不到五年的时间里，他们单位盖了两次宿舍楼，虽然现在不能叫福利分房，其实也差不多，房子的均价只有市价的三分之一。他能感觉到，许多人在路过他们单位和小区时，眼睛里强烈或阴暗的妒嫉。有一段时间，这里成了小偷最爱光顾的地方，那时房子还没装修，小偷把安放在墙体内的电线都拔走了。有人开玩笑说，大概小偷也以为他们住宅楼里的电线，含铜量比其他地方要高。为了防盗，单位又投资安装了最先进的防盗和监视系统，还真的逮住了两个小偷。

事后，据看到过他儿子的人讲，儿子在院子里茫然站了一会儿，便准备回身上楼（如果真的这样，那就好了）。儿子是个内向的孩子。虽然有时候孩子的天性使他产生某种冲动。上楼时，儿子回头望了一眼，正在这时，却从另一单元楼里走出两个小孩子来。他们肩上扛着花花绿绿的救生圈，朝他儿子喊了一声，说，跟我们去划水吧。那两个孩子都比他儿子年龄小，按道理，儿子是不会跟他们在一起玩的，但儿子向来是很好说话的，什么人跟他玩他都答应。在学校里，他也听年龄小的孩子摆布，受他们的欺负，而他，居然也一声不吭。每想到这些，老婆都很急，说都是你，弄得儿子一点个性都没有。他说这怎么怪我，老婆说不怪你怪谁，儿子的性格一点一滴都像你，你在单位上不也是个好好先生受人欺？

错就错在没教会儿子划水。他是会划那么几下的，就因为会，差点在湖里淹死。那时他还没结婚，人生这截甘蔗还只咬了个开头。事后想想都怕。不是有句古话，淹死的都是会水的人么？仔细一想，还真是。没听说不会划水的被淹死了。正如没当官也就没污可贪。所以他决定不让儿子学会划水。他甚至不想让儿子学会骑车，滑冰，如此等等。

那人继续说，他儿子听那两个小孩说去划水，脸红了，以为对方在嘲笑他。儿子说，他不会划水。

那两个小孩笑了起来，说，连划水都不会，学啊。

于是时间变成了一条直线。他眼睁睁看着儿子沿那条直线不可逆转地走了下去。

后来的事，只有那两个比儿子年龄还小的孩子知道了。他们说，儿子跑上山坡后，停了下来，说要回去，如果被爸爸妈妈知道了要挨骂。儿子真的转身往回走了。他们见儿子真的要回去，就没再理他。等他们下了水，在那里扑腾的时候，才忽然发现，不知什么时候他儿子又回来了，在水的另一头，好像不想让他们知道。他把背心脱了，拖鞋也脱了，为了不让身上有任何湿的痕迹，连短裤都脱了。他把衣服小心地挂在路边的树枝上，然后下了水。

儿子刚一下水，便没了踪影。

后来才知道，那是池塘最深的地方。

这些新兴的小区，占的都是郊区的耕地，池塘便像死人的眼睛那样闭不上。周围的工地既喧嚣又静寂，只偶尔有一两个头戴安全帽、身穿土红色工作服的人出入其中。

他嚎叫着叫人在池塘里打捞了两天。他想不通，一口池塘居然可以藏下那么多的水。难道它有一条暗道通到大江大河里去了？其实他暗暗希望打捞的人永远也找不到他儿子，希望儿子真的跑到大江大河里去了。这样，说不定有一天儿子会忽然出现在他面前，跟他讲自己的冒险经历。在他给儿子买的课外书里，就有不少这样由失踪忽然又出现的少年历险记，只不过，现在儿子让自己成了主人公。所以当儿子面目全非地被打捞上来，他叫了一声，说那不是他儿子。

他感觉自己裂开了。像一只陶器，忽然分成了好几块，每一块都是哑巴。两天来，塘边一直围着人。有附近村子里的农民，也有城里人。起初，承包鱼塘的人不同意抽水，他答应付钱，对方才不做声了。钱是老婆付的。他铁青着脸。他看老婆已完全是破罐子破摔了，那样子，不管别人要她干什么，她都会答应。她像扔在塘边的烂蚌壳，肉从壳里露了出来，发出臭味。他忽然对老婆的形象厌恶起来。

围观的人在窃窃私语，起初他没听清他们在说什么。他猜想，不过是一些表示同情的话语。对于同情，他已经麻木了。但忽然，他像被刀片划了一下似的，浑身哆嗦了一下。

他听人议论，说他是××局的。马上有人纠正说，现在不叫××局，叫××公司。这边哦了一声，说，难怪。那边说，报应。

他猛抬起头，找说话的人。要是找到了，就跟对方拼了。只有一拼，才显得他的命还有点价值。可他明明听到了那声音，却找不到那个人。他试图找到某一张嘴巴，看到的却是所有的嘴巴都在动。他晕眩了。也许，所有的嘴巴都说出了那样的话，那他怎么办呢？难道他能跟所有的嘴巴拼命？他忽然觉得自己渺小起来。那些嘴巴竟像是铜墙铁壁，在它面前他简直成了一只微不足道的蚂蚁。他知道，他们单位在社会上声誉不好。系统的一个领导，曾因贪污受贿和包养情妇被曝了光。可这跟他有什么关系？难道他能管得了他们领导？还有一个人，把雷管绑在身上来闹事。单位报了警，那人被抓了起来，后来被判了重刑。可这跟他也没什么关系。他是单位最不起眼的角色，就是想干什么坏事，也没那个资格。

　　他不知道自己和老婆究竟休了多长时间的假，才重新上班。在这方面，他其实是很感激领导的。领导亲自来家里安慰他，其他干部职工也都来了。领导说，他已经跟计生委打了电话，他们答应尽快办准生证。领导郑重地说，过去的事情都过去了，要乐观，向前看。多年来，领导虽然没提升他，但总的来说，对他也不坏。大概每个单位都有那么一些人，既不会得到提拔也不会受什么处分，从刚进来到退休一直普普通通。他们可有可无，可无可有。

　　老婆单位上的人也来了。

　　这段时间，他和老婆都呆在家里，哪里也不去。老婆天天看着儿子的照片发呆。或者躺在儿子躺过的小床上，一动不动。她像是完全变了一个人，头也不梳，衣服也不洗，结果都是他把脏衣服扔到洗衣机里去。她的样子让他惊讶，刚开始，他难以想象她眼睛里怎么有那么多泪水，一天到晚流个不停，眼睛都好像变了形。后来，整个脸突然凹陷了下去，只有眼睛还鼓着。她变得又黄又瘦，身上发出一种焦味。他窝在沙发里把电视遥控摁来摁去，或者从早到晚就一个频道，懒得去动它。他发现自己对电视产生了依赖，如果不开电视，就感觉天花板压在胸上。大部分时间，他是在沙发上度过的。领导派人送来的准生证，他根本不打算去用它。他和老婆已经对人生失去了兴趣。有一次，他产生了一点冲动，想把老婆的衣服脱下来，给她一点安慰，但看她已经瘦得像卖火柴的小女孩，想到自己那副丑陋的样子，他几乎要跑到卫生间去吐。

　　他对老婆说，他们不能这样下去，要慢慢振作起来。他们试着抬起头出门。他们像特务似的，听楼道里是否有动静。他们怕单位同事或家属同情的目光。那怜悯的神情，似乎已断定他们完全垮了下来，脸上和心里都是废墟。这时他才意识到，和单位同事住在一起是多么不幸的事情，天天在办公室看着还不够，还要在下班后看，双休日看，节假日看，而且冷不丁就跑到家里来，强行谈论单位上的长长短短。现在，又随时向他们表示怜悯，并因此而心满意足。对于很多人来说，他们的不幸是那么的价廉物美。他们已经把房子挂到房屋中介所去了。如果不是这段时间房价在暴跌，说不定早已卖出去了。他们想住到没有人认识他们的地方去。只要他还从这个小区的大门进出，他的伤疤就不会愈合。还好，楼道里没人。他先下去探听虚实，等确定路边或小区门口没什么人，才回头向她招手。他们看了看左右，又看了看前后。他们故意对保安视而不见，飞快地跑到大街上。阳光有些刺眼，人流汹涌着，他们像是坐在舢板上，忽然摇晃了一下。离单位和小区越来越远了，他们不禁松了一口气。然而他马上注意到，不断有人抬头望着他们，或在背后嘀嘀咕咕对他们指指点点。老婆说，那个人好像是她曾经得罪过的一个。她回头看了那个人一眼，对方果然止不住地大笑起来。老婆那个单位，也是个神气得鼻子朝着天的地方，一张脸对人始终是冷冰冰的，有几次，他去找她，看到过她和她的同事们是怎么办事的。当时并不觉得有什么奇怪。好一点的单位，差不多都这样。就像他去市里办事，送个报表什么的。上级公司那些科室的人对他也是这么不冷不热的，好像他有什么私事在求他们，好像热情和笑容也是他们身上的肉，是不会割下来给他的。每次从市里回来，他都下定决心下次再也不来了，可到时候领导一叫他，他还是不得不往市里跑。他这个人心软。如果他跟领导说，市里的人对他态度不好，领导反而会责怪他不会办事，不擅长跟人打交道。紧接着领导就会教训他一通。领导就是这么一个人，对你好的时候，会把你当小孩子，用手摸你的头。对你不好的时候，也把你当小孩子，几乎要你脱裤子打屁股。

好不容易到了菜市场，老婆还慌里慌张的。她的样子，足以让人家怀疑她偷了东西，有几个人果然目光严厉地盯着她的手。她更慌了，一个劲地往他身后躲。她说，那些人都认识她，早已把她认出来了，那些人早就想报复她呢，现在终于等到了机会。他只好安慰她，说她完全是心理作用，人家怎么会认得她呢，不可能的，就好像他到市里去办事，让他最头疼的是一个姓 × 的人，他甚至都有些恨他，一想起他，他便朝想象中的那个家伙揍几拳，可姓 × 的到底长什么样他并不记得，一离开那个办公室他就忘了，下次去找他才又记起来。如果在别的地方碰到了，他是肯定认不出来的。她说，谁像你那样没记性。她又说，她的情况不一样，因为有时候，她的表现的确是过分了，如果看谁不顺眼，或谁抱怨了几句，她便故意拖延时间来折磨他们。她说你不知道，上那个班实在太枯燥了，不这样找点乐子简直没意思透了。他说，即使这样人家也不一定会认识你，因为到处都这样，比如你去盖章，公章明明在人家抽屉里，可人家说没有，要你多跑几趟。比如你去找人家签字，他说这个问题还要研究一下，其实根本用不着研究或早已研究过了。哪怕是上医院做手术，也要递个红包人家才准备动手，不然人家说没空，排队吧。谁要是这么记恨人得费多大脑筋，花多大精力，简直是跟自己过不去。他又说，就说儿子在学校里读书吧，他们也要隔三岔五地去求老师，不然老师不重视你家孩子，把孩子放到教室最后一排。老师没事的时候就研究学生的花名册，看哪个家长当的官大，哪个学生身上有油水可捞，然后对学生说，叫家长到我这里来一下。其实有的老师本身就是官太太，那就更麻烦。为了让家长高兴，老师故意把期末试卷出得很容易，最差的学生也能考八九十分。不过说句良心话，你又记得几个老师？你也无非是在利用她们，把礼品往她们家里一放，你就出来了，撇撇嘴，好像花钱买了一条狗。

　　他小心翼翼地笑了笑。她也笑。还好，这次他不小心提起了儿子，她没生气，没追问不休：儿子在哪里？你说儿子在哪里？你说呀！然后撕扯着他，也撕扯她自己。看来，他们真的已经渡过难关了。他挺直腰杆，想表现得从容一些。谁知正在这个时候，一个人从什么地方冲了出来，大喝一声：是你们啊，好久没见！你们不认识我，我可认识你们。还好，你们终于走过来了，呵呵。说着，用力拍了拍他的肩膀。

他脸涨得通红。许多人回过头来望着他们，他恨不得找个地缝钻进去。很快，人们愉快地跑动起来，好像在欢声笑语。

他们狼狈不堪地从菜市场逃了回来。在单位院子里，他们也顾不上领会同事及其家属们的同情，径直冲上楼。到了家里，她哇的一声栽倒在沙发里。

他开始和老婆吵架。或者说，老婆开始和他吵架。渐渐地，他们都迷上了这一点。吵架前，他们踮起脚来把门窗关好，窗帘拉上，然后开始吵。吵完心情愉快。她脸上甚至还出现了久违的红晕。有一次，吵得正厉害，他看到儿子从房间里跑出来，坐在沙发上，看着他们吵。这是个秘密，他没告诉老婆。他记起来，儿子小时候爱哭，怎么哄也不听，有一次，情急之下他趴在地上装了一声狗叫，没想到儿子忽然不哭了。此后儿子一哭他就趴在地上装狗叫，现在，他也要装狗叫。他说，老婆，我装声狗叫你听听。老婆没理他，心满意足地到儿子房间里去了。可老婆不知道儿子坐在沙发上。他说，儿子在沙发上。老婆说，你有病。但她马上又笑了起来。他忽然想起，好像有人跟他说过，这时老婆是千万不能笑的。一笑，她就完了。为此他很注意地观察着她的脸。一旦发现她笑起来，他就要像灭火一样赶快去把她脸上的笑扑灭。他大叫了一声，窜了过去，把她扑倒在地。他说，我叫你笑，我叫你笑！老婆还是笑个不停，气喘吁吁的，红晕又回到了她脸上。是啊，他要让那红晕像太阳永不落就好了。他已经找到办法了。他忽然激动起来，把手插向她的腰间。老婆奋力挣扎着，他不依不饶。老婆哭了起来，说你去死吧。

看到老婆的眼泪，他放心了。老婆这一句你去死吧，骂得他很舒坦。他欣赏着老婆脸上的红晕，说你真漂亮。老婆说，你无耻。

他说，是啊，还是无耻好。

这天晚上，他忽然有了一个无耻而有趣的主意，那就是，赶快去拍领导的马屁，然后得到提拔。那样，单位上的同事和家属就不会那么轻易地向他表示同情了。那样他进出都有小车坐，不用光天化日在大街上走了。他准备做一个贪官，官商勾结，滥用职权，巨额财产来源不明，私生活糜烂，最后要搞得怨声载道，民不聊生。谁叫他们都那么幸灾乐祸地嘲笑他呢，他要狠狠地报复他们，然后被关起来，拉出去枪毙。他沉浸在自己的想象里。他想，到了那时，让他们后悔去吧。县里曾经有一个人，年轻时热情正派，上进心强，谁知后来莫名其妙地受了打击，坐了牢。官复原职后，就什么都想开了，末了成为震惊全省的大贪官，被打了脑壳。据说临刑前一直开怀大笑。

不过对于他来说，做贪官已经来不及了，那就做一个跟贪官作对的人。他觉得，跟贪官作对很容易，只要跟他们领导作对就可以了。用这个办法，一下子就抓住了问题的核心。比如领导要他去市里送材料，他故意在半路上把材料扔掉，奇怪的是，回来后谁也没提起，市里也没打电话来询问。他把单位上的一些内幕告诉他不认识的人，跟他毫不相干的人。领导说你们要注意形象，不要再乱搞，他偏偏不注意形象，乱搞。他希望那些人去举报他，投诉他。他不但要破坏自己的形象，还要破坏整个单位的形象。要做到这一点其实很容易，如果他把自己的形象破坏了，单位的形象也就被破坏了。他把自己的形象掌握在手中，就能把整个单位的形象掌握在手中。

当然，这并不是说他就和市民阶层的人站在一边了，实际上，他对他们同样讨厌。瞧他们的样子，闯红灯，占小便宜，一点素质都没有。他们天生就逆来顺受，趋炎附势，不配有好的命运，该被奴役，受愚弄，吃带毒的食品，买危房，呼吸被污染的空气。他们强的欺负弱的，弱的欺负更弱的。他希望他们去告他的状，到他单位闹事，甚至游行示威来抗议，可他们谁也不敢，这让他很生气。

这天，他下班后没有回家，跟老婆说要办点事。老婆问他办什么事，他没回答。其实他也不知道要办什么事，只觉得自己似乎有什么事要办。他在街边的树阴里走着。开始还碰到了几个熟人，不过对方在明处，他在暗处，就省了打招呼的麻烦。后来行人越来越少了。他猛一抬头，意识到自己已来到了县城最偏僻的一条街道，这里经常会发生抢劫。还有一次死了一个人。他放慢了脚步。他想，这时要是忽然冒出个人来抢他，他保证不反抗，主动把口袋里的东西掏给对方。他来回走了两遍，并没发现可疑的人。偶尔有人走过，都是成双结队的，看来人们都知道这条街的危险性。他们有些奇怪地瞅了他一眼，仿佛责怪他的胆大。街道很快又空寂起来。他喊道，来呀，来呀！他忽然看见，真有一个女人从那边疾步走来，穿着高跟鞋，拎着包，一副目不斜视、故作正经的样子。他不禁气不打一处来。这个女人，一看就是个头脑简单的，现在，他越来越讨厌头脑简单的人。明明有危险还要傻乎乎地铤而走险。就好像某名牌产品××含量超标被迫降价，没想到买的人反而更多。就像单位上的领导以前都坐小车上班，有一天忽然不坐了，亲自走路了，你便感激涕零。这样的人，就该被奴役受欺凌。那好，他就来教训教训她，让她长点记性。这时，他忽然灵光一闪，有了个一箭双雕的好主意。他猛然从树影里冲了出去，抢过女人的拎包，转身就跑。因为没有经验，他有些手忙脚乱，跑动的时候两只脚绊到了一起，差点摔了一跤。

然而他并没有跑多远。忽然从什么地方也冲出几个人来，把他摁倒在地。对方的力气很大，他一下子就被制服了，叫了声，好痛。

第二天，这件事轰动了全县，××公司员工×××因抢劫被蹲守在那里的警察捉住。据说，为了抓住罪犯，警察已经在那里蹲守了大半个月。犯罪分子终于沉不住气了。报纸上是这么说的。审讯时他把什么都交代了。问他是不是抢劫了十次，他说是。问他是不是还杀了一个人，他咧嘴笑了笑，说是。大家议论纷纷。只是谁也搞不懂，他又不缺钱花，为什么要去抢劫杀人。

他说，你们捉不住我，我还会作案。

警察说，我们不是已经把你捉拿归案了吗？

他说，你们捉住的不是我。

警察可没心思跟这个装疯卖傻的家伙玩文字游戏。审判在即，老婆为他请了律师。律师申请给当事人作精神鉴定，但因此事已引起巨大民愤，被法院否决。

一支录音笔

单位正在召开一次国际性的会议，我也不幸被征用，负责会场的录音和记录。那天，办公室主任周正把我叫去，郑重地交给我一个东西，说，这是刚买的录音笔，很贵的，你用之前务必先看看说明书，一定要把它保管好。

我忙点点头哈哈腰，说，好的好的。

我们单位是个穷单位，以前像十一那么重要的节日，也发不了多少钱，且工资改革后就被取消了。不过穷单位也有个好处，那就是，平时没什么事，上班时也可以到外面去溜达溜达。我经常在上班时大模大样跑到外面去会朋友，淘旧书，买影碟。可领导并不是那么容易安贫乐道的，他们想尽量做点政绩出来，好引起主管部门的注意。他们绞尽脑汁，终于找到了这次会议的由头，赶快写报告，据说已申请到数目可观的资金。为了把这次国际性的会议开好，领导在单位上开了好几次动员大会，想把大家的积极性调动起来，并许诺会后每人将得到丰厚的奖金。现在我算是知道了，只要请了几个外籍的专家（哪怕只有一个），它就是国际性会议。万一没有，到大学里租几个外教或留学生来也行。

我闲散惯了，一下子紧张起来还真不习惯，每天要早起，下班也没有规律。有时候，回到家里，我喜欢的那个主持人已经在和观众说再见了（附带说一句，在我写这篇文章的时候，他主持的那个节目已被取消）。我明显地瘦了，弄得老婆心疼地说，什么会啊，这么折磨人啊。我说，这不能怪别人，只能怪我自己，你不知道，单位上搞后勤的那帮人，开会都开胖了好多。

当然，这只是开个玩笑，闲话少说。我把周正交给我的东西握紧，拿回办公室，打开后找到说明书认真地阅读起来。本来，做会议记录这样的事轮不到我，但这次会议规格之高造成了人手不够。说明书让我看得头晕，不实践光看说明书有什么用，我把配好的电池插进笔肚，费了好一会儿功夫，总算把它的几个按钮搞通。我这人，对高科技产品比较迟钝。我嘟哝了一句，没想到被它记住了，而且声音比我的还大。我吓了一跳，觉得有些意思，又说了句什么，它又录下来了。

会议一连开了五天（再开下去，很多人都要发疯）。我白天录音，晚上整理。我把录音笔悄悄放进会场，像是在放一艘潜水艇，大家都很欢迎。谁发言，我就把它轻轻推到谁面前。有的人似乎怕它耳朵不灵，还特意把嘴巴凑了上去。如果我拿的不那么及时，发言的人会很配合地等一等，或者把说过的话重说一遍。当然这一般是国内的专家。国外的就不管这么多了，要潜水艇赶着他们。在会场上，它吃得饱饱的，拿起来也沉甸甸的。每开完一场会，它都要反刍好几个钟头，有一回我甚至陪它反刍到天亮。

散会了。会场一片狼藉，留下了灾难深重的纯净水瓶子和散乱的纸片。我把录音笔带回家中，又埋头苦干了大半个晚上，终于把所有的材料都整理好了。噩梦般的会议终于结束了，明天又可以过闲散的日子了，看着睡梦中的老婆，我忽然来了激情。会议期间都没好好地跟她亲热了，由此可知我天生不是开会的料。我轻手轻脚到卫生间洗了一把，准备给老婆一个突然袭击。她是很喜欢我这么干的，好像我是天外来客，给她带来了天大的惊喜。在袭击之前，我忽然瞄到了桌上的录音笔，不禁灵机一动。反正里面的录音已经没用了。我发现，人在干这种事的时候有一种强烈的复制的欲望（难怪那些贪官总是栽在日记或录像上，好像傻乎乎地提前写好了供词），最起码也会想到镜子什么的，刚结婚那阵子，我们经常对着镜子做爱。一到镜子里面，我们就狂呼乱叫充满了激情。是啊，我们的生活已经好久没有激情了。像镜子一样蒙上灰尘了。现在，我要擦一擦那面镜子了。想到这里，我的身体已经像个举重运动员那样提前激动起来了。我把录音笔悄悄打开，放在不易被老婆发现的地方，然后朝她进攻。她故意作出抵挡的样子其实是在诱我深入。说实话，平时在交战中我的状态并不怎么好，有一次她回娘家小住，我梦见的居然是陌生女人。这次我却一路高歌猛进，老婆也不甘示弱。事毕，我把那个录音笔拿出来，朝她晃了晃。

当晚，我们影像重叠地又干了两次，几乎一夜没睡。

天亮时，老婆说，快把它删了。我说好好，我打着呵欠装作删除的样子，其实已悄悄把它保存到电脑的硬盘上。到了单位，我把整理好的会议记录放在抽屉里，等着周正叫我交上去，又检查了一遍录音笔，看是否把昨晚的文件彻底删除。别像那些演戏的，也弄个艳照门之类出来。可我等了一上午，周正也没来电话。当然，我本来是可以主动交上去的，以前，若碰上这样的事情，我总是像销赃一样赶快脱手，不想公家的东西在我手上多停留一秒。但这次，大概是我有了私心，想这支录音笔在手里多呆段时间。我已经领略到它的一些好处了，我想，什么时候也买一支来挂在身上，肯定挺好玩。下班时，我在走廊里碰到了周正，我想好了，如果他问到，我就说记录还没做好。不过他似乎忘了此事，跟我点点头就匆匆下楼了。下午上班时我又碰到了他，他还是没有问。

第二天是星期六。也就是说，它至少还可以在我手里呆上两天。我把老婆和女儿的说话声悄悄录了下来，放给她们听，她们乐不可支。女儿把它拿过去，学了一声猫叫。过了一会儿，女儿上兴趣班去了，别看她虽然是小学生，可比大人还忙，基本上没有礼拜了。老婆打扮了一下去超市买菜。她问我去不去，我说不去，我要看电影。实际上根本不是，等她走后，我立即行动起来。我把录音笔带到卫生间去，对着便池里撒了一泡尿，录完后，我听了一遍，感觉不错，像是一条瀑布。这家伙的确功夫了得，居然把一条小便录成了一条瀑布。我准备等老婆回来放给她听，让她猜猜是什么声音，她肯定猜不出来。拿着它，不知怎么的，我坐不住了，好像它是一把螺丝刀什么的，可以把生活这台机器拆开来再装上去，我拿着它到处撬动，把能录的都录了，后来站在那里不知再录点什么好。我张弓搭箭，却找不到目标。正在这时，老婆从超市回来了，大包小包地拎着，吃的穿的都有。她兴奋地说她买了一件衣服：牌子货，特价，只花了五十块钱，原价要两百多。我笑了。女人就是这么轻信，迷信特价就像迷信我永远爱你之类的甜言蜜语，因为我从不对任何一个女人说我永远爱你，我只说我现在爱你，或等会儿可能还爱你。老婆为此非常不满。为了显示她选择正确，在这桩买卖中她没有吃亏只得了便宜，一放下东西她就急不可耐地拿出那件衣服来展示给我看。她站在镜子前转身扭脖翘屁股，问我怎么样，我瞄了一眼说，一个老婆已经让我烦了，还在镜子前弄出两个来。她说好了好了，别老没正经了，快帮我看看。我说，你跟镜子挨得那么近，我怎么看。她说，你连镜子的醋都要吃啊。我差点没笑出来，她经常一厢情愿地以为我在吃醋。不过她既然这样说了，我也就做个顺水人情把她从镜子里拉了过来，围着她转了一圈，说，五十块钱还真值——且慢，这是什么？

她紧张起来：怎么啦？

我说，这是在哪里划到了吗？

她把我指点的地方一把捋了过去，果然，一个明显的破绽在那里露着，衣服的下摆居然有一个不规则的小洞。

她脸一沉，把衣服脱了下来，拿到亮处仔细一看，说，真是个洞！

我有些幸灾乐祸：这就是你贪便宜的后果。

她哭丧着脸说，那怎么办？

我说，找商场去退货呀，购物的小票还在不在？

她找了找，说，在。她又说，可商场说了，特价商品不退货。

我说，难道特价商品标明它破了洞吗？没标明，就可以退。

她胆怯了，说，万一退不了怎么办？她已经在提前心疼那五十块钱了。在老婆身上，我深切地感受到女人的确是弱者，虽然她们有时候会伸出指甲长长的利爪。面对如此的不平等条约，她们居然能隐忍接受。往往是，她们想占便宜，结果却被别人左右或乘虚而入。

我说，再过几天就是"3·15"了，何况我手里还有这个，它正愁有劲没处使呢，我们来做个实验。我掏出那支录音笔，朝她扬了扬。

说实话，跟商场打交道，我也是有点怵的。我对我们家附近的那家大型商场，印象并不怎么好。买的电器，拿回来一看，才发现是联营的。有一次买了一袋香菇，第二天便从报纸上知道它甲醛超标。至于衣服，老婆明明知道那家商场的牌子货都是冒牌货，可每次看到了还是想买，买回来发现质量不好又后悔，下次好了伤疤又忘了痛。那次我们拿着报纸和甲醛超标的香菇去找商场退货，没想到营业员说，你们知道它甲醛超标了还要买，我们有什么办法？一句话呛得我们哑口无言。

这次，我跟老婆的心情完全不同，不但没半点沮丧，反而为有了一个一显身手的机会而高兴，就像一个国家找到了出兵另一个国家的借口。我把录音笔插在裤子口袋里，凭它把小便放大成瀑布的本事，还怕商场耍滑？有了它撑腰，我在大街上走得理直气壮（补充一句，我在出门前已经打了工商所的投诉电话）。

我把衣服往商场的总服务台一放，说，破了，退货。

服务员看了看包装，又看了看衣服，说，小票呢？

老婆把小票递了过去。

服务员打电话，把四楼卖衣服的营业员叫了下来，这个营业员一看就是个不好对付的家伙，听说是退货便早已把不高兴挂在了脸上。我和老婆跟她讲明了情况,她眼睛瞟着别的地方,说,不退。我说,怎么能不退呢?这明显是质量问题嘛。她说,这上面的洞,谁知道是不是你们自己划出来的呢。如果是平时,说不定我就发火了,但现在我很克制,我要引蛇出洞,有意让她多说一点。我说,这是可以鉴定的。她说,鉴定?就是鉴定出来又怎么样,反正特价商品是不退货的。我说,你的意思是说,你知道衣服是破的啰?她说,是啊,没有洞我会卖得那么便宜?我说,你这是商场,不是旧货摊,总不能把这样的东西卖给顾客吧。营业员说,卖不卖是我的事,反正我又没叫你买。我说,哪有你这样说话的,你这不是在强词夺理吗?她说,那你走啊,别跟我说啊。我说,你把货退了我们就走。她说,我说了,退货是不可能的。我说,马上就"3·15"了,我要去投诉。她说,投诉就投诉,我不怕,老娘做生意亏了,大不了卷铺盖走人,什么"3·15",狗屁。我说,那好,我现在就打电话。她要夺我的手机,我严厉禁止了她,我说,你怎么能抢我的手机呢?打电话是我的自由,你有什么权利干涉呢?她说,你不要在这里打,我偏偏要干涉。好在其他营业员把她劝住了。她索性把身子一摔,说,那好,你打吧,我倒要看看你有多大本事。

我拨了手机。商场里嗡嗡的。喂,是工商所的同志吗?您到了哪?马上到?好。不一会儿,工商所的同志果然来了。有的营业员悄悄溜了。我把事情的经过跟工商所的同志讲了一遍,并说对方不讲文明礼貌,居然在我面前充老娘,缺乏起码的职业修养。对方不承认,顶道:全是瞎说,我什么时候充你娘了?你拿出证据来!嗨,我正要她说这句话呢,这时,我不慌不忙掏出那支录音笔,说,正巧呢,刚好我带了这个。我感觉老婆捂着嘴差点没笑出声来,忙用眼色禁止了她。我当着工商所的同志还有部分营业员以及广大顾客朋友的面,把录音完整地放了一遍。不用说,工商所的同志现场执法。按道理,我们还可以索要两倍以上的赔偿,但我大度地摆了摆手,说,不要了。办好退货手续,我拉着老婆的手在大家惊讶的目光里扬长而去。

周一上班，办公室主任周正依然没有向我问起会议记录和录音笔。也许他已经忘了吧。这样的事情也是有的，开会无非是过个趟，后来我才知道，我负责录音记录的那个会场，到会的都是些学者，他们自作多情地争得面红耳赤，可笑地认为他们的观点可以改变整个世界，其实人家根本不把他们当回事，因为他们不是领导。各地来的带队领导在另一个会场。这个会场才是最重要的，连矿泉水的牌子和水果的档次都不一样。他们的发言都被详细地记录下来了，在报纸和相关刊物的专版上发表。昨晚，我和老婆又录了一回音。这次跟上次不一样，这次她也是有备而来。我们把录音笔放在恰当的位置，然后开始了做爱。开始我还以为她会比较拘束呢，毕竟好像有一双眼睛在盯着你嘛，没想到她比我还放得开，一动手就进入了状态。她的样子十分放荡，使得我暗暗吃惊，看来她还有巨大的潜力可挖。真的，我从没看到她这么奋不顾身。有那么一刹那，我甚至产生了一种幻觉，以为她不是跟我而是在跟那支录音笔做爱。

既然周正没问，我也就不急着交了。反正我在单位上也不是什么重要角色，就像那帮发言的学者那样，只不过对于集体活动，我从不踊跃。我天生地保持距离和警惕。我想这大概跟我在大学里学的专业有关。我是学历史的。历史里有很多冷冰冰的智慧。这时，一个大胆的念头跳进了我脑海。我想，最好是周正把这件事彻底忘记了，那我就可以把录音笔据为己有。录音笔是单位特意为这次大会买的，而周正有个特点，那就是，最近的事情老是忘记，很远的事情反而记得很牢。有时候他跟大家正在谈什么问题，忽然一拍大腿说，哎呀，我想起来了，他当年穿的是一件蓝色工作服。看别人一脸愕然，他解释说，他想起多年前的一位老朋友来了，他一直记不清他们最后一次见面时对方穿什么衣服。我把笔身抚摸了一下，心想把它据为己有也不是不可能的。我们单位在这方面管理很松，办公室里的东西都长了脚会走路，或长了翅膀似的飞得没了踪影。有一天，我难得有应酬，下班后有人请我吃饭，喝了些酒，我晕晕乎乎，到单位大院去推自行车，由于我来得晚，没能在大院里分到房子。我正往停车棚里走着，忽然见一把椅子从办公楼的侧门里跑了出来，我吓了一跳。那是一把红木椅，听说比较值钱。由于它和现代化的办公室不协调，便一直呆在一楼的仓库里，可是它怎么自己跑出来了呢？我闪在一旁，只见它很快地跑进了一栋宿舍楼里。至于大半新的电脑那更是一不小心就变成了机器人，顶着个大脑袋跑到旧货市场去了。那么多人都占了公家的便宜，我为什么就不能占一次？万一追问起来，我就一拍脑袋说，啊，差点忘了。别看我没当领导，别看我嘴上说不喜欢当领导，可当领导后怎么捞一笔我早已想好了，甚至连被有关部门追查起来我怎么脱身怎么撇清怎么立功赎罪都想好了（当然，事关机密和知识产权，恕不奉告）。

为了证明周正是否真的把这件事忘了，我还去侦查了一回。我假装到办公室去复印一份文件，故意在他面前晃来晃去，我甚至还提到了刚刚结束的会议，提到了发言这个词。谁知周正一点反应都没有。看来他真的忘记了，我心中暗喜。我已经打定主意要把录音笔据为己有了。

不过毕竟是从没拿过公家东西的人，我心里还是很不平静。其实不就是几百块钱的东西么？说不定过段时间还会降价，我犯得着以身试法么？难道我的名誉只值区区几百块钱？我这不是自轻自贱么？后来我却对自己说，不，恰恰是为了自尊。别人都这样做，你不搞点手脚，即使别人不说你是傻瓜，你自己也会说你是傻瓜。这关系到做人的尊严。就像我曾经在我不喜欢的那个单位，一听别人不明就里地说我们单位好，我就变着法子故意破坏我们单位的形象，哪怕把我自己的形象跟着破坏了我也在所不惜。我邻居家有个小伙子，自己想学技术，可家里人偏偏要他去从政，他们不惜资本为他铺路，小伙子只好很不情愿地去机关上班，几年后，小伙子升了官，然后开始了贪污受贿，什么坏事都干。不用说，他被抓住了，高兴地对前去探监的家人说，现在，你们高兴了吧？这时我的心理跟他有点类似。我这样做，无非是让不公平的事情变得公平一些，对吧？这样一想，我也就心安理得了。当然，为了让事情有个过渡，我先把它放在办公室抽屉里，万一人家问起，我也能马上把它拿出来。

就这样，它在我办公桌的抽屉里躺了两天。第三天，发生了一些事情，我发现坐在我对面的王富祥又跑到领导那里打了我的小报告，具体内容我不得而知，但我肯定他绝对这样做了，这从领导的脸上可以看出来。一有人在他面前打我的小报告，他看到我时脸上的表情就很愤怒，好像我把墨水倒在了他的白衬衫上。并且我发现办公室里的几个家伙又在背后议论过我，他们的眼神躲躲闪闪的，不敢与我对视。这说明他们还是有良心的，做了亏心事还会在脸上表露出来，由此可知他们并不想做亏心事，那么是什么迫使他们这么做？说明单位上有一种看不见的很厉害的东西在迫使他们做出了他们本不愿做的事情，比如升职啊，职称啊等等。所以我在决定做那个恶作剧之前，先已经下定决心不会拿它作为什么证据，因为我早已把他们看重的那些东西抛诸脑后，觉得无所谓了。我不过是想跟他们开个玩笑，看他们的脸红一阵白一阵的，大概很好玩。于是那天上午，我故意早早离开了办公室，并对他们暗示说一时半刻不会回来。我把录音笔打开放在抽屉里。它的内盘可以旁若无人地转上五六个小时。我像个渔翁悄悄把网撒下，回来时，上面自然会挂满银光闪闪的鳞片。

我在外面转了一圈，看看时间差不多了，才转回办公室。他们都已经下班。我兴奋地把录音放了一遍，哈哈，他们果然在那里议论我了。一个说，那个家伙，怎么又跑出去了。另一个说，不是又去会网友了吧，上次我看到他在那里跟一个网友见面，他妈的，那女的长得还挺漂亮，看到他，那女的老远就扑到他怀里来了。这时，只听王富祥说：你们不知道，前不久我还在网上捉弄过他一回，那一次，他的电脑没关，QQ窗口也开着，我装作倒开水过去瞄了一眼，见一个叫"香水有毒"的网友给他发来了留言，我一看，羞得我简直不好意思了，那么黄，那么赤裸裸。晚上，我新申请了一个号加他，当然啰，我用了一个女性化的名字。他果然中计了。我跟他聊了起来。那个有趣啊。我说我一人在家，老公是做生意的，常年在外。他被我撩拨得痒酥酥的，一定要跟我见面，我说不行啊，等几天吧，现在我身上正有情况（几个人笑了起来）。他说那好，他就耐着性子等吧。过了几天，他问我，你身上风平浪静了吧？我故意调笑他，说，一波刚平另一波又起。他说，我可是伏波将军啊。我说，那就见个面，看到底谁伏谁。呵呵，那段时间，我晚上跟他聊天，白天坐在他对面观察他的一举一动，真有意思。他为白天找不到我很不满，在QQ上留言，问我白天藏到哪里去了，我说你别管，反正你要上班，没空来陪我。他心神不宁了，好像很难受。有一次，我上班时给他发了个即时消息，便马上看到他在我对面坐立不安。好像有一根绳子抓在我手里，绳的另一头系在他身上，我一扯，他就跟着动起来。我不停地扯，他不停地动。他问我在哪里，我说在家里。他问我在干嘛，我说来了客人，他说是男的还是女的，我说是男的。他马上皱起眉头。我故意闪烁其词说，一个亲戚。他说，是远房表哥吧。我不回答。他就在那里哇哇大哭。我递给他一瓣西瓜，给他放音乐，他传过来一道闪电。同时我听到他把茶杯重重地放在桌上。我说我听到了你把茶杯放在桌上的声音。他有些吃惊，站起来，踱了几步，把一张报纸揉皱扔进了纸篓。我说你是不是扔了什么东西。他瞪大眼，怒气冲冲地把机箱拍了一下，大概以为那里有什么监视器。我给了他一个拥抱，哄他，他才慢慢平静下来。几天后，他说他一定要见我，我说好，他说就定在财富广场门口吧，我说你拿本书吧，不然，那么多人我怎么认得出来。他说都什么时代了，还拿书。我说正因为这样，才容易让我发现你啊。在我的坚持下，他答应了。他说他那儿刚好有一本从朋友那里借来的书，叫《等待一个人发疯需要多久》。下班后，我偷偷跑到财富广场对面的肯德基店里，坐在窗边，看到他滑稽地夹着一本书，在那里踱来踱去，我一边从容地吃着鳕鱼块，一边打量着我们的这位同事在那里左顾右盼,哈哈。

我愤怒地关掉录音。果然有人在背后捣鬼。都是因为坐在办公室里太无聊,我才在网上聊天的。不然,漫长的八个小时怎么打发呢。其实几乎每个人都在网上聊天,到了上班时候,电脑屏幕上便尽是小企鹅在那里蹦蹦跳跳,并且同时在跟好几个人聊,忙得不亦乐乎。我们办公室共有四台电脑,有的还配了音箱,不时地传出企鹅唧唧的叫声。不久前,一个叫空谷幽兰的同城网友主动找上了我,我问她是男是女,如果是男的,我不会跟他聊,我又不是同性恋。空谷幽兰说她是女的。一开始,我们还谈得挺投机,好像性格比较接近,还有许多共同的爱好。这种巧合我是经历过的,有一次,我在网上居然找到了一个多年没有联系过的女同学,只是当时说了一些过火的话,事后不好意思再联系了。在学校读书时我都没打过她的主意,不可能毕业这么多年后我还去追求她。还有一次,我跟一个人在网上聊着聊着,她忽然传过来一张照片,我一看,差点没吓趴下,原来是我的一个女邻居。网真是好东西,让人经常有戏剧性的发现。或者说,让我们的生活充满了戏剧性。人是复杂的,而平时,由于种种原因,只表现出某一个平面,只有到了网上,才旁若无人忘乎所以。我觉得网络能满足人的多元性需要,让人的多元性欲望都释放出来。可这个叫空谷幽兰的家伙后来让我产生了怀疑。她或他一股脑儿刺探我的隐私,让我警惕起来。她声称自己是女的,可我总觉得她是个男的,而且还戴着眼镜,一张老奸巨滑的脸和一对阴险的耷拉眼,我抬起头,望见了对面的王富祥,对,我想,对方应该就是王富祥这个样子。他朝我笑了笑,我暗暗吃惊,心想说不定这个空谷幽兰就是他的化名呢。这个家伙以前写过一些小文章,为了引起编辑的兴趣,他故意取了一个女性化的名字,叫什么妮的。编辑给他打电话,他都是叫他老婆接。一个老奸巨猾的男人居然装嫩写那些矫情的青春散文,其反差之大实在让人喷饭。在作了一些巧妙的试探后,我越来越断定那个所谓的空谷幽兰就是坐在我对面的王富祥。不过我故意装做不知道。我故意在他面前生气，摔东西，让他自以为得计。我要以其人之道还治其人之身。一个这样骗人的家伙绝对是不可原谅的，他践踏的是人们的好奇心和想象力。践踏的是人们对生活的热爱。我也重新弄了一个QQ，向他发出了"交友"申请。凭我的智商，跟他玩这个游刃有余，他有时候还疙疙瘩瘩的，才华好像有点跟不上。我给他发了一张照片，是从几年前的一张盗版光碟里找来的，一个日本艺妓的生活照，我可以断定他没看过。我故意没要求他发照片，他反而很主动地发来了照片。果然是他！只不过他发的是一张十多年前的照片，他曾得意地给我们看过，看上去真的像青春美文作家：头发打着摩丝，宽边眼镜，白衬衫，红领带，脸上洋溢着一团庸俗的柔光，好像牙缝里夹了酸菜。对，他浑身就是散发出一种酸菜的气息。我把他称赞、调弄了一番，他果然兴奋起来了，老是缠着我问什么时候见面，我说不急，我还没准备好哪。他说，有什么要准备的嘛。我说，万一要见面，得离我家远点。他说行啊，不管在哪里都行。我说了一家宾馆的名字，他不做声，我说怎么，你害怕了吗。我说的那家宾馆就在他家附近，而且是一家豪华宾馆。曾有一个大学女同学来找他，他们谈过恋爱，不知怎么的后来又分了手，但他对她一直念念不忘，多次在我们面前讲起该同学如何的美目盼兮，后悔当初心慈手软，没把她搞到手。谁知见面后，他却一直为吝啬到宾馆去开房而犹豫不决，他想趁老婆上夜班冒险把女同学带到家里去成其好事，女同学一气之下拂袖而去。现在我又给他出了个难题。好半天，他说，能不能换个地方啊？我说不能，你不是说了，不管哪里都行吗？难道那里有你的老相好？他终于下定了决心，说好吧。约会那天，他心神不宁，一会儿给老婆打电话，一会儿在网上问我：真的去啊？我说你到宾馆去等我。他提前下了班。可惜我不知道他老婆的QQ，不然可以安排他们夫妻俩到宾馆去相会了，免得浪费他那么多钱。第二天他垂头丧气。没想到他现在完全把黑白颠倒过来了。

我把录音复制到了电脑硬盘上。我的电脑加了密码，除非他们请来专业技术人员或拿锤子砸，否则他们休想把它删掉。下午，大家都来了，我把那对久已不用的音箱也连了线。我一般是用耳机，那样不会干扰别人，别人也干扰不了我。我把录音笔也放在桌上。我打开电脑里的声音文件。起初，他们都吃惊地瞪大了眼睛，接着，他们都埋下头，像是在努力工作，对自己的声音视而不见。我扬了扬手里的录音笔，对他们说，不好意思，我把它放在抽屉里忘了关，没想到碰巧把一些我不想听到的声音录了下来，很有意思。我再次申明一点，我对你们热衷的那一套根本不感兴趣，请你们以后在谈到我的时候实事求是，请问王富祥，我什么时候在财富广场和别人约会了？据我所知，事实恰恰相反，这个人不是我而是你自己。至于你提到的这本书，倒真的有。说着我把那本叫《等一个人发疯需要多久》的书从抽屉里拿了出来。我说，不过不是借的，而是它的作者送给我的。

汗珠从王富祥额角冒了出来，把他青春美文的脸弄得有些狼狈。不过我并没有"宜将剩勇追穷寇"，还是沽名学了霸王。我把那个文件删去了，说，这样龌龊的声音，简直弄脏了我的电脑。我狐假虎威了一阵，别看我紧绷着脸，心里其实笑成了一朵花。我发现真相或道义真是个好东西，一旦把它握在手里，就无往而不胜了。不过我这个人有个致命的弱点，那就是，对谁也没有刻骨的恨，哪怕对方刚刚恶意地攻击了我。

此后，有事没事，我都把那支录音笔示威性的放在桌上。它仿佛成了一根鞭子，高高地悬在那里，随时会给谁一鞭子。仿佛我给了他们什么启示，几天后，我发现他们几乎每人也有了一支录音笔。没有的，也在那里拨弄着手机，现在，手机都有了录音和录像功能。办公室里静悄悄的。但实际上，大家心里一点也不平静。他们在互相提防，或者互相录音。以前他们还会在背后开开某个领导的玩笑，或议论一番单位或国家大事，现在，谁都不敢这样做。我猜想，他们也把录音笔或手机的某个功能打开，悄悄放在抽屉里，好捕捉对自己有利的证据。马上到换届的时候了，有几个干部因犯了错误留下了职位的空缺，正在候补。别看我们是穷单位，可级别一点也不低。这时候，只有我这种无官一身轻的人最快活。我甚至故意说了几句犯禁的话，让他们录下来，如获至宝地拿到什么地方去受表扬。

事情的发展越来越让我惊讶。几天后，我刚上班，便听到隔壁办公室传来了激烈的争吵声，一个人叫道：天啊，他居然偷偷把一支录音笔塞在我包里，让我把它带回了家！我要去法院告你，告你窃听、侵犯我的隐私权！另一人说，是你先这么干的，你到我家里串门，偷偷把录音笔塞在我家沙发缝里，你经常来我家，知道沙发那里有一个破绽，第二天，你又神不知鬼不觉地来把它取走。

一时间，单位人心惶惶。领导叫人去办公室谈话都很谨慎，都要先看看对方的手。被叫去谈话的人为了让领导放心，似乎也都很自觉，故意在领导面前转几个身，好让领导知道身上没有带什么录音器材。同时，全单位搞了一次大扫除，把各办公室彻底打扫了一下，不用的东西都被扔出去了。据说单位正在准备换一批办公桌，比如把它们全换成不带抽屉的，或带了抽屉而不能上锁的。不过因为这样的桌子在市场上买不到，只能到厂家去定做。办公室里原来多少还有点活跃的气氛现在完全凝滞起来了。下班时每个人都要仔细检查自己的口袋和公文包，担心谁会趁自己不小心把录音器材塞在里面，许多人在家里也搞了大扫除。他们仔细地检查沙发和柜子，看有无破绽或异物。

面对单位上出现的这种混乱局面，我不知道自己是否要负一部分责任，或者还是很大的一部分。在这种情况下，我只好越来越表现出对录音笔这种现代化的玩意儿的不屑。我知道在我们这里，任何先进的东西，它的副作用要远比正作用大，哪怕当初的出发点是好的或至少并无恶意。我依然把我"贪污"来的那支录音笔随随便便放在桌上。现在它当然不能向谁示威了，不过是为了表达它已经被我抛弃的命运。于是有一天，当办公室主任周正终于忽然想起它来急忙向我问起的时候，我却怎么也没找到。它已经不翼而飞。

原　罪

　　他很早就起床了。不知是不是年龄大了，他一醒过来就再也睡不着。然而起来又无事可干。他晃来晃去，弄出了一些声响，让老婆睡不好早觉。就站在阳台上发呆。楼下有几个人在跑步，可他对此不感兴趣。他觉得有些喘不过气来，好像身体的一些部位被堵塞了。头也有些晕。其实他四十岁还不到，怎么总有衰老的感觉呢？在印象里，自己总是穿着灰色衣服，黑皮鞋也很久没上过油，衬衫也皱巴巴的。他很奇怪，再好的衬衫，到了他身上，都皱巴巴的。它挂在那里明明是笔挺的，怎么到了他身上就皱巴起来，而一脱下来它又变挺了呢？由此，他断定他在衰老。他在报纸上看过一张早衰儿童的照片，小孩的躯体，却是老人的脑袋，光头，满脸皱纹，大眼眶，没有眉毛。像把一个人当作菜市场的鸡一样脱了毛。每天，他认真地看报纸。头版要闻，市民热线，股市行情，体坛直击，国际要点，娱乐动态，东南楼市，健康快讯，红绿灯下，乃至各种类型的广告，他都一字不落地看完。他是个一丝不苟的人。很多人说办公室难熬，他听后微微一笑，并不作答。有些秘诀，还是不要告诉别人的好。就是那些征婚广告，只要他愿意，也可以看上大半天。他猜想那些婚姻介绍机构怎么骗人。他的猜想跟后来报纸上的曝光分毫不差。问题是，这样骗人的广告本身就是这家报纸刊登的。上午下班时，一份报纸他还只看了一半，另一半，他藏了起来，下午再看。如果不藏起来，就会被其他同事抓过去垫饭盒，弄得五味俱全，只好扔垃圾桶。办公楼的每一层都放着一个巨大的塑料垃圾桶，下午下班时，里面的垃圾已经堆得像一顶圣诞老人的帽子了。

是啊，又到年底了。

每到年底，他胸口都有点堵，好像有什么事情没做好或做好了还没有被验收。要到年底彻底过去，一元复始万象更新，心胸才豁然开朗。一年又一年，循环往复。

好像谁在说梦话：你照照镜子，哪里老呢？不就是一点抬头纹嘛，你爹都七十多岁了，还不服老，你要向他学习。他爹已经退了休，依然把自己管理得像一只上紧了发条的钟。晚上九点准时睡觉，天大的事也搞不醒，清早六点准时起床，然后是太极拳、慢跑。再买油条回来泡豆浆。他爹不钓鱼不打牌更不到广场或公园唱地方戏，就爱管个闲事。大概因为退休前是卫生系统的干部，现在每天走街串胡同，看谁乱扔垃圾纸屑就上前跟人家理论，一双眼睛贼亮地盯着人家的手。刚开始他以为爹是在阻止对方把垃圾扔出来，后来才发现恰恰相反，爹是在耐心地等着对方扔出垃圾。爹住的那个院子里，有几户人家什么东西都喜欢从楼上往下扔，有时候锅盖或花盆都扔了下来，差点砸到了人。老头子在院子里逡巡，两眼不眨地盯着，看谁扔了垃圾，他就不声不响捡起来，送回对方家门口。对方又扔，他又捡。弄得他这个当儿子的回去了都不好意思见人。事情就是这样，明明是别人做错了，可见不得人的，似乎还是自己。

他没照镜子。他不喜欢照镜子。他做了一会儿扩胸运动。阳台用玻璃封闭了。小区里的阳台大多用玻璃封闭起来了。有一次，他在下面看见一户人家有人在阳台上活动，竟像一只虫子在琥珀中。他想现在他大概也是一只琥珀中的虫子。天越来越亮。他到厨房里煮好了面条，这时老婆也已睡好了回笼觉，起来洗漱已毕。两人吃了面条。看老婆的神态，似乎仍有不满，对他爱理不理的。他有些做贼心虚。昨晚他表现不佳。老婆原来是银行的职工，两年前买断了工龄，拿了十万块钱下了岗，开过一个小服装店，后来借口说孩子读初中了，要专门对付了，便把店面盘了出去，在家做全职太太。老婆说，你一个国家干部，还养个老婆不起？她嘴上说为了孩子，实际上一有空就往小区门口的棋牌室里跑，不是中了邪就是吃错了药。女儿放学回来，依然吃不上热饭菜。昨天棋牌室发生了争吵，一个女人把另一个女人的手指头咬了下来（那人还是中心小学的老师），派出所和县电视台的记者都来了。她难得地早早做好了晚饭。晚饭后她哪儿也没去，等女儿睡着了，忽然目光闪闪。两人心照不宣。谁知没多久他就想溜。她警觉地问你怎么啦，他说没什么。然而越这样说，越着急，最后完全不动。她把他掀了下来，说你肯定有什么心事。他说我的确没什么心事。她说你知道我说的是什么心事。他说我知道你说的是什么心事，但我的确没那个心事。她说，既然如此，那你为什么不行了？他说，我看到报纸上说，男人的身体也有个潮起潮落的时候，有高潮期也有低潮期，我大概正处于低潮期吧。接着他转换了话题，谈起了单位乃至国家大事，比如食品安全啊，土地流转啊，房地产下滑啊。她说好了好了，我要睡觉了。把一个冷背扔给他。

老婆终于说话了。她说，你怎么还不上班，我马上也要出去了。

他说，你还要去打牌么？

她说，我去超市。

他说，我这就走。

然而他像是还有什么事情要做，站在那里没动。后来他看了看客厅墙上的石英钟，犹豫了一下，才拿起公文包出了门。

单位对上班要求并不严格，但他还是按时上下班。他不喜欢那些老是迟到早退的人。单位门口竖着一个宣传牌，用于张贴会议通知、活动安排、某人去世的讣告以及追悼会的时间地点乘车安排、某人被列为干部考察对象等等，当然还有领导们参观访问搞活动的照片。每次他都会停下来细看，就像上班看报纸那样一丝不苟。他想，若干年后，自己的讣告大概也会出现在上面，只是不知道有没有人参加他的追悼会。或者说，他会不会有追悼会。这跟级别是挂钩的。单位组织大家去参加的一些追悼会，都是些有头有脸的人。有一个老员工，自己没什么级别，但他儿子级别很高，所以单位也组织大家去参加了。参加追悼会倒是比上班要求严格。如果他破例起了个大早，老婆就知道他要去参加追悼会了。

　　年底了，事情多。其实，哪段时间事情不多呢。他的工作，看起来清闲，实际却被各种杂事撑得满满的。好像空气中的尘屑，每天呼吸着，也不觉得呛人，但阳光一照，就会看见它们在密密麻麻飞舞，怎么也静不下来。他总是想，忙完这段，可以休息一下了吧？没想到第二天杂事又来了。开会，填表，考试，学习，出差，应酬，写总结、报告、申请、各种心得体会，还有集体看演出，搞活动，笑迎上级领导，如此等等。他终于明白，做杂事就是他的工作。

　　他早已知道，今天有这么几件事：先是考评。每年这时候，各科室都要评两三个先进出来。候选人也就是开会的这么几个：科长，两个副科长，几个科员。选票已由单位统一打印好，科长领来发到每个人手里，名单按职务大小排列。每个人还发了一支圆珠笔。有人开玩笑说，希望天天开这样的会，那每天可以得一支圆珠笔。这个并不怎么幽默的玩笑，有点自生自灭的味道，见没人理会，便咕咚一声，扎进寒气里再也没有出来。空调已几天没开，坏了。大家都缩手缩脚的。选谁不选谁，是不用考虑的。今年还是三个名额，他从上到下，依次勾了科长，两个副科长。有的人在勾票时还躲躲闪闪的，用手遮着，勾完后飞快地看一眼左右，把选票对折起来。他不这样。他把选票摆在桌上，用笔勾好，拿起来，不作任何遮掩地递给科长。科长对他很放心，看也没看就收起来了。当然，他也故意没看科长。他觉得这样比较得体，比较不卑不亢，免得有人说他拍科长的马屁。其实不是。他要是会拍马屁就好了。他只是不喜欢那股鬼鬼祟祟的神气。谁评上先进还不是一样。虽然他从未被评过。当然也有这样的情况：科长说，今年的先进，先考虑一下××吧，人家正在提干的紧要关口。那个人评上了先进，也不会亏待大家，马上兴高采烈地到附近的超市里买来一大包吃的喝的给大家分享。

评完先进，办公室的小艾又把个人的年终考核表发下来了。大家回到各自的座位上，开始琢磨怎么填表，怎么写自我鉴定。新来的小申拿着考核表，搔搔头皮，看看左边又看看右边。小申刚大学毕业考上公务员调进来不久，大概还没有填表的经验。当然，按道理是有的，从小学到大学，不知要填多少表。就是在参加公务员考试之前和之后，也要填许多表。不过这是他作为一个国家公务员第一次填这种跟个人业绩有关的表，他不敢轻举妄动。老唐已经在那里奋笔疾书了，见小申的眼光掠了过来，不禁下意识地用手挡了挡，小申已经伸过来的脑袋有些尴尬地缩了回去。老唐是单位上有名的"三不戒"：不戒烟，不戒酒，不戒赌。几乎每天晚上都要和朋友或其他科室的同事在一起赌博，科长要想找他，不把他的电话打破，人是不会出现的。科长火冒三丈，他还嬉皮笑脸。但让人不解的是，在所有的下属里，科长对老唐最好，有什么好的饭局，科长总是把老唐拉去。后来他想明白了，科长为什么对老唐那么好，因为老唐对单位上的人事脉络了解得深。他爸是单位上的老领导，退休后老唐就顶了进来。有一次，老唐不在，科长开玩笑似的跟大家说，这个老唐啊，完全是个没落贵族。可就是这个老唐，每次写自我鉴定或个人总结时，都像小学生做作业那样全身趴在桌上，蹶着大屁股，一笔一划写得很认真，从国家形势、单位大局到批评和自我批评，一字不漏工工整整。若碰到某个字不会写，就把表小心地卷起，请别人写在纸上，他再照葫芦画瓢。

　　这时，他却胸有成竹地拉开抽屉。各种表格，公文，一时用得上用不上的，他都复印了一份，需要时拿出来参考。不然他老记不住该写些什么。有了这一招，每次填表就不再苦恼反而有种无以名状的快乐了。

　　表格前面的部分是可以照抄的，不但可以照抄，而且还不能抄错：姓名、出生年月、籍贯、民族、学历、职务、职称（或行政级别）、是否党团员、是否民主党派、个人简历、单位地址，家庭地址，身份证号码，诸如此类等等。每次填这些栏目的时候，他都觉得有个人坐在他对面一边问话一边记录。填好，又仔细检查一遍，看是否有遗漏或写错。尤其是个人简历。记得刚参加工作时，他老是把这一栏填错或者把握不准，因为他读初中时留过一级。在有的表格里，他故意隐瞒了这一事实。那时留级是很丢人的。成绩不好才被留级。现在他想让女儿留级还要找熟人呢。到底哪些表隐瞒了哪些表没有隐瞒，他已经忘记了，他担心到时候人家一对档案，会发现不对头。那些起止年月，他都像做复杂的数学题，要经过反复计算才忐忑下笔，而且填表后好长一段时间仍做贼心虚。几年后，他忽然发现，表格好像有所变化，个人简历那一栏是直接从参加工作那一年填起。他大喜过望，总算可以摆脱造假的阴影了。就像拿一块橡皮把人生的某一段错误哗地擦去。然而紧跟着麻烦又来了：他曾有过短期借用和停薪留职经历，他也不知道要不要写。不写，又涉嫌隐瞒和欺骗，写吧，又实在太麻烦。都怪那几年人人嚷着下海，他也沉不住气，跑到外面去，摔得鼻青脸肿。当时，他正处于提升的紧要关口，相关领导都已经暗示过他，说可能有个什么机会（高明的领导，说话总是模棱两可）。只是因为性格或其他原因，他一直没主动去要求上进，反而被那所谓的青春热血冲昏了头脑，不管不顾地跑到外面去了。对此，爹就告诫过他，不要年轻气盛。他不听。结果，等他回来，好处已经被别人得去了，而且此后，再也轮不到他或他根本不在考虑范围之内，仿佛他出去了一趟，性质已经发生了根本变化，好像他成了个变节的人。还有证明人那一栏，一般都是写当时领导的名字，而下海那一段，该写谁呢？有一次，他去一个下属单位，竟无意中看到一个人在表格的证明人那一栏里，填写的是他的名字。他不禁有些感动。只是他看着那个人的照片，怎么也想不起他们什么时候认识过。

很快，他开始写自我鉴定了。第一句，上次是"本人在本年度……"，这次得改为："本年度，在……"当然，很可能它本来就是从这一句改过来的。

他越写越顺手，末了，竟有一种快感从手心弥漫开来。

不到半个小时，他就把总结写好了。他搓了搓手，身上竟热起来。真是人定胜天，空调坏了也没关系。空调年年修年年坏，年年坏年年修。它的修理费大概早已超过了购买一台新空调的费用。看看其他人，还在那里伏案疾书，他不禁有了小小的优越感。小申还停留在表格的前半部分，大概正在那里像他当年一样做数学题，推算自己的履历。老唐的大屁股在那条外贸的裤子里更加地往后翘了。老唐只买外贸的衣服。

他想到走廊里抽支烟。本来他是不怎么抽烟的，但高兴的时候，也会小心翼翼来上那么一支。他掰了掰自己的手腕，觉得还有点酸。不过这是如释重负的酸，轻松的酸。这时忽然从外面闯进一个人来，差点跟他撞个满怀。一看，是机关党委的小刘。小刘说你去哪里，来，还有事做。小刘给大家发试卷，说，法律知识考试，明天交，来，这是答案。

昨天他已经看到，楼下的宣传栏里已经贴了相关通知，不过指的是副科级以上干部（含副科级），在三楼会议室，集中考试，仿佛考试通过了就不会贪赃枉法。

他本想一鼓作气把试卷做好。他是个不喜欢把今天的事情留到明天的人，可不知怎么的，他忽然又烦躁不安起来。他没有急于去做试卷，虽然答案是现成的，只要抄一抄就行。每次考这样的试的时候，他都把它当成了书法练习。这样，过程就愉快多了。手机响了，是老婆来的，说家里管道煤气表上的电池用完了，叫他下班时带几节回去。他忽然灵机一动，心想何不把试卷带回去叫老婆帮他抄一遍呢？老婆已经很久没写字了。她也是要经常练练字的。

他终于意识到，自己的烦躁不安来源于他的便秘。仔细推算起来，他已至少有三天没有痛痛快快地排泄了。有时，他急不可耐地奔到卫生间去，蹲了半天，结果一无所获。他并没有便秘的毛病，听说单位上有些老同志在排便时大喊大叫，像杀猪一般，他以为这是老年人才有的毛病，可他怎么也忽然有了呢？难道是因为他觉得自己有些衰老，那些老年人有的毛病也蜂拥而至？他怀疑自己晚上在老婆面前表现不佳，跟这个也大有关系。

回到家里，把管道煤气表的电池装上，他又去卫生间蹲了一会儿，结果还是一样。他沮丧地走了出来。老婆还笼罩在有人被牌友咬断手指的阴影里，难得地猫在沙发上看电视没出门。他本想跟老婆开个玩笑，也没了心思，玩笑从嘴边滑了下来，成了不冷不热的一句：怎么，不去打牌？老婆以为他是讽刺她，便也没好气：你想我的手指头也被人咬掉啊。

他犹豫了一会儿，去开了电脑，想到网上找一找解决便秘的资料。他输入关键词，搜索框里马上显示：便秘怎么调理，便秘吃什么好，便秘的快速治疗方法，便秘怎么办，便秘偏方……看来便秘的人不在少数，甚至成了一种社会现象了。他随便按了一下鼠标，上面接着显示：吃菠萝有助缓解便秘。蔡小姐爱吃粉丝，因对绿豆过敏而造成便秘。城市人为什么多便秘。所谓便秘，从现代医学角度来看，它不是一种具体的疾病，而是多种疾病的一个症状。便秘可分为急性与慢性两类，便秘多见于老年人。顽固性便秘是危害人们身体健康的重要因素。我一写稿就便秘。公正不阿党一众左脑便秘华裔党员乱捧新院霸权份子。每天早晨起床后空腹吃梨。××市中医院肛肠科主任×××副主任医师表示，可以通过两套按摩法来预防和治疗便秘，双手叠放于腹部，先顺时针……再逆时针……该方法可促进大肠蠕动，产生便意……

他忽然记起，以前在学校读书时，他一紧张，就会有便意。比如老师要他们背书或宣布某次考试成绩的时候。他看着网页上的几个省略号，酝酿着，好像在和谁搏斗。他感到自己快要紧张起来了——

他忽然听到了老婆嘎嘎嘎的笑声。她正对着电视笑得前仰后合。里面大概又在放什么弱智的玩意儿。

他有些生气。想起还有事情交给她做，便拉开公文包，把试卷和答案拿了出来，说，你也练练字，帮我抄一份试卷。

老婆却不买账，瞄了一眼他手里的试卷，说，凭什么要我写，我才不愿做你那个破试卷呢。

他说，现成的答案，照抄就行了。

老婆说，我说了不抄，要我干这个，还不如去打牌。

他说，你就知道打牌，打牌，社会进步为什么这么慢，就是你们这种人太多了。

老婆冷笑一声，说，你没看到电视里说，你们机关的吃喝、旅游和公车消费，每年不低于多少多少个亿呢。

他说，我又没当官，我又没去公款旅游、我又没有公车。

老婆说，那是你没用，怪谁。

他飞起一脚，一只矮塑料凳被踢到了玻璃阳台上，砸出一声钝响。好在是钢化玻璃，没破。阳台是半年前装的。她要装现在流行的那种无框阳台，可他总觉得不稳当，几番争执之后，还是装了个规规矩矩老式的。为了图价格上的便宜，结果那个师傅手艺不精，弄得返了好几次工。她为此没少埋怨他。

见他真的生了气，她也有些害怕了，说，好，我替你抄，行了吧。

他本想大发一顿雷霆的。其实隔不了多久，他就会在家里大发一顿雷霆，之后他就心情舒畅，神清气爽。可这次，不知怎么回事，老婆故意不配合他，提前妥协了，让他刚冒出来的火气不能完全爆发出来，只是在那里冒烟。这种感觉有如便秘，他不禁毫无道理地冲着她哇哇大叫了一阵。

老婆脸色铁青，把试卷抓过来撕了，朝地上一扔。

他一下子腿软了，惊慌失措地满地捡拾试卷。那样子，像一个可怜兮兮的小学生。

老婆起初还气鼓鼓的，但看他几乎是趴在那里把撕碎的试卷一块块拼凑起来，不知是害怕还是其他什么的，也忽然软了下来，蹲下来帮他捡。谁知他忽然用力一推，叫道你滚！她一不留神跌坐在地上。

他怕她再次扑上来撕试卷，忙用身体护住。他的狼狈相引得她想笑，她既往不咎地朝他挥了挥手，说好啦好啦，不是三岁的小孩子啦，还是我来帮你粘吧。

这次，他没有拒绝。说不是三岁的小孩子，他们偏偏像两个小孩子，蹲在那里玩起拼图来。可拼来拼去，仍没有拼完整。他说，都怪你，谁叫你用那么大力，你要是少撕一下，就好多了。她说，谁叫你踢凳子，你刚才要是踢歪一点，就踢到我脸上来了，我的脸就要被你划破了。作为一个三十多岁的女人，她的脸越来越成为重点保护的区域，每天都要用许多化妆品去镇守。偶尔起一个疹子，她就像戍边的战士发现了烽火一般失声大叫。他嘿嘿笑了几声，像是在认错，然后说，你也应该理解我，像这种试卷，别人都做，你不做不行，虽然交了没什么（人家也不一定看），不交却不行。——这一题哪去了，你找一找，"现行宪法规定，中华人民共和国的根本制度是"，你看到没有？她说是这块吗，他拿过来拼上试了试，说，语法倒是说得通，但纸片的形状明显对不上。她说，这一块？他又试了试，说，形状倒是差不多，语法也通，可逻辑上说不过去。她再换一张，他拿来一拼，差点惊叫起来，说，难道你要我犯政治错误吗？

她眼珠子转了转，忽然有了个主意，说，不用拼了，明天到单位上，找同事的复印一份不就行了吗？他说，是啊！但他马上又觉得不好，说，别人都已经做好了，名字和笔迹都是别人的，怎么复印？复印也是帮别人复印。她说，那你打电话问问人家还有没有没做的。他说不用问，我看到他们都已经做了。她说，既然这样，就只有把它拼起来了。过了一会，她把手一摊，又说，就是拼起来了，又有什么用，都破成这样了。

他说，这倒不难，用透明胶粘起来，拿去复印一份，不就行了？

对！他一拍大腿，很是为自己的这个方法得意。看来，他脑子还管用，他还没老。

于是他们埋头苦干。女儿放了学，丢了作业不做，也来帮他们。一家三口忙了一个多小时，总算把试卷拼好。总体效果，除了个别的地方比原先有所松动膨胀，绝大部分还是不错的。为了确保万无一失，他把用透明胶粘贴好的试卷拿到街口的复印店里复印了两份。他是个稳重的人，万一有个闪失，半夜可找不到复印店了。为了庆祝，他破天荒带老婆孩子下了趟馆子。等女儿到房里做作业去了，他们就把桌子抹干净，紧挨着坐下，答案放在中间，一人一份试卷，认真地誊抄了起来。又抄了一个多小时，终于抄好了。他们长吁了一口气。虽然有几个字不小心抄错了，但他们向女儿借来了涂改液。这时他觉得老师向学生推销涂改液是很有必要的。当初他还挺反对，说现在的老师不知怎么回事，刚开始是要学生用透明胶带，把写错了的地方用胶带粘拔起来，像是给错别字拔毛，弄得女儿桌上、床底下到处是那种像刨花一样卷起来的胶带。每次做作业都这样，不知浪费多少时间。一不小心把纸张弄破（这是很容易的），还要撕了重写，女儿经常急得要哭。后来老师就向学生推销涂改液。比用胶带节省时间，但作业本上像落满了鸟粪，很不美观，还散发出浓重的化工味道。他说，他们那时候，写错了字用笔涂掉重写一个就是了，现在的老师都有点变态。不过这时，他忽然觉得那化工的味道无比亲切。他把两份试卷拿起来比较了一下，都写上了自己的名字。

尤其值得一提的是，在抄写的过程中，他几次紧张，带来了他去洗手间酣畅淋漓了一番的美妙结果。这可真是意外的收获。然后他难得地陪老婆看起了电视。他拉开电视柜，找了张碟子。上次他去省城，从一个同学那里拿来了几张碟子还没看完。看到一张碟片的封皮上有个大嘴的性感女人，他心里一动。这时女儿已经睡了。一个初中生，课本和教辅就已经堆得那么高，女儿每天都像在愚公移山。电影开始了。一个反复无常的外国女人跟她以前的男友合伙偷光了她丈夫的钱，而他对她依然迷恋不能自拔，甚至不惜为她犯罪，最后跟她一起做骗子去了。电影看完了，借着一些色情镜头的推动，他和老婆滚到了一起。只是他一直不太明白，那部电影为什么取了个怪名字，叫做《原罪》。

牺 牲

从五月底开始，水一天天上涨。整个城市都好像在深水里晃动喘息，以至他每天骑自行车过大桥时产生了幻觉，以为自己在笔直地朝水底驶去。

他是有些害怕水的。看起来那么柔软，可一旦把你包围起来，便密不透风。尤其是，它对你有着难以抵挡的诱惑。有一次，他站在桥上，看水在桥下深流，没有一点儿声音。风那么大，可它竟毫无动静。甚至没有浪花。怎么会没有浪花呢？这不正常。就像拿什么东西扎了对方一下，那个家伙不但不还手，脸都不变色。他骇然了。幽暗的水流从什么地方不断涌出，坚实的桥磴是它的敌人还是它的同伙？桥墩的坚实和水流的诡异看上去同样抽象，令人不寒而栗。他希望水流静止下来。但它不。它像是从割破了的动脉里流出，怎么也按捺不住。它像是夜空。虽然现在头顶悬着白日。他曾经想，夜空是多么的神奇啊。每次仰望那繁星闪烁，他都有飞出去的冲动。而现在，他只感到了虚无。黑暗的虚无。就像电脑中了剧毒。那次他的电脑屏幕忽然一片漆黑，他以为它要爆炸或里面会跑出什么青面獠牙的怪兽。他怀疑桥下有一个神秘的通道，通向某个不可知的地方。像宇宙的黑洞。世界不过是它嘴边的一条虫子，只要它愿意，舌头轻轻一卷，就吸进去了。天啊，他惊叫了一声。黑洞向他逼近，他无处躲藏。他发现它无声的黑暗里面，巨大的喧嚣竟烈火一般炽热。他几乎要越过栏杆，向着那巨大的虚空纵身一跃。事实往往是这样。就像他打了一拳踢了一脚那人还没反应后，只好用脑袋尽力向那怪人撞去。

好在他及时地清醒过来，便赶快从那里逃离了。

那时他还住在城市的另一隅，很少到桥上来。自从搬了新居，才天天从桥上经过，去单位上班。习惯了，发现它并没那么可怕，虽然第一次骑车经过桥面的确有些惊心动魄。他走错了。他本应走桥下的人行道，可他走到桥上的机动车道上来了。前后都是呼啸而过的巨大的车轮，除了他，没有一个行人。他从没感到桥面有这么空旷，他越走越心虚。几乎每一辆呼啸而过的车辆里都会伸出脑袋来奇怪地望着他。他骑着自行车在桥上太显眼了，几乎像是一个丑闻。他恨不得掉头而去，但他发现，这时掉头会更麻烦，会让丑闻像滚雪球一样越滚越大。因为逆向会让他更加显眼。说不定交警也会马上赶来。他只好硬着头皮往前冲。偏偏这时车胎又瘪了，骑不动，他只好下来推着，大汗淋漓，狼狈不堪。

后来他才知道桥下另有一条人行道。

他每天骑车上班。这座城市的公交系统并不发达。从他住的地方到公交站台有很长一段路。这使得公交很拥挤。再说他也不喜欢把自己的命运完全交给公交。有一次，他在公交上听那个司机一直在自言自语："谁要是说我有毛病，那世界上就没有正常的人。"到了下一站他赶紧下了车。

刚搬到新房子的时候，他的确是有些嫌远。过了大桥，还有很多七拐八弯的街道在等着他。它们扭结在一起，让他手抖心慌。有几个十字路口，宽阔得他根本没信心跨过去。尤其是需要大转弯的时候。他上班的地方在市中心，附近的楼盘都很贵，不是他这种调到省城来不久的人买得起的。听说单位马上要搬迁，搬到新开发的地方去。他对单位的地址变迁做过一番考察，发现它往往是先搬到新开发的地方，等那里成为中心后，又往外搬。好像在引导人们朝什么方向前进。现在，它的搬迁还没正式实施，可那边的房价，就已经在飙升了。它每搬一次，城市就膨胀一大圈。他上下班的时候，从来都是目不旁顾，脚步匆匆，似乎生怕被什么人逮住纠缠。事实上，他在这里并没多少熟人，但他总觉得，好像谁都认识他。因为他每天从这里进出，在这里上班。如果有一辆小车开出来，他就赶紧闪到一边。他害怕会忽然从什么地方冲出一个人来，蒙着面，拿着什么凶器，那他很可能就成了无辜的牺牲品。

他还怕的一个人，就是门卫。每次从门卫身边经过时，他都有些紧张。门卫神色严峻地打量着每一个进出的人，先看他们的两手，再看他们的脸。有时候门卫还故意拦下几个人来，要他们登记姓名。他刚调过来的时候，门卫装作不认识他的样子，装模作样地审查他。他想此人不可得罪，唯一的办法是和他搞好关系。比如主动跟他套套近乎，停下来给对方敬一支烟，说几句关于天气的废话。可他并不抽烟。特意买了一包放在口袋里，又忘了拿出来，被老婆洗衣服时洗掉了。所以还是说废话好。有一次他真的说了。他说得很认真，门卫大概是觉得很突兀，奇怪地打量了他一眼，对他说你想干什么，吓得他赶紧红着脸跑开了。他想门卫真是厉害啊，他刚一张嘴，门卫就知道了他的意图。知道他在讨好他，企图蒙混过关。可门卫从来就不是为他这样的人看门的。别看他是处级干部，可在他上班的地方，处级干部多得很，随便碰到一个什么人都可能是。单位上的很多事情，别人可能不知道，但门卫往往知道。表面上，门卫的工资和福利比别人低，但在精神上，他的地位却很高。他不敢瞧不起门卫，但很难保证，门卫一定瞧得起他。门卫整天都板着脸，从未主动跟他打过招呼，他跟自己打赌，有几次故意不理门卫，果然，门卫瞧都不瞧他。除了厅长，门卫对其他什么人都爱理不理的。现在，他又想悄悄从门边溜过去，没想到，这次门卫却叫了他一声，门卫说，李处长，我看到你的名字了。

他有些吃惊，问，周师傅，你在哪里看到了我的名字？门卫有时候叫他李处长，有时候叫他小李，叫他李处长的时候，那一般是门卫很严肃、要公事公办或有什么大事要发生的时候。

门卫说，在大厅里。

他的心跳得很高，撞得他胸口有些发痛。他的名字只在大厅里张贴过一次，那还是他刚当上处级干部的时候。不过大厅里各种告示却是经常有的，大多是入党的喜报或提干升职之类，上面写着：热烈祝贺×××同志成为我党预备党员。或：经研究，决定提拔×××同志为××处主任。当然，还有一些讣告也是张贴在上面：我单位退休老干部×××因病医治无效，于×月×日在××医院逝世，其追悼会定于×月×日八时召开，请参加追悼会的同志按时到单位门口乘车前往。这几年内他不可能再被提拔了，再说，即使被提拔，也会事先得到通知，领导是不会像雷锋做好事一样提拔你的。他想，难道是自己犯了什么错误，被通报批评了？可他们单位是文明单位，是不会把某人受到的纪律处分张贴出去的。上述几种情况，对他来说都不可能。他的脸霎的白了。真的，他几乎都忘了，以前在中学读书时，他的名字也上过一次班里的公告栏。因他不肯参加学校的运动会。结果，老师很生气，说他组织观念不强，不热爱集体。老师把没有参加运动会的同学的名字都写在黑板报上，让他在很长的一段时间里，不敢抬头和往后看。难道他在单位上又犯了什么错误么？他仔细想来，觉得自己在单位上是规规矩矩的，即使有出格的想法，但也从没有说出来。其实谁没有出格的想法呢？他相信，别人也是一样。只要是有头脑的人，都会。除非……他忽然吓了一跳，难道那次他报销招待费的时候多报了几百块钱被发现了么？不过这也不是什么稀奇事，大家都是这么干的。

他忐忑不安地走进大厅，一进门，他就看到了自己的名字，不过是在一张红纸上，类似于喜报。看到颜色，他老远就放心了。上面说，为了响应省委省政府的号召，打好今年抗洪抢险第一仗，经单位党委研究，决定派李北炎同志和其他单位的人员汇合，一起去参加抗洪抢险这一艰巨而光荣的工作。

原来是这样。他跳得很高的心落回了原处。但马上，它又蹦跳了起来。单位大大小小有一两百人，凭什么只派他去呢？又不是什么好事情，再说单位上的好事从来也轮不到他。新厅长上任后，那种旅游式的出差从来不派他。先进也从来不评给他。自从原来的厅长去当了省长，他在单位上的日子就不那么好混了。新厅长把他当成了老厅长的人，实际上，他又不是老厅长的人。他从来也不是什么人的人。

他刚到办公室，电话就响了。厅长说，小李你到我办公室来一下。厅长说，你看到下面大厅里的告示了吧？按道理，要先征求一下你的意见，但时间紧任务重，党委的几个人碰了一下头，研究了一下，决定先报你，反正有好几批，你先去，做个表率。鬼使神差的，他居然说，没什么，我也很想去锻炼锻炼。厅长很高兴，说，好！年轻人就是要这样，到下面去好好表现，为单位增光！

第二天，他收拾了一些行李，跟着省委省政府组织的"抗洪抢险突击队"出发了。都是从各单位抽调过来的，部分互相不认识。动身前，他们在一起合了影，相关领导跟大家挨个握手，电视台和报社的记者跟在后面拍照，相机闪个不停。不用说，相关新闻马上会被播放或发表。草帽和一件类似于工作服式的衬衫都是发的。他包里除了日常的洗漱用品，还有一本历史方面的书和一个日记本。他很难想象在目前还不知道要呆多久的地方没有书看。其实他也知道，不一定有功夫看，可他就喜欢带着。就像在办公室里，他总想看看书。别人都说，是啊，你们坐办公室的，除了喝茶看报纸，还有什么事可做呢？他也是这么认为的，实际情况也是如此。但让他纳闷的是，明明什么事也没有，可他还是什么书也没看成。他都不知道自己每天究竟干了些什么。翻翻报纸，拖拖地板，接接电话，有时候还跑到厅长办公室里取取文件，按道理的确都不是什么事情，他仔细计算过，拖地板三分钟，翻报纸最多五分钟，接电话可长可短，顶多也就十分钟，厅长的办公室在楼上，更近，只要一分钟。除了洗手花去了几分钟之外（不管是翻报纸还是取文件回来，他都要挤点洗手液去洗手），其他还做了什么，他根本说不出眉目。他甚至没在单位上蹲过厕所。他难以想象自己在单位上蹲下来干这件事。有一种很不洁的感觉。好像当着许多人的面把衣服脱光了。他习惯于上班前把它解决好。

他说不清楚自己怎么忽然对历史产生了浓厚的兴趣。为此他还特地去读了一下历史专业的在职研究生。他发现，一读历史，他就变得心平气和。当然，有时也激动难捺。在一些关键的转折点上，他老是浮想联翩。他把自己设想成一个把住历史龙头的人，关键时刻，他猛地伸出了手，历史便改变了方向。那样，他就对人类社会的发展，做了一件大大的好事。的确，如果有的人多活几年，有的人少活几年，历史的流向肯定不一样。他想，如果当初他不读李白而是去读历史，说不定他会做出一番事业来。他可以用自己的观点来重写历史。现在的历史书，对于帝王们所谓的丰功伟绩歌颂得太多了，完全遮掩了他们暴戾的一面。这必然会导致人们的功利主义。实际上，一些没什么作为的皇帝，或许是仁爱而善良的，反而被忽略或一笔带过了。有时候，历史的确是在惊人地重复着。历史是一个巨大的封闭的牢笼，让人们在黑暗中自得其乐止步不前。他很想写一篇相关的论文，可一想到人家写论文无非是为了晋级或评职称，他就不想写了。在那篇想象中的论文里，他讨论了封建专制的危害。专制带来了整个社会的粗暴和冷漠，愚民的最终结果是，自己也变得愚蠢。许多王朝最后为什么都完蛋了？因为整个社会都弱智了，没有了常识，也就没有了常态。就好像一个人，当他的手和脚乃至躯干都麻木了的时候，有再精明的头脑也没用。专制激化了阶级矛盾，导致了人群的简单对立，整个社会最后只简化为两种人：压迫者与被压迫者。

在颠簸的大车上，他激烈地在脑海中写着他的论文。可是，这样的论文能写么？既然如此，他还不如不写。所以，他越来越喜欢写日记。车身又剧烈地颠簸了一下。路越来越难走了。看起来是新修的路面，却已经坑坑洼洼。车前飘着一面大旗，上面写着"省机关抗洪抢险突击队"。旗角噼里啪啦的，刮到了他脸上，他往后避了避。后来他干脆站到最后面。站在旗下的感觉很不舒服。随着车的颠簸前行，他闻到了一股燠热的植物腐烂的气息。鸟群在惊慌失措地乱飞，像是失去了根和枝干的叶片或花朵。很快，他看到路两旁的村庄渐渐矮了下去，电线杆像喝醉了酒一样东倒西歪，不，简直就是完全浸在酒液里。一片浊黄的大水，气势汹汹地露着獠牙在那里等着他们的到来。

不过大坝并没有他想象的那么危险。还好，看上去它很结实。前几年发过一次大水，大坝被重新加固了。他还以为大坝摇摇欲坠了呢。农民在坝下抢割水稻。他看出来，稻子还没有十分成熟。镇里的领导已在大坝上恭候多时，这时赶忙过来和大家握手。县电视台的记者也扛着摄像机在那里朝他们瞄准。大家热热闹闹地在大坝上走来走去，有人朝着大水充满激情地喊了句什么，引来一片喝彩。他跟在后面，离他们有一段距离。他忽然又孤独起来。他很不擅长在这样的场合跟人家应酬，不知道自己该怎么做，该说什么不该说什么。置身于集体中，他总显得茫然。他感觉自己完全是一个多余的人。不仅如此，他还成了其中不和谐的音符，因此还不如离得远一些。突击队带队的是一个什么单位的副厅长。一看就知道此人是一个很有组织能力的人。和当地的领导干部交流以及在回答电视台记者的提问时，都显得无比的流畅和胸有成竹。这时，他在摄像机的跟踪下走向了正在收割稻子的农民，向他们问好，农民也露出了配合的笑脸。副厅长问什么，农民就规规矩矩地回答什么。谁说农民的觉悟不高呢，他们已经知道怎么对着摄像机或话筒讲话了。

虽然有些话，并不是他们的心里话。他们也懂得了某种游戏规则，并因参与了这一游戏而快活。但他总觉得农民的老实里其实透着狡黠。说不定当他们转过身去，农民就会朝他们的背影吐唾沫。他是从乡下出来的，知道这一点。就是现在，他也和乡下脱不了干系。父母还在那里。每年春节或其他假期，他都要带老婆孩子回去。当初，他师范毕业后回乡下教书，村里人都幸灾乐祸，说风凉话，谁知后来他一下子调到了县里，很快又调到了省里。他们接受不了，每次在路上碰到他，眼睛躲躲闪闪的，如果他没主动叫他们，他们绝对不会主动跟他打招呼。他知道他们其实是自卑，可自卑很多时候会滋生阴暗和仇恨。他挎着包跟在人群后面，他注意到，等摄像机走远了，坝下的人开始撇嘴，发出了某种嘲笑。他们大概以为，他是个不起眼的跟帮的角色，便在他面前放肆起来，找到某种心理平衡。

是啊，人家在抢收稻谷，而他跟那些人一样，装模作样地在大坝上晃来晃去，对着镜头露脸，什么也不干，什么也干不了。这次突击队的几十个人没有一个是懂水利的。如果大坝真的破了，他们这些人不但什么也干不了，反而还碍手碍脚。他们的抗洪抢险，无非是做做样子，但据说可以鼓舞民心。真的会起到这样的作用吗？他不知道。是不是上面的人太天真了，以为下面的人脑子也那么简单？就好像有的领导以为不坐小车亲自走路，就是了不起的廉政，会把老百姓感动得哇哇大哭？朝老百姓挥一挥手，就是皇恩浩荡天女散花？

到了镇上，又开了一个隆重的欢迎会。他瞄了一眼会场，这时，他不无惊讶地发现，那些乡干部也挎着一个跟他差不多的包。镇书记致欢迎辞，镇长讲话。镇上的会议室布置得很豪华，比他单位上的会议室好多了。每人面前有一个内容丰富的水果盘，还有高级香烟、纸巾和矿泉水。大家边抽烟边吃水果。他听旁边有个人说，幸亏来了这里，不然又要坐办公室受罪。这时已是上午十一点多，大家又互相闲扯了一会儿，最后镇领导宣布，各位领导今天很辛苦，请大家先去用餐吧，然后到房间好好休息一下。

午宴在镇上最大的一家酒店举行。楼上就是客房,一个镇干部对他说,等会儿你们就住在这里。突击队的人和镇干部们一起,一共有几十个人。他注意到,几乎每个镇干部都穿着浅色衬衫,系着领带,皮鞋也擦得很亮。屁股后面都晃着一只高级皮包。这种包以前在省里流行过一段时间,别人送他的时候,它正流行,没想到,很快又不流行了,而他,还没来得及拿出来用呢。总觉得骑自行车跟背这样的包有点不协调。现在他后悔自己也背了这样一只包来,好像跟镇干部们同流合污了。可他没想到,也正是这只包,让旁边的镇干部跟他产生了共鸣。好像他们是久别重逢的战友。

午宴开始了。他和另一个突击队员被镇干部簇拥到靠窗的一张圆桌上。那个副厅长和镇里主要领导坐在中间的主席。镇书记和副厅长站起来又讲了几句话,大家鼓了鼓掌,然后拿起筷子开始了冲刺。似乎一路上车的颠簸加大了胃的需求量,大家的确是饿了,都脚踏实地埋头苦干起来。他旁边的一个镇干部介绍说,这些都是乡下的绿色食品,你们在省城的酒店里是吃不到的,你们吃吃这鱼,据说这种鱼很忠贞壮烈,母鱼产卵后,就会死去,雄鱼也不吃不喝,陪在母鱼旁边,直到自己饿死,幼鱼破卵后,就把自己父母的尸体当作粮食。他笑了笑,没想到鱼也可以活得这么煽情。不过这种事情基本上是虚构的。有些人喜欢虚构这种东西。他老家的地名中有个石字,县志上说,这跟哪一朝的开国皇帝有关。后来有一次他到另一个县的什么地方去参观,那里的地名中也有一个石字,解说的小姑娘也说,它跟哪朝的开国皇帝有关。看来,很多地方都热衷于虚构这样的故事。

过了一会儿,又上了一盘鱼,那个镇干部说,这叫冷水鱼,只能在冷水里生长,水越冷它们越长得壮,大补。

他忽然出声道:看来鱼类中也有受虐狂。

大家望了他一眼,不过似乎并未听清他在说什么。

倒是有几个人聊起了前不久该县发生的一桩趣闻。什么局的一个副局长和医院的一个女医生在小车里偷情,结果双双窒息而死。滑稽的是,那个副局长上身还穿着制服,像是在办公,下身却什么也没穿。这件事马上传到了网上。因为最近此类事件爆发频繁,他们同样在网上招来了嘲笑和痛骂。但实际上,副局长和女医生之间,是有着一个很优美而凄凉的爱情故事的,镇里个一个干部说。副局长和女医生是大学时期的恋人,当时年少气盛,因为一点小摩擦而分了手,等他们意识到自己多年来一直还爱着对方的时候,他们早已和别人结婚生孩子了。有什么办法呢,他们只有偷情。并且,他们从没让彼此的家庭为此产生动荡。他们找回了爱情,又最终因爱情而死。可是爱情的悲剧性质完全被他们的身份改写了。世人以为他们不过是在进行权色交易。悲剧的爱情就这样以喜剧的形式落幕。

他想,这是符合他那篇想象中的论文的逻辑的。

这时,镇书记和镇长过来敬酒了。大家都站了起来。一般说来,一个单位的一把手和二把手之间的关系是比较微妙的。这两个人的关系会怎么样呢?恐怕也难以例外。即使他们不想这样,即使他们以前是好朋友。总有一种魔障使他们身不由己。

敬过了酒,镇领导又说了些客套话,便举着杯子到邻桌去了。这么多人,应酬起来也的确不容易。他很佩服这些会应酬的人。这样的场合,他总是很木讷。

这时,他很想跟同桌的镇干部说说话。表示他的亲热。他想说他很理解他们的难处,很想和他们交朋友。他也是从乡下出去的。但他们会不会认为他的话不过是酒席上的敷衍?谁要是把酒场上的话当真,那才是傻瓜。好在这时一个镇干部站起来敬他的酒,他赶紧端起杯子喝了一口。对方说,感情深,一口吞。他很抱歉,说,他很少喝酒,对方不依,说,你不喝,就是瞧不起人。他只好站起来把杯子里的酒干掉,对方很高兴。他忽然找到了一种和对方交流感情的办法,那就是喝酒。酒从喉咙里划过，很痛快，似乎李白又从他体内醒过来了，他忽然站了起来，端起酒杯，轮流跟桌上的人喝。他跟这个喝了又跟那个喝。他跟对方勾肩搭背，亲热得不行。他们这一桌虽然靠窗，但比主桌还热闹，简直有些喧宾夺主了。那个副厅长，也就是突击队的队长，似乎有些不满地朝这边瞄了一眼。那好，就让他不高兴吧。在酒精的作用下，他口若悬河，滔滔不绝，像是要斗酒诗百篇。

他很快就喝多了。他拿起挎包（说明他脑子还清醒），下楼去找洗手间。从楼下的窗子里，他忽然望见了来时经过的大坝，坝那边就是龇牙咧嘴的大水。出来后，他没再上楼，不知哪里来的豪情，竟直奔大坝而去。他按了按包里的东西。一个小本子是他的日记，他的自言自语。有一次，他跟一个什么工作组下乡，晚上住在宾馆里，洗澡后，正写日记，一个乡干部开玩笑似的忽然走到他背后把本子抢了去，并大声地念出来。第二天晚上，他去了一下洗澡间，出来时居然发现他的包被人动过了。

他穿街而过。他醉醺醺的样子引来了一片嘲笑。他好像听到有人说，瞧，又一个家伙喝醉了。他说，对，我是醉了。他心想，他要是说没醉，人家才真的以为他醉了呢。他很快来到了大坝上。抢割稻子的农民刚刚收工。有的在收拾东西，有的坐在坝上抽烟。他说，你们好啊。他们笑了笑。他说，你们不用担心，洪水会退的。他拍了拍胸脯，好像在提供什么保证。他们还是那样笑着。嘴角下撇，眉头向上挑起。这时，他不小心一脚踩在泥里，身子趔趄了一下，鞋子和裤腿沾上不少泥水。他说，不要紧，这算什么，我也干过农活，来，等我来洗洗。他来到了坝下，提起一只脚，没想到身子失去了平衡，他滚落水中。

没想到水那么深，这大大出乎他的意料。大坝几乎没有任何坡度的过渡，垂直向下，他一脚踩空。他呛了一口水，挣扎着朝坝上喊了一声。那几个农民仿佛没有听到，故作呆傻地望着他，抽烟的还在抽烟，收拾东西的仍在收拾。水天间的静寂比纸还要白，像一个人忽然失去了血色。于是他的挣扎成了一出冗长或短暂的独角戏。挎包滑落在水边。浪花麻木地拍打着他的脸。他的手发出孤响。等疲惫而灌满了水的身体彻底地下沉时,他才仿佛听到一个农民故作夸张地大叫起来。

不久后,一场"抗洪救灾英模报告会"在全省轰轰烈烈地巡回。他的一位同事,在台上热情讴歌他的光荣事迹。据说,这篇讲稿经过了厅长的亲自过目和修订。厅长为自己单位出了这么一位英雄人物而自豪。